KB237271

궁안에 잠들어 있는 꽃

3

달글

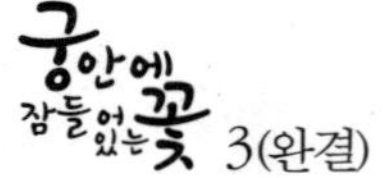 3(완결)

초판 1쇄 발행 2014년 6월 20일
초판 2쇄 발행 2016년 1월 14일

지은이 차혜진(초콜릿악마)
발행인 오영배
기획 박성인 책임편집 김규영
표지 · 본문 디자인 신경선 일러스트 하엘

펴낸곳 (주)삼양출판사 · 단글
주소 서울특별시 강북구 도봉로 173
대표 전화 02-980-2112 팩스 / 02-983-0660
블로그 blog.naver.com/dreambookss
출판등록 1999년 3월 11일 제9-00046호

ISBN 979-11-313-0044-2 (04810) / 979-11-313-0041-1 (세트)

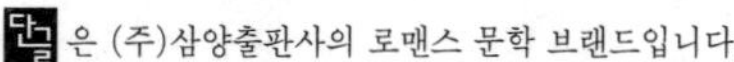

궁안에 잠들어 있는 꽃

차혜진 장편소설

3

단글

목차

十四花 * 서화당(書話堂)의 유아

"그러고 보니…… 요즘 들어 적화유의 편지가 안 오는데……."

어느새 적화유의 편지에 빠져 버린 히연이 툴툴거렸다. 그 말에 책장 사이를 돌아다니며 책 정리를 하고 있던 이랑은 피식 웃었다. 이 자리에 유시후가 함께 있었다면 분명 뭐라 했겠지만, 지금 그들이 있는 곳은 서하연이 아니던가. 그의 눈치를 보지 않아도 되는 유일한 장소였다. 물론 유시후는 절대 그 편지를 읽지 말라 신신당부했지만, 그는 히연을 이길 수 없었다. 그가 할 수 있는 일은 그저 계속 경고하고 곁에서 감시하면서, 왠지 모를 불안을 느끼는 것뿐.

"그러게. 왜 요즘 안 오는 거지?"

사실은 히연뿐 아니라 이랑 역시 은근히 편지를 기다리고 있었다. 평소라면 매일같이 수아가 들고 올 편지를 기다렸겠지만, 다른 일에 신경 쓸 여유가 없었기 때문에 입을 다물고 있었던 것이다.

국시에 합격한 이랑은 오전에는 궐에서 일하고 중간 휴식 시간에는 시하루와 장기 대결을 벌였다. 그리고 모든 일을 끝낸 뒤에는 보통 서하연으로 가 삼화(三花)로서의 교육을 받았고, 일주일에 세 번 정도는 서하연이 아닌 유시후의 집으로 가 쉬면서 서화당의 편지에 답장을 몰아 쓰고는 했다.

"일이 잘 해결된 걸지도."

어쩌면 늘 고민하던 연애 문제가 잘 해결되어, 더는 편지를 보낼 필요가 없어진 걸지도 몰랐다. 아니면 반대로 일이 틀어져 아예 포기해 버렸든가.

"……먼저 보내 보는 건 어때?"

서하연의 서재 정리가 그들의 임무였는데 책들은 아직도 꽤 쌓여 있었다. 이 상태로는 오늘 안에 끝내기 어려워 보였다. 요즘 엄청난 일정을 견디어 내느라 고생하는 이랑이 걱정된 히연이 제안했다. 그녀의 말에 그제야 대화에 관심을 보인 이랑이 들고 있던 책을 빈 책장에 넣으며 말했다.

"……상대에게 민폐를 끼치는 걸지도 모르는데……."

"뭐 어때? 어차피 가명이고, 서로 고민 상담하는 거 괜찮지 않겠어?"

이랑의 정리를 돕기 위해 다가오던 히연이 뭐가 문제냐는 듯 큰

소리로 말했다. 그 말에 어느 정도 넘어간 이랑은 생각에 잠겼다.

"……나 고민 없는데?"

약간의 뜸을 들이던 이랑의 말에 가만히 듣고 있던 히연이 그게 무슨 소리냐는 듯 키득키득 웃다가 재빨리 웃음을 거두었다.

"아, 그래?"

"……정말 보내도 민폐가 아니겠지?"

고민이 없다고 할 때는 언제고, 이랑은 금세 말을 바꿨다. 무슨 고민이 있는 건지는 모르겠지만 조심스럽게 질문하는 것으로 보아 분명 중요한 문제 같았다. 그녀에게 용기를 주기 위해 히연은 들고 있던 책을 내려놓고 그녀의 어깨를 툭툭 쳐 주었다.

"걱정하지 말래도. 적화유란 사람도 네 쪽에서 먼저 보내면 반가워할걸?"

"응. 그럼 한번 보내 봐야겠다!"

어쩐지 히연의 미소가 의미심장했다.

* * *

"……다시 말해 봐."

시하루는 당황스러웠다. 오죽 당황스러웠으면 자리에서 일어나 벽에 바짝 달라붙어 있을 정도였다. 문가에 서 있는 대신과의 거리를 벌리기 위해 그는 계속 구석 쪽으로 들어갔지만, 거기에도 한계가 있었다.

“다시 말해 보라고.”

방금 들은 말이 확실한 건지 재확인이 필요했다. 겁먹은 표정으로 꼼짝도 못 하고 있는 시하루의 시선은 여전히 대신의 손에 들린 하얀 종이에 고정되어 있었다.

“어…… 서화당의 유아에게서 편지가 왔습니다.”

벌써 다섯 번째 하는 대답이었지만 그의 귀에는 제대로 들리지 않았다. 그게 뭐가 어려운 말이라고 몇 번을 말해야 알아듣는 건지…… 결국 답답함을 견디다 못한 이안이 버럭 외치듯 말했다.

“서화당의 유아에게서 온 편지라고요!”

“아니, 그러니까…… 왜…….”

서화당의 유아 = 소이랑.

시하루는 이미 서화당의 유아가 이랑이라는 걸 알고 있지만 그녀는 그가 ‘적화유’라는 걸 모르는 상황. 그 역시 유아의 정체를 몰랐을 때는 그녀의 편지를 기다렸지만, 막상 다 알고 나니 이게 또 이상했다. 그러니까…… 자신은 이랑과의 관계에 대해서 그녀 본인에게 상담하고 있던 꼴이 아닌가! 평생 무덤까지 갖고 가야 할 비밀이었다. 그러니 이랑 그녀가 자신에게 편지를 썼다고 해서 마냥 기뻐할 수는 없는 노릇이고…… 게다가…….

벽에 달라붙어 있던 시하루는 방 안에 함께 있던 누군가의 눈치를 보기 시작했다. 왜 하필 지금 호랑이를 불렀는지 모르겠다. 최근에 얻고자 하는 정보가 있어 이 사람 저 사람에게 물어보고 다녔지만 어디에서도 얻을 수가 없었다. 혹시 그라면 알까 싶어 이리 불렀건만……. 계속 들고 있기가 뭐했는지 우물쭈물하던 대신이 탁자 위에 편지를 내려놓았다. 그러자 그 앞에 앉아 있던 문제의 호랑이의 시선이 그 종이 한 장에 고정됐다.

"편지……."

"잠깐. 나한테 온 거잖아."

탁자 위의 편지를 엄청난 기세로 노려보던 유시후가 재빠른 손놀림으로 그것을 낚아채려 했다. 다행히 그를 예의 주시하던 시하루는 하마터면 호랑이에게 납치될 뻔한 편지를 지켜내는 데 성공했다.

'나도 아직 못 읽었는데, 그 전에 빼앗길 수는 없지!'

"……과잉보호라는 생각, 한 번도 안 해 봤나?"

"전하께서는 본인이 얼마나 이기적인 인간인지 한 번도 생각 안 해 보셨나요?"

유시후가 응수했지만 시하루는 절대 자신의 손에 들린 편지를 넘길 생각이 없어 보였다. 고집부리는 그를 바라보던 유시후가 한숨을 내쉬더니 곧 뭔가 결심한 표정으로 고개를 들었다.

"좋아요. 저에게 묻고 싶은 게 있으니 부르신 거겠죠?"

사실 시하루는 어떻게 이야기를 꺼내면 좋을까 고민 중이었는데 눈치가 빠른 유시후가 먼저 입을 열어 주어 너무나 고마웠다.

"서하연의 규칙…… 알고 있어? 아니, 그 전에…… 알려 줄 생각 있나?"

얼마 전에도 장기로 내기를 했으니 이번에는 또 그가 무슨 대가를 원할지 몰랐다. 그렇기 때문에 시하루는 매우 조심스러웠다.

"못 알려 드릴 것도 없지요. 어차피 어떻게든 알게 되실 텐데요."

이미 시하루라는 인간이 어떤 인간인지 너무 잘 파악해 버린 유시후는 한숨을 내쉬었다. 그의 성격이라면 어떻게든 알아내고 말 것이다.

"묻지 않아도 분명 '증표'와 관련된 이야기겠죠?"

그냥 알려 준다는데 기뻐하기는커녕 불안하다는 표정. 시하루는 성질 나쁜 호랑이가 친절하게 나오니 오히려 수상하다는 결론을 내렸다. 자신을 사기꾼 취급하는 그를 바라보던 유시후가 피식 웃으며 약간은 장난기가 담긴 목소리로 말했다.

"아마 전하시라면 쉽게 사용 못 하실 테니까요."

"쉽게 사용하지 못한다니?"

"전에 제가 한 충고 아직 기억하시나요?"

'충고?'

잠시 머리를 굴러가며 기억을 더듬던 시하루는 예전에 그가 자신을 찾아와 한 말을 간신히 떠올리고는 인상을 찌푸렸다.

'저와 비슷한 상황인 거 같아서요.'

안타까운 건 그 뒤에 뭐라고 긴 말을 했었는데 그것까지는 기억이 나지 않는다는 것. 왠지 그 뒤의 말이 더 중요했던 거 같은데…… 뭐라고 했더라……?

"'서하연의 꽃이 자신의 이름을 넘겼다.'라는 증표는 단순해요.

그냥 자신의 물건에 직접 이름을 써서 건네주는 게 증표가 되죠. 그 물건은 뭐가 되든 상관없어요. 네, 예를 들면…… 전하께서 갖고 계신 그 아무짝에도 쓸모없는 이름 하나 달랑 적혀 있는 종잇조각도 예외는 아니겠죠.”

어떤 대단한 물건이기에 유시후가 이리 나오는지 불안에 떨던 시하루의 표정이 순간 굳어 버리더니, 점차 밝아졌다. 증표가 이미 자신의 손에 있었다니! 어쩐지 유시후가 별 쓸모도 없는 종잇조각에 관심을 보일 때부터 알아봤어야 했는데.

“어떻게 그것이 전하의 손에 들어갔는지는 모르겠지만, 아마 전하께서는 그것을 가지고 이랑에게 청혼을 받았다고 주장할 수 없으실 거예요.”

“어째서?”

“보아하니 저번에 제가 드린 충고, 잊으신 거 같은데 한 번 더 해 드릴까요?”

시하루가 그럴 리 없다고 반박했지만 유시후는 꿈쩍도 하지 않았다. 자신이 내뱉은 말에 엄청난 확신을 갖고 있는 모양이었다.

“사랑하니까 곁에 있어 달라고 하면 얻을 수 있을지도 모르겠지만 아마 평생 미안한 감정을 갖고 살아야 할 겁니다.”

전에 한 말과 완벽하게 똑같은 말을 내뱉은 유시후가 그대로 자리에서 일어났다. 그리고 위에서 아래를 내려다보는 시선으로 여전히 이해가 안 간다는 듯한 그를 바라봤다.

“전하께서 무를 수 없는 혼인을 주장한다면 아마 이랑이는 규칙을 지키기 위해 군말 없이 왕후가 될 거예요. 하지만 그렇게 되면 전하께서는 또다시 그 녀석의 꿈을 짓밟아 버리는 게 되겠죠.”

……다시 생각해 보니 이건 정말 마냥 좋아할 일이 아니었다. 물론 그가 혼인을 주장하면 그녀는 내일이라도 바로 희수궁에 들어갈 수도 있었다. 하지만 이랑의 꿈은 려화라고 했다. 그것을 위해 삼화가 되었고 국시에 통과해 가산점을 획득했으니, 이제는 당당히 경쟁에 참가할 자격을 얻었다. 열심히 꿈을 향해 달려가는 도중인데 지금 여기서 그가 증표를 내세운다면 그녀는 모든 것을 버리고 궐에 들어와야 한다. 그녀가 싫어하는 일은 하고 싶지 않았다. 미움 받고 싶지도 않았다.

궁금하다고 해서 다 말해 주었지만 시하루는 속이 시원하기는커녕 마음이 복잡해지기만 했다. 오히려 듣기 전이 더 마음이 편했다.

‘그럼 이건 쓸모가 없잖아.’

기껏 두 가지 모두를 갖고 있는데 사용할 수가 없다니.

“하아…… 나보고 어쩌라는 거야!”

*　　*　　*

[적화유님께

오랜만이네요. 그동안 잘 지내셨나요?

요즘 소식을 듣지 못해 궁금해서 이렇게 보냅니다. 그동안 고민하던 일은 잘 해결되셨나요? 잘 해결되셨기를 진심으로 바라고 있습니다.

편지를 보내는 이유는 그간의 소식이 궁금해서이기도 하지만 사실 부탁드릴 게 있기 때문입니다. 혹시 괜찮으시다면 이번에는 제 고민 이야기를 들어 주지 않으시겠습니까? 제 주위에는 이런 이야기를 나눌 상대가 별로 없거든요…….]

＊　　　＊　　　＊

"이상한 상소문이라도 올라왔어요?"

심각한 표정으로 종이에 적힌 글을 읽는 시하루를 향해 이랑이 물었다. 편지를 읽던 시하루는 한숨을 내쉬었다. 그리고 아주 약간 시선을 돌려 멀쩡한 의자를 내버려 두고 바닥에 앉아 책을 읽고 있는 이랑에게로 시선을 옮겼다. 본인이 쓴 편지가 지금 자신의 손에 들어와 있다는 사실을 모를 이랑이 너무도 답답한 동시에 재밌었다.

"꼬맹이, 너 자꾸 그렇게 바닥에 앉으면 감기 걸린다고 몇 번을 말해야……."

괜히 나랏일에 관심 많은 그녀가 자신도 보겠다고 나설까 봐 걱정된 시하루는 재빨리 편지를 접어 집어넣고는 말을 돌렸다. 그러자 이랑이 자리에서 일어나며 버럭 외쳤다.

"잠깐만요. 우리 저번에 약속했잖아요?"

저번에 이랑이 시하루를 딱 한 번 이겼을 때 그녀가 그에게 요구한 게 있었으니, 그게 바로 '꼬맹이'라고 부르지 않는 거였다. 그녀가 그 호칭을 얼마나 싫어하는지 알 수 있는 요구 사항이기도 했다.

"알았어. 꼬맹이라고 안 부를게. 그나저나 너 요즘 무슨 고민 있어?"

"있어도 꽃따리 오빠한테는 말 안 할 건데요."

이랑이 피식 웃으며 말하자 시하루가 금세 또 바닥에 앉으려는 그녀를 억지로 일으키며 살짝 토라진 표정으로 '왜?'라고 물었다.

"믿음직스럽지 못하니까."

"네가 잘 몰라서 그러는데, 사실 나 엄청 믿음직한 남자야."

그 믿음직스럽지 못하다는 남자에게 솔직하게 고민을 털어놓는 편지를 보내고 있는 게 그녀였다. 시하루는 그동안 기다려 왔던 첫사랑이 그녀였고 포기하고 새롭게 시작한 사랑 역시 그녀였다는 걸 말해 주고 싶었지만, 여전히 잘 참고 있었다. 나중에 이 모든 사실을 알게 되었을 때 그녀가 어떤 반응을 보일지 여러 가지를 상상해 보는 재미도 어느 정도 있으니 그 재미로 당분간 버텨야겠지.

'저와 비슷한 상황인 거 같아서요.'

과연, 이제야 유시후가 남긴 말을 이해할 수 있었다.

시하루는 그래도 왕이니 결혼을 해도 이랑이 계속해서 삼화 자리에 머물 수 있었지만, 유시후와 라히연의 관계는 달랐다. 둘이 이어지려면 라히연이라는 여자는 삼화에서 내려올 수밖에 없다. 유시후는 항상 그것이 미안하다는 뜻이었다. 시하루의 경우에는 이랑이 왕후가 되면 려화의 자리에서 물러나야 한다.

'려화와 왕후, 두 자리에 모두 오를 수는 없습니다. 둘 중 하나는 반드시 포기해야 합니다.'

이신도 경고했듯이 둘 중 딱 하나를 선택해야만 하는 상황.

선택이라…….

"혹시라도 고민 있으면 주저하지 말고 나한테 말해. 정 나를 못 믿겠으면……그 뭐냐, 내가 아니어도 좋으니까 주위의 믿음직스러운 사람에게 털어놓는다거나…… 그러면 좀 마음이 편해질 거야."

"……그건 한번 생각해 보도록 하죠. 긍정적으로."

* * *

[적화유님께

요즘 들어 장래 때문에 고민하고 있습니다. 그동안 한 번도 흔들린 적 없던 목표이고 지금처럼만 하면 얼마든지 이룰 수 있는 그런 목표입니다만, 어째서인지 정상에 가까워지니 이제 와 흔들리고 있습니다. 솔직히 말하면 지금까지 딱 그 꿈을 이루는 것에만 신경 써 왔기 때문에 그다음의 일까지는 생각해 본 적이 없었습니다. 전 정말 무엇을 하고 싶은 걸까요?

스스로에게 물어도 답이 나오지 않아 답답할 따름입니다.]

*　　*　　*

"또 졌어……."

패배의 슬픔에 고개를 숙이고 있던 이랑. 그리고 승리를 했지만 어째서인지 개운하지 못한 표정의 시하루가 그 맞은편에 앉아 있었다.

'……장난 아니야!'

점점 빠른 속도로 추격해 오는 이랑의 실력에 슬슬 상대하기 힘들어진 그는 충격에 빠졌다. 그것도 요즘 들어 고민이 있다는 녀석이 어떻게 이런 집중력을 발휘할 수 있는 건지.

"아, 꽃따리 오빠. 오늘은 책 같이 못 읽어요. 오늘 안에 끝내야 하는 게 있어서 가 봐야 하거든요."

"잠깐만."

그의 부름에 나가려던 걸음을 멈춘 이랑이 빨리 요점만 말하라는 듯 그를 보고 서 있었다. 그러나 막상 불러놓고 딱히 할 말이 없던 시하루는 재빨리 머리를 굴리다 아까 본 편지의 내용을 떠올리고는 말했다.

"내가 전에 주위에 믿음직스러운 사람 있으면 고민 같은 거 털어놔 보라고 했던 거 어떻게 됐어?"

"글쎄요. 일단 한 명 붙잡고 말은 해 봤는데 여전히 답이 보이지 않아요."

하긴, 고민을 털어놓는다고 해서 그 고민이 다 해결되는 건 아니었다. 그냥 무거웠던 마음의 무게가 조금이나마 줄어드는 것뿐이지. 어떤 말을 해 줘야 하나 긴 시간 동안 고민하던 시하루는 결국 한다는 말이.

"힘내. 넌 내가 아는 여자 중에서 가장 강하니까."

언제는 자신에게 왕후가 되라고 권했으면서 지금은 저런 말을 해 오니 저게 진심으로 하는 응원인지 아니면 그냥 영혼 없는 말인지 이랑은 알 수 없었다.

"꽃따리 오빠는 제가 아는 남자 중에서 가장 터무니없는 남자예요."

짐을 챙긴 이랑이 그를 향해 말했다. 그러고는 무슨 일이 있는 건지 급하게 인사를 하고는 밖으로 나갔다. 방 안에 남은 시하루가 여유 있게 손을 흔들어 주더니 곧 피식 웃으며 고개를 끄덕였다.

"딱 맞췄네. 안 그래도 지금부터 터무니없을 일 하나 준비 중이거든."

*   *   *

[적화유님께

    인생에서 행복하다는 건 자신이 하고 싶은 일을 하며 살 수 있는 게 아닌가 합니다. 제 나이로 말하기에는 인생이라는 단어가 아직 조금 무겁게 느껴지지만 저에게는 매우 중요한 문제입니다. 적화유님의 나이는 모르지만 아마 저보다는 많으실 거라 생각이 됩니다. 아니, 분명히 그럴 거예요.

    최근 지인에게 누군가를 좋아하는 건 아니냐는 질문을 받았습니다. 뭐라 대답을 하기 어려웠습니다. 적지 않은 책을 뒤져가며 찾아 봤지만, 왠지 책에서는 찾을 수 없는 지식인 거 같습니다.]

*   *   *

"려화님."

방 안에서 책을 읽고 있던 려화가 밖에서 들려오는 목소리에 '들어오세요.'라고 대답하며 책을 덮었다.

"무슨 일이죠?"

"려화님 앞으로 온 편지입니다."

한 해에 고위 귀족들이나 영향력이 있는 가문의 가주들이 자신의 딸을 서하연에 입학시키기 위해서 보내는 편지의 양은 상당했다. 그런 뇌물과 중요한 편지를 나눠야 했기 때문에 오죽하면 편지를 정리하는 부서가 따로 있을 정도였다. 대부분이 그 부서에서 걸러지기 때문에 웬만한 편지들은 려화에게까지 바로 오지 않았다. 하지만 그 관례를 깨고, 어떠한 절차도 거치지 않은 채 려화에게 도달하는 편지를 쓸 수 있는 극소수의 사람들이 존재했다.

편지를 받아 든 려화가 봉투 바로 위에 찍힌 도장을 보더니 흥미롭다는 표정으로 조심스럽게 안에서 편지를 꺼냈다.

[당신이 아끼는 소유아의 증표를 갖고 있습니다. 제가
이것을 사용하지 않길 바라신다면 잠시 대화를 할 수 있
는 자리를 마련해 주지 않으시겠습니까?]

"……누군가가 이 나라의 왕에게 제 약점을 일러 준 거 같네요. 이거 곤란한데요?"

말은 곤란하다고 하고 있었지만, 표정은 어딘가 즐거워 보였다.

"서하연의 법에 대해 잘 알고 이 사람에 대해 잘 알고 있는 사람…… 두 명이 떠오르지만, 그중 이 세상에 남아 있는 건 딱 한 명뿐……."

"한 명이라 하시면……."

“수령.”

려화의 입에서 어떤 여인의 이름이 나왔다. 그러자 그녀의 옆에 서 있던 다른 서하연의 꽃이 고개를 갸웃거리며 인상을 찌푸렸다.

“수령? 수령이라면…….”

오랜만에 불러보는 벗의 이름에 정감이 가는지 려화의 입가에 부드러운 미소가 지어졌다.

“전 서하연의 삼화이자 이랑의 어미인 유희와 저의 벗이기도 한 여인. 그리고…… 현재 이 나라의 대비마마이기도 한 여인이죠.”

*　　*　　*

원래대로라면 장기를 두고 있을 시간이었지만, 승패에 집착하지 않게 되면서 둘 사이에서는 서서히 장기 경합이라는 목적의식이 사라져 갔다. 굳이 장기를 두지 않아도 되는 상황임에도 이랑은 습관처럼 그를 찾아갔고, 그들은 장소를 중앙 서재로 옮겨 책을 읽거나 이야기를 하며 시간을 보냈다.

“곧 있으면 려화 승격 시험이라면서?”

슬슬 이랑이 돌아갈 시간이 다가오자 건성으로 책을 읽고 있던 시하루가 그 나름의 용기를 내어 물었다.

“네.”

“볼 거야? 아니, 너무 당연한 질문이었나? 볼 거지?”

그녀에게서 시험을 포기한다는 답을 기대하기 어렵다는 건 그도 잘 알고 있었다. 이랑에게는 실력이 있었으니 의지만 있으면 승격 시험 따위 아무것도 아닌 마당에 포기할 리가 없었으니까. 그런데 어째서인지, 마음의 준비를 하고 있던 시하루의 귀에 시험을 보겠다는 시원스러운 대답이 들려오지 않고 있었다. 설마 고민하는 건가? 이제 와서? 왜?

"꽃따리 오빠는 아직도 저를 좋아하나요?"

조금 길고 무거웠던 침묵 끝에 그녀가 입을 열었다.

"당연하지."

"그런데 왜 내가 시험 보기를 원하는 거 같죠?"

자신을 좋아한다면 려화 시험을 못 보게 막는 게 정상이 아니냐는 질문. 실제로 얼마 전까지만 해도 그래 왔던 사람이 며칠 만에 이렇게 태도가 바뀌니 그 이유가 궁금하다는 눈치였다. 태도가 바뀌다 못해 아예 적극적으로 시험을 권하고 있지 않은가? 이랑은 그런 시하루가 너무도 수상했다.

"나 역시 네가 꿈을 잃고 좌절하는 게 싫으니까."

"……."

"며칠 동안 많이 생각해 봤는데, 억지로 려화 시험을 보지 말라거나 그런 말은 하지 않을게. 그게 네 오랜 꿈이었다는 거 이제는 잘 아니까 막지 않을 거야. 방해도 하지 않고."

웬일로 기특한 말을 하며 이랑의 머리를 쓱쓱 쓰다듬던 시하루의 손을 그녀가 '애 취급하지 마세요.'라 퉁명스럽게 말하며 매정하게 쳐 냈다. 솔직히 한때는 이도저도 안 되면 증표를 제시해서 납치하듯 데리고 오는 방법도 생각했던 그였지만, 이랑이 유아라는 사실을 알게 된 뒤부터 생각을 바꿨다.

"어째 그건 또 조금 서운하게 들리네요."

"그래도 난 너를 포기하는 일이 없을 거라는 말이지. 변하는 건 없어. 넌 네 꿈을 이루는 거뿐이야."

"려화에 대한 규칙 다시 한 번 말씀드릴까요?"

몇 번을 말했는데 설마 아직도 못 알아들었느냐는 말투였다.

"이보세요. 이래 봬도 저 역시 나름대로 열심히 노력 중이라고요. 나라고 가만히 있는 줄 알아?"

말을 못 알아들었느냐는 이랑의 공격에 시하루는 살짝 서운하다는 듯 툴툴거렸다. 하지만 이번에는 정말 뭔가 믿는 구석이 있는 건지 웬일로 그녀의 앞에서 당당하게 말하고 있었으니, 뭔가를 꾸미고 있는 건 확실했다. 그게 뭔지 알 리가 없는 이랑의 입장에서는 괜히 불안했지만.

*　　*　　*

"어머, 이랑이. 오랜만이네~ 어쩐 일이니? 아, 오늘도 장기? 오늘은 누가 이겼어?"

멍하니 궁을 나서던 이랑은 자신을 부르는 목소리에 고개를 들었다. 목소리의 주인을 찾기 위해 두리번거리던 그녀는 곧 위쪽에서 자신을 내려다보고 있던 누군가와 시선이 마주쳤다.

"아니요. 오늘은 두지 않았어요."

시간 있으면 좀 들러서 자신과도 이야기를 나누어 달라는 대비의 부탁에 이랑은 고개를 끄덕이며 정자에 올랐다. 대비를 관찰하던 이랑이 문득 질문했다.

"대비마마께서는 제 어머니와 오랜 벗이라고 하셨죠? 같은 서하연 동기생이기도 하셨다고요."

"그랬지."

"그럼 제 어머니가 삼화와 아버지와의 혼인 사이에서 갈등할 당시 곁에 계셨겠네요? 어땠나요? 솔직히 그렇게 쉬운 결정은 아니잖아요……."

그녀의 무거운 분위기에 휩쓸려 덩달아 우울해진 대비였지만, 역시 연륜이란 게 있는지 바로 분위기에서 벗어나 싱긋 웃어 보였다. 복잡할 것만 같은 문제였지만 의외로 대비는 간단히 대답했다.

"려화가 되는 것보다 더욱더 자신이 기뻐할 만한 일을 찾았으니까. 글쎄, 어쩌면 너한테도 있을지도 모르겠구나."

"만일 있다고 하면 저도 그걸 선택해야 할까요?"

대비의 말을 아직 완벽하게 이해하지 못한 이랑은 진지했다. 그 표정을 본 대비는 다시 한 번 싱긋 웃으며 고개를 저었다. '당연히 그래야지.' 같은 대답을 들을 줄 알았던 이랑은 오히려 더 혼란스러워졌다. 방금 대비가 한 말이 더욱더 그녀의 머릿속을 복잡하게 만들었다. 대비 역시 그런 이랑을 잘 알고 있었기 때문에, 길게 말하지 않고 그저 어깨를 툭툭 쳐 주는 것으로 그녀의 복잡한 생각들을 어느 정도 지워 주었다.

"일단 너 자신에게 솔직해지는 게 우선이겠구나. 그런 다음에 문제를 마주해. 그럼 분명히 우선순위가 보일 거야."

'되고 싶다.'에서 그치지 말고, 뭘 하고 싶은 건지 생각하라는 말.

"꼭 한 가지를 선택하라는 법은 없어. 둘 다 가지려면 네가 두 배로 노력하면 되는 거야."

이랑은 마지막 조언까지 가만히 듣기만 했다. 그녀가 아무런 반응이 없기에 대비는 과연 이랑이 자신의 이야기를 제대로 들은 건지 불안했지만, 아무래도 끝까지 듣고 나니 그녀의 마음속에서 뭔가가 해결된 듯 보였다.

"이야기를 들어 주셔서 감사해요. 덕분에 속이 좀 시원해진 거 같아요."

확실히 전과는 비교할 수 없을 정도로 표정이 밝았다.

"그것참 다행이구나."

결심한 일은 바로 행동으로 옮기고야 마는 이랑이 그만 가 봐야겠다는 말을 하며 자리에서 일어났다. 그러고는 감사하다는 말을 마지막으로 정자에서 벗어났다. 정문으로 향하는 그녀의 뒷모습을 바라보던 대비는 잠시 정자의 아래 기둥에 눈길을 주다 말했다.

"이제 좀 안심이 되십니까?"

"역시 어머니세요."

언제부터 기둥 뒤에 서 있었던 건지 모르겠지만 시하루가 고개를 끄덕이며 대비의 앞으로 다가왔다. 웃고 있는 그와는 달리, 대비는 인상을 찌푸리고 있었다.

"갑자기 왜 이 더운 날 정자에 나와 책을 읽으라고 하나 했더니."

자신을 향해 다가오는 시하루를 향해 대비는 아들 키워 봤자 다 소용없다더니……를 중얼거렸다. 그러거나 말거나, 대비의 앞자리에 앉은 시하루는 그저 실실 웃기 시작했다. 그의 미소에 어이가 없어진 대비 역시 피식 웃어 버렸다.

"그래서 제가 도움이 됐나요?"

"매우요. 지금 꼬맹이한테 필요한 건 제가 아닌, 부모님 같은 사람의 조언일 테니까요."

어머니의 시선으로 아들을 바라보던 대비가 흐뭇하게 미소 지었다.

"좀 달라지신 거 같네요. 여러 가지로 말이죠. 아, 언제든지 제가 필요하다면 말씀해 주세요."

"아…… 그럼 바로 부탁해 볼까요?"

미안하다는 말투가 아니었다. 배실배실 웃기까지 하는 시하루는 곧 자신의 주머니에서 편지 같은 종이 한 장을 꺼내 대비에게 내밀었다.

"제가 이번에는 좀 큰일을 벌여서요."

"……큰일?"

아들의 사랑을 응원하는 어머니의 입장으로서 언제든지 도움을 요청하라고 당당히 말한 대비였지만, 막상 이렇게 바로 부탁이 들어오니 불안했다.

"도와주실 거죠? 예쁜 아들이 이렇게 부탁하는데."

게다가 일단 일을 벌인 후에 통보한다는 게 더 큰 문제였다.

*　　　*　　　*

"늦었네?"

우당탕탕.

평소라면 집에 들어올 때 유시후의 눈을 피하기 위해 최대한 조용히 들어오던 이랑이 오늘은 아주 요란하게 입장했다. 엄청난 발걸음 소리를 내며 유시후의 방문을 벌컥 열고 들이닥친 그녀의 눈은 한 마리의 호랑이를 찾고 있었다. 더욱 신기한 건 이미 그녀의 그런 행동이 익숙하다는 듯 표정 하나 변하지 않고 고개만 들어 인사를 하는 유시후의 반응이었다.

"오라버니."

"왜."

잠깐, '오라버니?' 무슨 중요한 말을 하려는 건진 모르겠지만 이랑이 이렇게 정중하게 나오니 유시후는 불안해졌다. 히연에게 잔소리를 들어 가며 글씨 또박또박 예쁘게 쓰기 연습을 하고 있던 그는 들고 있던 붓을 내려놓고 이랑을 올려다봤다. 무슨 중요한 말을 하려는 건지 모르겠지만 바로 앞까지 다가온 그녀는 앉을 생각도 하지 않고 뜬금없이 말을 던졌다.

"저번에 나한테 물어본 거 있잖아."

"뭐?"

뜬금없는 대화의 시작에 무슨 말을 하고 있는지 모르겠다는 듯 그가 인상을 찌푸렸다. 예상은 했지만 이렇게 인상 쓴 유시후와 마주하고 있으니 자신이 하려는 말이 엄청난 말이라는 걸 새삼 깨달은 이랑은 고민에 빠졌다. 하지만 곧 결심한 듯 심호흡을 했다.

"생각이 바뀌었어. 려화가 아닌 다른 길을 선택할 거야."

그녀의 말이 끝나기 무섭게 유시후의 모든 움직임이 멈추었다. 그 표정은 '지금 얘가 무슨 말을 하는 거지?'라고 말하고 있었고, 아주 당황스러워 보이기까지 했다.

"너 지금 그게 무슨 소리야?"

"그동안 계속 고민했어. 그리고 이제야 확실히 알게 되었지. 내 꿈은 려화가 아니라는 걸 말이야. 려화라는 꿈은 나에게 있어서 너무 작다는 걸 깨달았어."

아무나 될 수 없는 려화가 자신에게는 너무나 작은 꿈이라는 말에 유시후는 어이가 없었고, 그의 옆에 있던 히연은 흥미롭다는 듯 그녀에게 계속 말해 보라 재촉했다.

"내 최종 목표는 그 어떤 방해 없이 내가 하고 싶은 공부를 하고 다른 이들에게 배움의 기회를 줄 수 있는 사람이 되고, 그렇게 교육이 평등한 사회를 만드는 것. 그게 내 꿈이야. 려화는 단지 그 꿈을 이루기 위한 길 중 하나일 뿐.”

순서가 달랐다. 한 마디로 려화가 되기 위해 공부하는 게 아니라, 그녀가 말한 교육의 목표를 이루기 위해 려화가 되려고 했다는 의미였다.

“……뭐야. 왕후라도 되겠다는 말이야?!”

그냥 듣고 넘길 말이 아니라는 판단을 내린 건지 유시후가 버럭 외치며 말했다. 하지만 이랑은 전혀 겁을 먹지 않고 당당하게 대화를 이어갔다.

“그건 아직 모르겠어. 하지만 그 역시 내 꿈을 위한 길 중 하나인 건 확실해. 려화가 밖에서부터 시작하는 변화라면 왕후는 아마 내부에서부터 시작하는 변화일 테니까.”

“……말이 나온 김에 묻자. 너 진짜…… 그 왕한테 마음이라도 있냐? 설마, 꿈을 위해서라면 자신의 감정 따위 상관없다느니 그런 말은 하지 않겠지?”

“그건…….”

여전히 확신이 없어 보였다. 잠시 머뭇거리는 그녀를 바라보던 유시후는 ‘그럴 줄 알았어.’라고 중얼거리며 다시 하던 일에 몰입하기 위해 고개를 돌렸다. 하지만 그의 여유로웠던 표정은 얼마 가지 못하고 다시 일그러졌다.

“이 세상에 ‘좋다’와 ‘싫다.’ 이렇게 딱 두 가지 선택지밖에 없다면 내 대답은 ‘좋다’야. 아니…… 그래, 그게 아니어도 좋아. 왜, 안 돼?”

　전혀 예상치 못한 대화의 흐름에 유시후의 입이 절로 다물어졌다. 꿀 먹은 벙어리처럼 잠시 아무 말도 못 하던 그는 그제야 일의 심각성을 눈치챘다.

　“……싫어하는 거 아니었어? 너 지금까지 엄청 싫어했잖아.”

　“서로 오해가 있었잖아? 그리고 의외로 꽤 괜찮은 사람 같더라.”

　“……직접 가서 말하지 그러냐? 아주 좋아하겠네.”

　더는 설득할 수 없다고 판단을 내린 유시후가 비꼬기 시작했다. 옆에서 가만히 둘의 대화를 듣고 있던 히연이 그의 옷깃을 잡아당기는 것으로 주의를 줬지만, 그는 여전히 툴툴거렸다. 그러나 눈치 없는 이랑은 그것이 자신을 비꼬는 거라는 생각을 하지 못하고 진심으로 하는 조언이라고 받아들인 건지 고개를 저으며 진지하게 대답했다.

　“나도 자존심이 있는데 내가 먼저 고백할 리가 없잖아.”

　한 마디로, 시하루의 꿈이 이루어지는 데에 있어 가장 큰 장벽은 다 허물어졌고. 이제 남은 건 이랑의 자존심 하나라는 것.

　“그럼 그걸 왜 나한테 말하는 건데?”

　그의 입장에서 생각해 보면 이는 상당히 어이가 없는 일이었다. 아무리 오해였다지만 십 년이라는 긴 세월 동안 저를 보좌한 게 누구인데. 그렇게 궁에서 나오기 위해 필사적일 때는 언제고, 이렇게 막상 나오니 다시 들어가는 것도 생각해 보겠다 말하고 있으니 이 얼마나 웃기는 이야기인가. 하지만 그를 더욱더 어이없게 하는 발언이 바로 이어졌다. 할 말 다했으니 이제 그만 돌아가 보겠다며 제 방으로 향하던 이랑이 갑자기 돌아서더니 유시후를 향해 굵고 짧은 경고를 했다.

"방해하지 마, 알았어? 생각해 보면 오라버니가 가장 큰 문제야."

갑작스러운 여동생의 반항에 자리에 앉은 채로 굳어 버린 유시후. 그런 그에게 이랑은 씨익 웃는 것으로 쐐기를 박았다. 괜히 더 있다가는 한바탕 싸움이 날지도 모르니, 그녀는 저녁 먹으러 나오라는 아주머니의 말에 쌩하니 퇴장해 버렸다.

방 안에 남겨진 유시후는 아직도 충격으로 정신을 못 차리겠는지 지끈거리는 머리를 붙잡고 한숨을 내쉬었다. 그의 정신 건강을 위해서라도 어느 정도 기다려 줘야 할 텐데, 눈치 없는 방 안의 다른 인물이 슬머시 다가오더니 뒤에서 와락 그를 안으며 유쾌하게 말했다.

"거봐, 내가 뭐라고 했어, 유시후."

정신줄을 놓고 있던 상태에서 누군가가 갑자기 다가오면 놀랄 만도 했지만, 이미 그녀의 이런 접근에는 도가 터서 그런지 아니면 방금 전의 충격으로 인해 반응 속도가 느려진 건지 아무 말 없이 정신을 놓고 있던 유시후가 고개를 돌려 히연을 바라봤다.

"……히연, 나 지금까지 방해꾼이었던 거야?"

아무래도 많은 말 중에서도 '방해'라는 단어가 가장 충격이었던 모양이다.

"그런 셈이지, 뭐."

약간 쓸쓸해 보이는 그의 등을 툭툭 치던 히연이 자신들도 그만 밥을 먹으러 나가자는 말을 하며 그의 손을 잡고 이끌었다.

"아, 하지만 넌 나름대로 오라버니 역할을 잘해 온 거야. 나보다 너에게 먼저 말했다는 게 그 이유지."

'……과잉보호기는 했지만…….'

그제야 유시후는 미소를 지었지만, 역시 그 표정에는 어딘가 찝찝함이 남아 있었다. 어느 정도 '진정돼 보이는' 그가 몇 걸음 떼지 못하고 다시 폭발했다.

"당연하지. 내가 그동안 그 녀석 뒷바라지하느라 얼마나 고생을 했는데…… 아, 진짜! 그런데 아무리 생각해도 그 인간은 아니지 않아? 우리 이랑이가 어떤 애인데! 아깝잖아!"

"유시후, 너 지금 딸 시집보내는 아저씨 같아. 그만해."

*　　*　　*

어느 방 안에 들어가기를 주저하고 있던 시하루가 심호흡을 내쉬었다. 그러고는 곧 결심한 듯 문을 열고 안으로 들어섰다.

"'처음 뵙겠습니다…….'로 시작하고 싶지만 사실 처음은 아니겠죠? 물론 전 기억이 나지 않지만요."

일단 앉기 전에 나름의 예를 갖춰 인사를 올렸지만, 눈앞에 앉아 있는 여인의 귀에는 약간 건방지게 들렸다. 하지만 다행히도 상대는 이미 그의 성격을 잘 알고 있는 건지 여유롭게 인사를 받아 주었다.

"태어나실 때랑 좀 더 자라셨을 때도 뵈었답니다."

"그럴 줄 알았어요."

자신의 예상이 맞았다는 것이 기쁜 건지, 시하루가 피식 웃으며 자리에 앉았다. 그제야 그와 눈높이가 비슷해진 여인이 그의 눈을 똑바로 바라봤다. 함부로 말 걸기가 어려운 분위기의 여인이었다. 계속 입을 다물고 있었다면 시하루가 삐질삐질 땀을 흘리는 모습까지 볼 수 있었겠지만, 무게 잡고 있던 여인이 갑자기 그의 옆에 앉아 있던 중년의 여인을 바라보며 큰 소리로 웃기 시작했다.

"큭. 수령, 과연 네 아들이다. 나를 협박할 생각을 다 하다니. 배짱이 아주 두둑해."

"미안, 나도 어제 알았어."

그 자리에 함께 있던 대비가 미안하다는 표정을 짓더니 곧 여자를 따라 피식 웃어 버렸다. 과연, 둘이 오랜 벗이라고 하더니 사실이었나 보다. 별다른 말이 오가지 않았음에도 그저 눈이 마주친 거 하나로 웃는 그녀들이다.

"오랜만이네."

"나는 궁 안에서, 너는 서하연 안에서. 서로 밖에 나오기 힘든 존재니까."

순식간에 동창회 모임으로 변해 버린 만남 속에 정작 주최자는 끼어들지 못하고 있었다.

“아, 우리 하늘 같은 주군을 잊고 있었군요.”

얼마간 자신들만의 이야기에 빠져 있던 두 여인이 그제야 시하루의 존재를 깨달은 건지 대화의 주제를 옮기기 시작했다.

“그래서, 저를 부른 이유가 뭔지 여쭈어도 되겠습니까? 서하연의 려화를 함부로 오라 가라 하는 건 매우 드문 일이라는 거 알고 벌이신 일이시겠죠?”

“부탁드릴 게 있어서요.”

“보통 부탁이라는 건 아쉬운 쪽이 직접 찾아와서 예의를 갖추고 하는 거지, 이렇게 상대를 협박하듯 불러다 놓은 다음에 하는 게 아니랍니다.”

려화가 여유로운 표정으로 약간은 짓궂게 불만을 토로했다. 어느 정도 분위기가 자신에게 넘어왔다고 생각을 한 건지 여유롭게 차를 마시고 있었지만, 그녀를 상대하고 있는 이 역시 만만치 않은 상대였다.

“괜찮아요. 전 말씀하신 대로 하늘 같은 주군이니까요.”

주눅이 들기는커녕, 시하루는 오히려 지금 구성원 중 자신이 가장 나이가 어릴지는 몰라도 위치상으로 볼 때는 가장 높은 사람이니 이 사실을 잊지 말라는 경고를 했다. 그 말의 의도를 알아차린 려화가 살짝 인상을 찌푸리더니 대비를 바라보며 말했다.

“수령, 어쩜 선왕과 성격이 이리도 판박이니?”

“그러게 말이야.”

“도대체 하늘 같은 주군께서 저에게 무슨 부탁을 하시려는 거죠? 빨리 볼일 끝내고 서하연으로 돌아가고 싶은데요.”

시하루를 상대하는 것이 지친다는 듯, 피곤한 표정을 짓고 있던 려화가 빨리 요점만을 말하라고 재촉했다.

“서하연의 어떤 법을 살짝 고쳐 주셨으면 해서요.”

단도직입적인 그의 말에 순간 려화가 어이없다는 표정으로 시하루를 바라봤지만, 그의 표정은 방금 그 말이 결코 허언이 아니었음을 강조했다.

“물론 제정신으로 하시는 말씀이시겠죠?”

“당연하죠.”

뻔뻔하다는 생각이 들 정도로 너무나 당당한 시하루의 야무진 대답에 려화는 한숨을 내쉬었다. 곧 고개를 든 그녀의 눈빛은 ‘절대 안 된다.’라고 말하고 있었다.

“려화가 왜 독신으로 살아야 하는지 그 이유를 아십니까? 려화가 왕후가 된다고 생각해 보세요. 과연 지금의 서하연과 같이 독자적인 규율과 왕권에 휘둘리지 않는 독립성이 유지될까요? 아니, 전혀요. 서하연의 수장이 혼인하면 려화 하나뿐이 아니라 서하연 전체가 묶이게 되는 겁니다. 더욱이 왕족은 안 됩니다. 서하연에는 서하연만의 교육 목표와 이념이 있습니다. 나라에서 좌지우지하게 둘 수는 없습니다.”

아직 ‘부탁이 있다.’라고만 말했지 ‘이랑이 려화가 되어도 혼인을 할 수 있게 해 달라.’고 말한 것도 아닌데, 벌써부터 흥분한 려화가 절대 안 된다고 못을 박기 시작했다. 어째서인지 평온한 표정의 시하루가 곧 고개를 저으며 말했다.

"걱정하지 마세요. 제가 부탁하려는 건 려화의 혼인 허가권이 아니니까요."

"……려화의 법을 바꾸시려고 하신 게 아니셨나요? 전 분명 그걸 어떻게 하려고 하실 줄 알았는데…… 그럼 뭐죠? 바꾸고자 하시는 법이?"

"'삼화는 왕 이외의 다른 남자와 혼인을 할 수 없다.' 이 규칙에서 제외되는 명예 삼화직을 만들어 주셨으면 합니다."

앞서 보였던 반응과는 너무나 대조되는 반응이었다. 려화와 대비의 얼굴은 조금 전과는 달리, 어리둥절해하며 이해가 안 간다는 표정과 그 이유가 궁금하다는 호기심 가득한 표정이 적절하게 섞여 있었다.

"그건 전하와는 상관없는 법이 아닙니까?"

"그래도 필요하니까요."

그녀의 말대로, 방금 요구한 법은 그와는 전혀 상관이 없을 법. 그는 왕이었기 때문에 삼화와 혼인할 수 있었다. 그런데 그런 그가 굳이 왜?

"……좀 더 자세히 이야기를 들어 볼 필요가 있겠군요. 전하께서 원하시는 그 명예 삼화는 구체적으로 어떤 자리입니까?"

"삼화의 실력을 갖추고 있지만 려화에 도전하지 않는 자. 계속해서 서하연에 머물며 가르침을 받고 나누되, 그 위로는 올라갈 수 없는 자들. 대신에 자유로운 연애와 혼인 허가권만 첨가해 주시면 됩니다.”

그의 요구에 려화는 잠시 고민에 빠진 듯 아무런 말없이 생각에 잠겼다. 그러기를 수십 분, 곧 모든 생각을 정리한 듯 그녀가 고개를 들었다.

“좋습니다. 전하께서 원하시는 대로, 서하연의 규칙을 바꿔 드리죠. 명예 삼화직. 새로운 시도라서 마음에 드는군요.”

“이해해 주셔서 감사…….”

제 뜻대로 되어 다행이라는 듯 안도의 한숨을 내쉬던 그가 감사의 인사를 하기 위해 반쯤 고개를 숙일 때였다.

“하지만 모든 일에는 ‘대가’라는 게 필요하죠. 그래야 공평한 거 아니겠습니까?”

“……원하시는 거라도 있으신가요?”

“전하께서 이랑의 증표를 갖고 있다는 이야기를 들었습니다. 그 거면 충분하겠군요.”

숨도 안 쉬고 자신의 요구 사항을 밝히는 려화의 재미있다는 표정과는 달리, 가만히 앉아 오랜 벗과 아들의 기 싸움을 지켜보고 있던 대비의 입은 다물어질 생각을 않았다.

“이랑이의 증표? 설마! 그걸 갖고 있는 겁니까? 어떻게? 아니 그 전에, 내 아들 일을 내가 알기도 전에 어떻게 려화 네가 먼저 안 거지?”

“나한테도 꽤 실력 있는 조력자가 있으니까.”

충격에서 빠져나오지 못하고 있는 대비를 향해 려화가 싱긋 웃어 보였다.

"잠깐. 그런데 증표를 달라니?"

"이랑이가 태어나던 날 우리는 약속을 했었어. 그 아이, 그러니까 유아는 우리가 지키겠다고 말이야. 하지만 너와 나는 방식이 달랐지. 넌 네 아들과 혼인을 시켜서 궁이라는 울타리로 그 아이를 지키려고 했고, 난 서하연이라는 울타리로 그 아이를 지키려고 했어. 하지만 더 이상 유아는 애가 아니야. 울타리로 가두는 건 지키는 게 아니야. 이제는 스스로 앞길을 선택할 수 있는 나이잖아. 그리고 그 선택을 위해서라도 그쪽에서 붙잡고 있는 이랑의 증표를 무효화해야 한다고 생각했어. 그게 공평하잖아?"

증표를 가져가려는 자와 지키려는 자의 기 싸움이 벌어졌다. 그러나 이 이야기의 주인공 중 하나인 시하루는 어쩌면 큰 무기로 작용할지도 모를 증표를 놓고도, 별로 고민이나 미련 없는 표정으로 낡은 종이를 려화에게 내밀었다.

"어차피 제가 갖고 있어도 쓰지 못했을 테니까요."

자신의 손에 넘어온 종이를 보며 거래가 성립되었다는 듯 고개를 끄덕이던 려화가 곧바로 자리에서 일어났다. 볼일이 끝났으니 자신은 이만 돌아가 보겠다는 말과 함께 간단히 인사를 한 그녀는 문득 뭔가가 떠오른 건지 배웅을 위해 자리에서 일어나 있는 시하루에게 물었다.

"……그냥 여쭤 보는 건데, 이 종이를 전하게 건네준 게 아이였습니까?"

뜬금없어 보이는 려화의 질문에 어리둥절하던 시하루가 곧 고개를 저으며 대답했다.

"아니요. 함께 있던 건 아이가 맞지만, 그 종이를 저에게 준 건 그 아이와 함께 온 중년의 여인이었습니다만……."

"그렇군요. 잘 알겠습니다. 아, 그러고 보니."

뭔가 알겠다는 건지 모르겠지만 나가려던 려화가 또다시 걸음을 멈추었다.

"전하께 한 가지 좋은 소식을 알려 드리죠. 이랑이……이번 려화 승격 시험에 접수하지 않았더군요. 어쩌면 가망이 있어 보이십니다. 호호."

그녀가 아직도 려화 승격 시험에 접수하지 않았다는 사실에 놀란 시하루의 눈이 커졌다. 천하의 소이랑이 시험을 마다하다니! 물론 아직 접수 기간이 남아 있기는 하지만 평소의 그녀라면 분명 시작과 동시에 가장 먼저 접수하고도 남았을 텐데……. 입가에 지어지려는 미소를 애써 참으려고 했지만, 불가능했다. 웃음을 참느라 일그러진 표정을 감추기 위해 잽싸게 고개를 돌린 그였지만, 갑작스러운 기쁨으로 인해 이상한 목소리가 흘러나오는 건 어쩔 수 없었나 보다.

"그것참 감사한 정보네요."

*　　*　　*

어딘가 가벼워 보이는 걸음으로 궁에서 나오는 려화가 문 앞에 서 있는 여인을 발견하고는 걸음을 재촉했다.

"어떠셨습니까?"

문 앞에 서 있던 여인이 너울을 내밀자, 려화가 그것을 받아 들며 말했다.

"네 생각이 맞았더구나, 히연."

손에 쥐고 있던 종이를 조심스럽게 펼쳐보던 려화가 피식 웃으며 말했다.

"네 예상대로 이건 이랑이가 쓴 게 아니야. 유희의 서체다. 이미 예전부터 수령의 아들에게 제 딸을 맡기겠다고 생각한 거겠지. 그녀는 전부터 사람 보는 눈이 있었으니까. 그런데 정말 신기하네. 보지도 않고 어떻게 알아차린 거니?"

그녀의 질문에 앞서 가서 히연이 빙글 돌더니 활짝 웃었다.

"전하께서 가진 종이에 '소유아'라는 이름이 적혀 있다는 말을 들었을 때부터요. 이랑이는 어렸을 때부터 뭘 썼는지 알아볼 수 없을 정도로 심한 악필이어서 제가 교정하는 데 고생 좀 했거든요."

그 말에 뒤에서 려화의 웃음소리가 들려왔다.

"하하. 그것 참 멋진 이유구나."

누군가 말했었지. 신은 공평하다고.

十五花 * 적화유(頓花儒)

"서하연의 려화를 움직이셨다는 말씀이십니까?"

시하루의 말에 언제나 침착함을 유지하던 이신이 깜짝 놀랐는지 목소리가 한층 커졌다. 여느 때라면 뭔가에 놀랄 때도 아무렇지 않은 듯 태연한 척을 했겠지만, 이번만큼은 역시 반응이 남달랐다. 최근 시하루가 무슨 일을 벌일 거 같기는 했지만, 설마 그 서하연의 려화를 움직이다니.

"표정을 보아하니 아직 뭔가가 더 있는 모양이군요. 그래서 다음으로는 또 뭘 움직이실 생각이십니까? 이게 다는 아니겠죠?"

이신의 말에 곰곰이 생각에 잠겨 있던 시하루는 손에 들린 어느 종이를 들어 보이며 대답했다.

"사나운 호랑이 한 마리를 움직여 볼 계획이 있기는 하죠."

‘사나운 호랑이’라는 비유에도 불구하고 이신은 그것이 누구를 지칭하는 말인지 금세 눈치챘다. 하지만 대상을 떠올리기 무섭게 그는 걱정된다는 듯 인상을 찌푸렸다.

“제가 아는데, 웬만해서는 힘드실 겁니다.”

“저도 아는데, 이번만큼은 제가 이깁니다.”

너무나 당당한 그의 태도를 이신은 이해할 수 없었다. 평소 둘이 붙으면 지는 쪽은 항상 자신이 모시는 주군인데 이번에는 뭐가 그리 당당한지. 혼자 실실 웃고 있던 시하루가 어리둥절한 이신에게 약간의 실마리를 주기 위해 들고 있던 종이를 내밀었다.

“이게 뭔지 아십니까?”

꽤 떨어진 거리 때문에 그 내용까지 자세히 보이지는 않았지만, 새하얀 종이의 아래쪽에 찍혀 있는 인장은 예전 이랑의 신원 보증 사건 때 서하연의 려화가 찍어 주었던 것과 같은 모양이었다.

“글쎄요. 서하연의 려화에게서 얻은 게 아닐까 생각됩니다만.”

“뭐, 두고 보세요. 제가 서하연을 건드리면서까지 뭘 얻었는지.”

*　　*　　*

유시후는 지금 상황이 매우 불만스러웠다. 도대체 뭐 하자는 건지……. 자신은 물론이요, 제 앞에 앉아 있는 상대 역시 이 자리가 불편할 텐데. 하지만 분위기와 어울리지 않는 상대의 미소가 너무도 거슬렸다. 뭔가 꿍꿍이가 있는 게 분명했다.

"협조해라, 유시후."

"……뜬금없이 사람을 불러다 놓고 한다는 말씀이 그것이십니까?"

또 쓸데없는 소리를 한다는 듯, 그를 바라보던 유시후는 한숨을 내쉬며 잔을 들었다. 갑자기 호출이 들어왔기에 또 장기 때문에 부른 줄 알았는데, 남자끼리 한잔 하러 가자며 자신을 끌고 가는 왕이다. 그러고는 굳이 궁 밖으로 나와, 자리 잡기 무섭게 한다는 소리가 '유아와 자신의 사이를 방해하지 마라.'였다. 거기에 덤으로 '협조'까지 바라고 있으니 욕심이 과했다.

"좋게 말할 때 듣는 게 어때?"

'협조'로 시작했지만, 이제는 협박에 가까웠다. 유시후는 생각했다. 앞으로도 그가 자신을 부른다면 무슨 핑계를 대서라도 자리를 피하겠다고.

"세간에서는 '좋은 말 할 때 협조해라.'라는 말은 좋게 말하는 게 아니라고 하더군요."

"일단 끝까지 들어 보는 게 어때? 너한테도 안 좋은 이야기는 아닐 텐데?"

섣불리 판단하지 말라는 시하루의 말이 먹힌 건지 일단은 이야기를 들어 보겠다는 듯 유시후가 고개를 끄덕였다. 하지만 표정은 여전히 시큰둥했다.

"서하연의 려화에게서 유아의 증표를 대가로 어떤 법을 바꾸겠다는 답을 얻었다."

그의 말에 유시후는 차려진 상 위의 산적을 노리던 시선을 거두었다. 지금은 산적보다 서하연의 려화를 협박하면서까지 얻은 물건이 더욱 흥미로웠다. 그나저나 '유아의 증표'라니. 역시 이쯤이면 눈치채고 있는 게 당연한 건가. 안 그래도 이신이 그가 서하연의 려화를 협박해 무엇을 얻었다고 귀띔해 주었는데……. 무엇으로, 어떻게 그런 짓을 한 건지 궁금하던 유시후는 이제야 이해할 수 있었다.

려화에게 있어서 이랑, 즉 유아는 특별한 존재이다. 물론 자신의 오랜 벗이 남기고 간 딸이기도 했지만, 이미 오래전부터 그녀가 자라는 모습을 봐 왔고 자식을 가질 수 없는 려화에게 있어서 그녀는 친딸과도 같은 존재였으리라. 그런 려화에게서 이랑을 빼앗을 수 있는 위력을 지닌 것이 증표였다. 증표를 왕이 갖고 있었으니, 려화는 그가 멋대로 서하연에서 데리고 나갈 수 없게 그 증표를 무효화시키는 데 노력을 기울였겠지. 하지만 아무리 려화라고 해도 할 수 있는 일이 있고, 할 수 없는 일이란 게 있다.

"설마…… 려화도 혼인을 할 수 있게 한다느니 뭐 그런 건 아니겠죠? 그건 있을 수……."

"아니. 내가 요구한 건 '명예 삼화'를 만들어 달라는 거였어. 삼화이지만 려화에는 도전하지 않는 여인들. 혼인의 제약에서 벗어난 삼화들을 말이야."

'난 절대 당신의 말에 넘어갈 생각이 없어.'라는 생각으로 그를 경계하던 유시후는 전혀 예상치 못한 공격에 머리에 돌이라도 맞은 표정으로 멍하니 그를 바라보았다.

잠깐. 저게 도대체 무슨 소리지?

얼마간의 시간이 흘렀을까. 곧 제정신으로 돌아온 그는 뭔가 짜증이 난다는 표정과 함께, 노골적으로 '당신 진짜 마음에 안 들어.'라는 눈빛을 보냈다.

"서하연의 려화를 협박해서 얻어 낸 것이…… 저를 협박할 수 있는 무기였군요."

"처음부터 내가 생각한 최고의 장벽은 려화가 아니라 너였거든. 그때 궁에서 잠깐 봤지만, 그 여자가 네 약점이라는 것쯤은 한눈에 알 수 있었지. 또 꼬맹이한테 많이 듣기도 했고 말이야."

예전에 이랑을 궁 밖으로 데리고 나갈 때 합격 통지서를 들고 나타났던 히연을 유시후와 연관 지어 주의 깊게 관찰한 모양이었다. 꼭 그것이 아니라 가끔씩 이랑의 이야기 속에 등장하는 모습만 봐도 유시후는 그 여인에게 꽉 잡혀 있었고, 그녀 역시 이랑과 마찬가지로 학구열에 불타오르는 학생이라는 것 또한 예측할 수 있었다. 게다가 결정적으로 예전에 유시후 그가 시하루에게 했던 말…….

'사랑하니까 곁에 있어 달라고 하면 얻을 수 있을지도 모르겠지만 아마 평생 미안한 감정을 갖고 살아야 할 겁니다.'

그것은 유시후와 라히연의 이야기였다. 그리고 비슷한 처지에 놓인 자신에게 하는 그 나름의 충고였던 것.

"이랑은 삼화가 되어도 나랑 혼인을 할 수 있지. 왜? 내 입으로 말하기도 뭐하지만 내가 누구냐, 이 나라의 왕 아니야. 그런데 그…… 아히연? 그녀는…….."

일단 유시후를 설득시키는 일이 우선인 시하루는 필사적으로 그의 이해를 돕기 위한 설명을 시작했다.

"라. 히. 연."

아무 말 안 하고 있던 유시후가 바로 지적했다. 스스로 왕이라 으스대듯 말하고 있는 그의 태도는 꾹 참았지만, 히연의 이름을 잘못 말한 것은 그냥 넘어갈 수 없었나 보다.

"그래그래, 라히연. 어쨌든, 그녀는 너랑 혼인하기 위해서 삼화에서 내려와야 한다는 걸로 알고 있는데?"

"……"

"그리고 너는 그녀가 너 때문에 학업을 때려치우고 다 버리고 내려오는 건 싫을 거 아니야. 그렇다면 이건 너에게도 좋은 조건 아닌가?"

과연 유시후의 약점이라고 말하기 충분했다. 평소라면 으르렁거리며 적대감을 드러냈을 유시후가 이리도 얌전하니 말이다. 가만히 앉아 깊은 생각에 빠져 있던 그는 이윽고 생각이 정리된 건지 한숨을 내쉬며 미소 짓고 있는 시하루에게 물었다.

"……대가는요?"

유시후의 입에서 '대가'라는 말이 나오기 무섭게 시하루의 머릿속에는 '성공'이라는 단어가 맴돌았다. 천하의 유시후를 설득시켰다는 데에서 오는 기쁨을 억누른 그가 재빨리 말했다.

"더는 나를 방해하지 말 것. 인정하기는 싫지만 난 너는 이길 자신이 없거든."

방금 그의 말을 해석해 보면 유시후를 제외한 모든 인물에게는 이길 자신이 있다는 뜻과 같았다. 도대체 무슨 자신감인지.

"'방해하지 마라.'라……. 거절하면 즉시 려화와의 거래를 없던 일로 하겠다……라고 말씀하시겠죠?"

얼마 전 이랑에게도 같은 소리를 들어 꽤나 큰 충격을 받은 유시후는 안 그래도 더는 남들 연애사에 관심 갖지 않기로 결심한 상태였다. 물론 히연 대신 이랑을 그에게 넘겨주는 꼴이 돼 버렸기 때문에 마음 한구석이 콕콕 찌르듯 아파 왔지만 그깟 아픔, 히연을 생각하면 금세 잊힐 정도일 뿐 큰 문제가 되지는 않았다. 그렇다면 더 무슨 대답이 필요하겠는가. 유시후는 그저 '이제 이겼다.'라는 표정으로 미소 짓고 있는 시하루가 너무도 얄미워 죽을 지경이었다.

"그냥 마음 편하게 생각해. 꼬맹이 대신에 넌 네 사랑 찾아가는 거잖아?"

"그것참 마음이 편해지네요."

여기까지 와서도 비꼬다니, 역시 유시후는 만만하게 볼 상대가 아니었다. 서서히 초조해지기 시작한 시하루는 얼마 전 이신이 가르쳐 준 '이제 시간이 없어. 얼른 선택을 하지 않으면 이 기회가

날아갈지도 몰라.'라는 협상의 방법을 살려, 마지막 재촉에 들어
갔다.

"자, 어때. 어느 쪽을 선택할래? 유아? 아니면 라히연이라는 여
자?"

자리에서 벌떡 일어난 유시후는 재빠른 손놀림으로 그의 손에
들린 종이를 낚아채는 것으로 답을 대신했다. 더는 이야기를 나
누고 싶지 않다는 듯 그대로 자리를 뜨려던 그는 곧 뒤탈이 걱정
되는지 잠시 걸음을 멈추고 당부를 했다.

"나중에 혹시나 이랑이 물어본다면, 그래도 조금은 고민했었다
고 말해 주세요."

"걱정하지 마. 포장 잘 해 줄게."

유시후는 그의 미소를 바라보며 생각했다. '분명 저 약속은 지
켜지지 않겠구나.'라고. 하지만 그동안 자신이 당한 것도 있었으
니, 이랑이 뭐라 한다면 지난 십 년간 자신이 고생했던 것과 맞바
꾸자고 해야지.

*　　*　　*

"요즘 들어 오라버니가 조금 이상해요."

"어떻게 이상한데?"

사실 시하루는 그 이유에 대해 이미 잘 알고 있었지만, 그 사납
기로 소문이 자자한 인간이 구체적으로 어떻게 바뀌었을지 궁금

했다. 일 하느라 바쁜 이랑이 자신을 상대해 주지 않자, 시하루는
혼자 장기를 두는가 싶더니 나중에는 그 말들을 하나하나 쌓아
올리는 이상한 놀이를 하기 시작했다.

"……뭔가 말하고 싶은 게 있는데 말하려다가 멈춘다는 느낌?"

"아…… 지금은 아마 심정이 여러모로 복잡할 거야. 내가 잘 알
지."

잘 알고 있는 게 당연했다. 그렇게 만든 장본인이기도 했으니.
평소 상대하기 버거운 유시후의 일상을 무너뜨렸다는 기쁨에 시
하루는 하마터면 큰 소리로 웃을 뻔했지만 꾹 참았다. 괜히 이랑
에게 의심을 샀다가는 자신이 한 일을 하나부터 열까지 설명해야
만 했으니까.

"그런데 더 이상한 건, 오라버니는 기분이 안 좋아 보이는데 히
연 언니는 이상하게 기분이 좋아 보인다는 거예요."

"아, 아마 그 언니란 사람은 지금 기분이 좋을 거야."

어찌 보면 이 싸움에게 가장 이익을 본 인물은 라히연이라는
여인일 테니까.

"꽃따리 오빠가 어떻게 알아요?"

이랑은 말만 하면 다 알고 있다는 듯 고개를 끄덕이는 그를 빤
히 바라보기 시작했다. 어딘가 수상해 보이는 그를 뚫어지라 바
라보고 있자, 그 눈빛을 견디지 못한 시하루는 조심스럽게 고개를
들었다.

"……서하연에서 들은 거 없어?"

“서하연이요? 요즘 궐 안 일이 많아서……그러고 보니 며칠 동안 못 갔네요. 그런데 서하연이 여기서 왜 나와요?”

요 며칠 서하연은 무언가가 바뀌어 엄청나게 소란스러울 텐데, 열심히 일하느라 그 소식조차 듣지 못했다는 말에 시하루는 당장에라도 그녀의 상사인 이신을 불러다가 뭔 일을 그렇게 시키느냐고 한마디 하고 싶었다.

“그럼 오늘 꼭 서하연에 가 봐. 특별한 선물을 준비해 뒀으니까.”

물론 이랑과는 직접적인 연관이 없을 법이었지만, 그래도 그녀에게 있어 히연 언니라는 존재가 특별한 인물인 것은 틀림없었으니까. 그녀라면 분명 함께 기뻐할 테니 말이다.

“이미 식구 같기는 하지만, 언니랑 오라버니가 빨리 혼례를 올렸으면 좋겠어요.”

신입 관리 연수에서 받은 과제들을 처리하며 이랑은 중얼거렸다. 가끔 시하루는 그녀가 들어오는 자료와 과제의 양을 볼 때마다 놀라고는 했다. 도대체 이 작은 아이에게 뭔 일들을 시켜 대는지.

“아…… 아마 당분간은 못 할걸…….”

이제는 꽤 높이 쌓아 올린 장기짝 탑 위에 또 하나를 조심스럽게 올리고 있던 시하루가 이랑의 중얼거림에 잠시 주춤거리며 말했다.

“왜요?”

"조만간 금혼령이 내려질 예정이니까. 윽."

그녀의 질문에 대답하랴, 서서히 흔들거리며 위험신호를 보내오는 장기 탑에 집중하랴. 결국에는 와르르, 잠깐의 방심으로 인해 높게 쌓아 올렸던 장기 탑이 순식간에 무너졌다.

"금혼령?"

주변으로 흩어진 장기짝을 정리하던 시하루는 고개를 들어, 뜬금없이 이 시기에 무슨 금혼령이냐는 이랑의 질문에 진지하게 대답했다.

"너한테 다시 청혼할 생각이거든."

그 말을 듣고도 이랑은 별다른 반응이 없었다. 애초에 감동은 기대도 하지 않은 시하루였지만 '당황'이라든가 '놀라움' 정도의 반응은 볼 수 있을 줄 알았는데 아무것도 없었다. 얼마간 시간이 지나고 여전히 제 할 일에 몰두 중인 이랑이 곧 고개를 갸웃거리며 질문했다.

"제가 연애를 안 해 봐서 그러는데요. 보통 그런 건 당일까지 비밀로 하지 않나요? 원래 계획 단계부터 세세히 보고하고 그러는 건가요?"

언제 고백하고 언제 청혼하고 언제 결혼할 건지 미리미리 계획을 세워 두고 그것을 상대에게 일일이 보고하는 것이 올바른 연애 방식인가 싶었다.

"갑자기 청혼하면 거절할 거 같아서."

기가 죽은 건지 시하루의 목소리가 점점 작아졌다. 그것을 느긴 이랑은 짓궂은 미소를 보이며 물었다.

"제가 받아들일 거 같아요?"

살짝 미소를 머금은 채, 조금은 사악해 보이기까지 하는 그녀의 질문에 안 그래도 불안하다는 듯 시하루가 한숨을 내쉬었다.

"에이…… 우리 화해했잖아. 그리고 너 나 좋아하면서, 나 좀 예쁘게 봐 줘."

"……무슨 자신감이래요? 내가 꽃따리 오빠를 좋아하는지 아닌지 어떻게 알아요?"

그녀의 질문에 잠시 고민하던 시하루는 옆에 놓인 서랍장으로 시선을 옮겼다. 그러다 뭔가 단단히 결심이라도 한 듯 그 앞으로 걸어가더니 맨 아래의 서랍을 열어 고이 모아 놓았던 두툼한 종이봉투를 꺼내 들었다.

"아마 이걸 보면 내가 장난이 아니라, 진심이라는 걸 알 수 있을 거야."

아무래도 이제 때가 된 거 같았다. 그동안 진유한의 일거수일투족을 감시했지만, 특별한 움직임을 보이지 않았으니 알리려고 한다면 지금이 적기일지도.

"나도 알게 된 건 얼마 전이지만 말이야, 버리지 않고 모아 두길 참 잘했어."

사실 의미가 있어 모아둔 게 아니라 귀찮아 한 곳에 놓다 보니 저절로 모아진 거지만. 봉투를 받아 든 이랑이 그 자리에서 바로 내용물을 확인하려하자, 시하루가 재빨리 막았다. 그러고는 지금 여기서가 아니라 집에 돌아가 보라고 당부했다.

"약속 하나 하자. 이번에는 꼭 지켜야 돼."

예전에 그녀가 한 거짓말을 떠올리며 시하루는 이번에야말로 제대로 된 다짐을 받아야겠다는 듯, 끈질기게 확답을 요구했다.

"절대 날 피할 생각은 하지 않는 게 좋을 거야."

그의 말에 이랑은 자신의 손에 들린 봉투를 바라봤다. 도대체 이것이 뭐기에 저렇게까지 나오는 걸까.

"걱정 마세요. 이번 약속은 반드시 지킬 테니까."

안 그래도 전에 거짓말을 한 것이 여전히 불편했던 그녀이다. 물론 저번에 약속을 지키지 못한 것은 불가항력 때문이었지만, 이번 약속을 지키는 것에는 어떤 문제도 없다. 그러니 반드시 지켜 보이겠노라 눈을 반짝이며 다짐하고 있는 이랑을 바라보던 시하루는 뭐가 재밌는 건지 모르겠지만 실실 웃고만 있었다. 일전의 잘못이 있는 그녀였기 때문에, 아마 이번 약속은 반드시 지키려고 할 것이다.

물론 그리 쉽지만은 않겠지만.

"내일이면 아마 많은 게 바뀌어 있을 거야."

*   *   *

"명예 삼화직이 뭐야?"

그동안 일에 몰입해서 그런가, 아니면 누군가의 압력이 있었던 건가. 오랜만에 일이 일찍 끝난 이랑은 시하루의 조언대로 집에 가는 길에 서하연에 들렀다. 려화는 워낙에 바빠 만날 수 없었지만 마침 서하연에서 나오던 히연을 만났고, 함께 집으로 돌아오는 길에 그녀에게서 생소한 명칭을 듣게 된 것이다. 서하연이 평소와 다르게 소란스러워진 것을 느끼기는 했지만, 곧 있으면 시작되는 승급 시험 때문이겠거니 하고 넘어갔는데 아무래도 그 때문이 아닌 모양이다.

"어머, 듣지 못했어?"

히연의 말에 이랑은 순간, 낮에 들은 '서하연에서 들은 거 없어?'라는 질문이 떠올랐다. 자신이 서하연에 가지 않은 그동안에 무슨 일이 벌어진 건지, 왜 자신만 그것을 모르고 있는지 답답했다.

"전하께서 진심으로 우리 이랑이를 아끼고 있기는 한가 봐. 조금은 안심이 되네."

"응?"

무슨 말인지 이해가 안 간다는 표정의 이랑을 바라보는 히연의 얼굴에 부드러운 미소가 지어졌다.

"듣기로는 얼마 전에 전하께서 려화님과 만나고 싶다고 하셨나 봐. 거기서 나름대로 큰 대가를 지불하면서까지 서하연의 법을 고치고 싶어 하셨대. 그 결과 생겨난 게 바로 '명예 삼화!' 삼화의 자격을 갖고 있긴 하지만 려화는 될 수 없다. 하지만 혼인의 자유를 갖고 있는 여인!"

"……본인과는 전혀 상관없지 않나?"

그는 왕이기 때문에 딱히 삼화의 규칙과 상관없을 텐데? 아니, 오히려 더 위험한 거 아닌가? 이랑 역시 다른 남자와 혼인할 수 있게 된 거나 마찬가지였으니 말이다. 좋아한다느니 뭐라 말 할 때는 언제고, 사실은 그녀가 다른 사람과 결혼해도 상관없다는 뜻 같아 이랑은 뭔가 섭섭했다.

"글쎄. 아마도 누군가의 목표가 바뀌길 바란 건 아닐…… 어? 유 낭군!"

집 대문 앞에서부터 살짝 화가 난 듯 보이는 유시후가 히연과 이랑을 발견하고는 인상을 더욱더 찌푸리며 다가오기 시작했다. 당연히 귀가가 늦다는 이유로 잔소리를 한바탕하겠거니 싶어 미리 마음의 준비를 하고 있던 이랑이었지만, 걱정과는 다르게 그의 걸음은 그녀를 지나쳐 옆에 있던 히연에게로 향했다.

"너 앞으로도 계속 서하연 다닐 건데, 일찍일찍 좀 다녀라. 예전에는 '이제 얼마 못 다니니까 다닐 수 있을 동안 마음껏.'이라는 이유로 눈감아 줬다지만 이제는 아니잖아?"

열심히 혼나고 있는 히연을 바라보던 이랑은 왠지 서운해졌다. 혼나는 건 죽어도 싫으면서 막상 자신을 대놓고 없는 사람 취급하는 오라버니의 태도에 그녀의 입이 삐죽 튀어나왔다.

"내 걱정 안 하지?"

평소라면 그의 눈에 들지 않기 위해 온갖 노력을 했을 이랑이었지만, 오늘은 달랐다. 먼저 말까지 걸어 자신의 존재를 확인시

컸다.

"넌 네가 알아서…… 어? 그건 뭐냐?"

무표정으로 답하며 안으로 들어서던 유시후가 이랑의 품 안에 있는 정체불명의 봉투에 시선을 고정하며 관심을 보였다.

"아, 이거? 몰라. 꽃따리 오빠가 주더라고. 뭐라더라…… 자신의 진심을 알 수 있을 거라나? 어쨌든 꽤 중요한 건가 봐. 이야기 나온 김에 지금 볼까?"

혼자 주절주절 말을 늘어놓던 이랑이 품 안에 안고 있던 봉투를 열기 시작했다. 그런 그녀를 바라보고 있던 유시후와 히연이 서로 알 수 없는 눈빛을 교환하더니 곧 한시라도 빨리 그 자리를 떠야 한다는 듯, 빠른 걸음으로 집 안으로 들어갔다. 지금 둘의 머릿속에는 동시에 '어떤 사실'이 떠올랐기 때문이다.

'저건 분명…….'

역시 그들의 예상대로였다.

"이…… 이게 뭐야! 이 편지들을 어떻게 꽃따리 오빠가 갖고 있는 거지?"

멀지 않은 곳에서 이랑의 외침이 그들의 귓가를 때리기 시작했다. 유시후는 벌써부터 한숨을 내쉬며 저걸 또 어떻게 달래야 하나 고민에 빠졌다. 방 안에 들어설 때까지 아무 말이 없던 그는 '그러고 보니…….'라고 중얼거리며 자신의 옆에 딱 달라붙어 있는 히연에게로 고개를 돌렸다.

"라히연, 너는 알고 있었던 거야? 적화유가 전하라는 사실."

그녀가 알고 있었다는 사실이 놀랍다는 듯 유시후가 질문하자 히연이 피식 웃으며 대답했다.

"첫 번째 편지 읽었을 때부터. 내용도 내용이지만 말이야, 가명이 '적화유'라니 너무 티가 나잖아."

사실 그녀는 이미 첫 번째 편지를 읽을 때부터 어느 정도 의심을 하고 있었고, 그 뒤로 오는 편지들을 계속 읽으면서 확신했다. 딱히 말을 하지 않은 건 왕과 이랑이 서로의 존재를 모르는 채로 속마음을 털어놓는 상황이 재미있었기 때문이었다.

"큭. 창의성이 없긴 하지. 교묘하게 순서를 섞기는 했지만 말이야, 대충 말을 맞춰 보면 답이 나오잖아."

"적화유. '아름다운 꽃 같은 선비' 이랑이 입에 달고 다니는 '꽃따리 오빠'가 말이지."

이해가 간다는 듯 히연을 따라 큭큭 웃던 유시후가 아직까지도 밖에서 난리를 피우고 있는 이랑의 목소리를 들으며 중얼거렸다.

"정작 이름 붙인 녀석은 그걸 눈치채지 못한 거 같지만 말이야."

남의 일에 있어서는 눈치가 빨랐지만, 정작 자신의 일이 되면 눈치가 없는 게 그녀였다.

＊　　＊　　＊

"이게 다 너 때문이니까, 네가 처리해라."

유시후의 목소리가 이랑의 양심을 콕콕 찌르기 시작했다. 며칠 전 문제의 그 봉투를 받으며 시하루와 약속했었다.

'내일도 나를 만나러 올 것.'

하지만 지금, 그녀는 버티고 있었다. 이번에는 반드시 지키겠다고 큰 소리를 쳤지만 쉽지 않았다. 어떻게, 어떤 얼굴로 만나러 가. 그제야 이랑은 매일같이 만나고 있으면서 굳이 '내일'이라고 이야기한 이유를 알 수 있었다.

문제의 그 봉투! 그가 어떻게 유아로서 적화유에게 보낸 고민 편지들을 갖고 있는 건지 알 수가 없었지만, 그것을 돌려줬다는 건 보낸 이가 자신이라는 사실을 알고 있다는 뜻이었다. 편지에는 단순히 학업에 관련된 문제뿐만 아니라. 이것저것…… 정말 이것저것, 입 밖으로 내기에도 창피한 이야기들을 적었는데 그것들을 다 읽었다는 말이 되지 않는가! 심지어 답장도 써 주고! 그러고 보니 어제의 대화에서…….

'그리고 너 나 좋아하면서. 나 좀 예쁘게 봐 줘.'

장난으로 하는 말인 줄 알았는데, 알고 보니 그게 아니었다. 지금 그는 다 알고 있는 것이다. 모든 것을 다. 내가 저 좋아한다고 얼결에 고백해 버린 게 되지 않는가. 마지막까지 지키려고 했던 내 자존심이! 하지만 이랑은 어느 한 가지 사실을 몰랐다. 그녀와 같은 고민과 민망함을 얼마 전에 시하루도 겪었다는 것을.

"잠깐. 그렇게 되면 뭔가 이상한데……."

이랑은 여전히 자신을 향해 허리를 숙이고 있는 이안은 본체만

체하고 고민에 빠졌다. 그는 자신이 '서화당의 유아'라는 사실을 알고 있다. 그가 건네준 편지는 자신과 '적화유'가 주고받은 편지. 어쩌면 그는 적화유의 지인일수도 있었다. 하지만…….

'아마 이걸 보면, 내가 장난이 아니라 진심이라는 걸 알 수 있을 거야.'

진심? 그 말을 하기 전까지 그와 나누고 있던 대화는 과연 청혼을 받아들일지 아닐 지에 대해서. 그럼 도대체 뭐지? 지금 자신이 잊고 있는 어느 한 가지의 가능성이 남아 있는 거 같은데…….

"그동안 넌 전하가 적화유인 걸 정말로 조금도 눈치 못 챈 거냐?"

언제 온 건지, 혼자만의 고민에 빠져 있던 이랑의 옆에 유시후가 다가왔다. 아침 먹으러 나오라는 말을 하기 위해 유시후는 이랑의 방을 찾았다. 그런데 문을 열고 들어가니 이게 뭐하는 건지……. 수많은 종이에 둘러싸여 좌절 중인 이랑이 눈에 들어왔고, 애는 또 왜 이러나 중얼거리며 종이 한 장을 들어보니 적화유의 편지였다. 드디어 적화유의 정체를 알아차린 게 분명했다. 그리고 뒤늦게 몰려오는 민망함에 좌절 중인 거겠지.

"……오라버니는 알고 있었던 거야?"

"당연하지. 히연이도 눈치챘을걸."

왜 자신에게 이야기해 주지 않았냐는 원망보다도, 평소 스스로 총명하다고 생각해 왔는데 자신만 모르고 있었다는 충격이 더 컸다. 새로운 충격에 빠져 버린 이랑은 그렇게 한숨을 내쉬며 하루

를 보냈다. 그리고 약속의 날인 이튿날…… 도저히 찾아갈 용기
가 나지 않은 그녀는 그대로 잠적을 선택했다. 물론 언제까지고
집 안에만 숨어 있을 순 없었지만, 어떻게든 되겠지 싶은 그녀였
다.

그런데.

'절대 날 피할 생각은 하지 않는 게 좋을 거야.'

그의 경고를 무시하는 게 아니었는데…….

"바, 반찬이 정말 맛있네요. 하하."

어색한 웃음이 오가는 가운데, '밥은 꼭 온 가족이 다 함께.'라
는 주의인 어느 가족이 식사를 하고 있었다. 그 가족 구성원 외의
인간 한 명도 덤으로 끼어서. 이랑은 아침 댓바람부터 왜 '이분'을
밥상을 사이에 두고 마주해야 하나 이해가 가지 않았다. 하지만
그도 워낙 괴롭힘을 많이 당하는 '불쌍한' 사람이었으니 대놓고
물어보기 뭐했다. 괜히 상처라도 받을까 봐.

"정말 죄송합니다. 하루도 아니고 이틀을 이렇게……."

"알면 됐고요."

호랑이 한 마리가 아까부터 눈치를 주고 있었지만, 이안은 눈
물을 글썽이면서도 제 밥그릇을 놓지 않았다. 그 호랑이 한 마리
를 제외한 나머지 가족 구성원들은 그런 이안을 바라보며 괜찮다

는 듯 고개를 끄덕였다. 희한한 아침 식사 풍경이다.

사건의 발단은 이러했다.

"안녕하십니까, 이랑 마마!"

이안은 이미 이 천유국에서 시하루의 '불쌍한' 오른팔로 유명했다. 갑작스러웠지만 그 오른팔이 현재 이랑이 머물고 있는 유월가에 기세 좋게 등장한 건 불과 이틀 전의 일이다. 그것도 제대로 된 몰골이 아닌, 대문에 넙죽 엎드려 비는 인상 깊은 자세로.

"전 이제 '마마'가 아닌데요. 그나저나 무슨 일로 오셨어요?"

이랑은 스스로 평범한 신하의 위치이니 더는 격식을 차리지 않아도 된다 말했다. 그리고 이미 무슨 일로 그가 찾아왔는지는 잘 알고 있었지만, 마치 모른다는 듯 질문했다. 하지만 어디 사는 누군가의 주입식 교육 탓에 '한번 마마는 영원한 마마이십니다!'를 외치는 그의 귀에 그녀의 말이 들릴 리가 없었다. 그래도 원래는 '왕후마마'라고 부르려고 했지만 그것은 아직 미래의 이야기여서 고심 끝에 결정한 호칭이 '이랑 마마'라는 쓸데없는 사실까지 웃는 얼굴로 설명하는 걸 보면, 아직 덜 맞은 모양이다.

현재 그의 머릿속에는 오직 주군이 내린 지시 하나뿐.

"이랑 마마께 날짜를 받아 내지 못하면 돌아올 생각은 꿈도 꾸지 말라고 전하께서! 이렇게 부탁드립니다. 사람 하나 살리신다 생각하시고 제발!"

이랑은 자신을 찾아온 이안보다, 그의 뒤에 있는 물건에 더욱 어이가 없었다. 설마 사주단자를 보낼 줄이야. 이게 막 나가겠다는 거지 또 뭐가 있겠는가. 멋대로 단자를 보내 놓고 혼인 날짜를 내놓으라니, 이것저것 많이도 생략했다. 날짜니 뭐니 그런 것을 정할 수준의 이야기가 아니라 판단한 이랑은 그것을 무시하기로 했고, 차마 빈손으로 돌아갈 수 없는 이안은 이렇게 얼결에 유월가에 얹혀사는 객식구 꼴이 되고 만 것이다. 그리고 오늘이 그가 온 지 이틀째가 되는 아침이었다.

"……사주를 갖고 온 사람에게 대접하는 건 맞긴 한데. 보통 당일로 돌아가지 않아?"

"어차피 형식뿐인데, 뭐."

말이 사주단자지, 열어 보니 안은 텅텅 비어 있더란다. 하긴 아무리 그래도 왕의 사주인데 함부로 할 수는 없었겠지. 사실 시하루는 정말 제대로 된 걸 보내려고 했지만, 곁에서 이신이 강하게 말리는 바람에 그럴 수가 없었다.

"많고 많은 장소 중에 왜 하필 우리 집에서 부부 싸움이냐."

가뜩이나 성질이 나쁜 유시후는 요즘 들어 더 예민했다. 정확하게 말하면 '금혼령'이 공표되었을 때부터 더 신경질적이 된 그의 눈에 객식구가 예쁘게 보일 리 없었다. 아무리 간택이라지만 그것 역시 일종의 형식일 뿐, 이미 생각해 둔 사람도 있고 벌써 청혼도 했으니 굳이 금혼령을 선포할 필요는 없었다. 이랑은 그것이 '자신도 혼인을 못 하고 있으니 다른 녀석들도 안 된다.'라는 쓸데없는 고집이 아닐까 추측해 봤지만, 사실 그 금혼령은 시하루가 설치해 놓은 호랑이 덫이었다.

‘이랑이 시집을 가야 이 금혼령이 풀린다!’

그 결과 시하루 말고도 다급해진 사람이 한 명 더 있었으니, 그가 바로 유시후였다.

“야, 너 그냥 시집가라. 제발 가라.”

유시후 그도 나름대로 필사적이니 이를 역으로 이용하고자 한 게 분명했다. 히연도 서하연의 삼화에서 내려오지 않아도 되는 마당에 혼사를 미룰 이유가 없었다. 그런데 갑자기 금혼령이라니. 그 의도가 너무나 분명하게 드러났기 때문에 그 역시 시하루의 의도를 눈치채고 있었지만…… 다 알고 있음에도 불구하고 다급해질 수밖에 없었다.

“솔직히 생각해 봐라. 아무리 성격이 개…… 별로라지만 이 나라 왕인데, 네가 그런 남자한테 시집갈 수 있는 기회가 또 올 거 같아?”

“음. 이랑아, 내가 생각해도 그분, 너 생각하시는 것도 그렇고 나름대로 괜찮은 남자 같아. 아, 물론 우리 낭군님과는 비교할 수 없지만…….”

이랑을 설득하는 것 같지만 히연의 결론은 유시후가 가장 멋진 남자라는 깨알 같은 자랑이다.

“그래요, 이랑 님! 왕후가 되시면 좀 더 직접적으로! 그리고 현장에서 살아 있는 사회 공부를 하실 수 있어서 좋고! 망할 전…… 아니, 제 하늘 같은 주군께서는 당연히 그냥 좋고! 그렇게 되면 이 나라가 평안해지고! 저도 살고! 우리 모두 다 함께, 좋은 세상 우리 세상!"

간만에 이랑을 제외한 다른 이들의 의견이 일치했다. 그 기회를 놓치지 않은 이안은 의미 불명의 말까지 늘어놓으며 그녀를 설득하기 시작했다. 도대체 무엇이 이들을 이렇게 한마음 한뜻으로 뭉치게 만든 것인가. 사실 이 모든 소란 역시 시하루의 계획에 포함되어 있는 일이었다.

"하아……."

안 그래도 한창 마음이 흔들리는데 주위에서 이렇게들 적극적으로 압박해 오니 이랑은 머리가 복잡해졌다. 말하지는 않았지만 사실 이미 그녀의 마음은 서서히 기울어 가고 있었다.

아마 갈팡질팡하는 이랑에게 확신을 안겨 준 일은 바로 이것이었을 거다.

"가문을 되찾기 위해서는 힘이 필요합니다."

이랑은 듣고 싶지도 않다는 듯, 그 남자의 손에 들린 책처럼 엮은 종이를 외면했다. 며칠 전 천유국으로 돌아온 반가운 인물이 있었다. 어렸을 때부터 소월가에서 함께 살며 자신을 돌봐 주었던 시무형 부부. 부인되시는 분께서는…… 안타까운 일에 휩쓸려 세상을 뜨게 되었지만 그만은 목숨을 건질 수 있었다. 하지만 그 역시 이랑과 마찬가지로 세상에는 이미 존재하지 않는 사람으로 알려졌기 때문에 그는 잠시 천유국을 떠나 있는 길을 선택했고, 이랑이 후계자 자리를 되찾을 시기가 다가오자 얼마 전에 돌아왔다. 그런데 돌아오자마자…….

"그래서 이게 뭔데요."

초상화가 그려진 여러 장의 종이에 이랑은 인상을 찌푸렸다.
안 그래도 며칠 전부터 청혼을 받았는데 이제는 혼담이라니. 그
것도 이렇게 많은 사람을 한꺼번에.

"유아 님, 혼사라는 건 집안과 집안이 관계로 묶이는 일. 이는
큰 힘이 되기도 합니다."

오랜만에 만나서 한다는 말이 여러 초상화를 들이대며 '이들 중
어느 남자가 취향이세요?'였다.

"자리를 되찾으셔야죠."

"맞는 말이기는 한데……."

이랑도 항상 자신의 것을 되찾아야 한다고 생각했지만…… 이
런 방식은 그녀가 원하는 것과 달랐다. 자신의 힘이 아닌 관계로
묶여 타인의 힘에 기대는 것 따위…….

"……한번 생각해 볼게요."

괜히 시무형에게 한 소리 들을까 싶은 이랑은 일단 알겠다고
대답했다. 하지만 자신의 손에 들린 종이를 바라보며 그녀는 방
에 돌아가면 즉시 그것들을 폐기하리라 마음먹었다.

"그나저나 이제 슬슬 진유한에게 소월가의 후계자, 소유아가
살아 있다는 사실을 알려야 할 텐데요……."

"하지만 직접 알리는 건 너무 위험하지 않을까요? 밖에서는 무
슨 일이 일어날지 모르니까요."

이랑의 손에 있던 종이를 낚아채 초상화를 관심 있게 바라보던 유시후가 시무형의 말에 고개를 갸웃거리며 말했다. 예전처럼 궐에 있었을 때면 모를까, 지금 그녀의 존재가 드러나는 건 위험하다고 생각하기 때문이었다. 시무형 역시 그의 말에 동의하는지 곧 고개를 끄덕였다.

"그럼 궐 안이면 안전하다는 뜻이네요?"

가만히 그들의 이야기를 듣고 있던 이랑은 누군가를 떠올리고 씨익 웃으며 대화에 끼어들었다.

"그리고 간접적으로 알리면 되는 거죠?"

이랑의 말에 유시후는 괜히 불안해졌다.

"저에게 생각이 있어요."

이럴 줄 알았어. 사실 그녀의 계획은 늘 '계획' 단계일 때는 괜찮아 보였지만 실제 상황에서는 빛이 바래기 일쑤였다. 이는 그가 십 년 동안 그녀를 곁에서 지키면서 지겹게 봐 왔던 사실. 심지어 그녀의 계획 중에는 어이가 없는 것도 많았다. 그렇기 때문에 벌써부터 걱정이 된 유시후와 시무형은 서로 말려 보라는 눈빛을 주고받았다. 그러거나 말거나, 이랑의 시선은 방 안 깊숙한 곳에 밀어 두었던 비어 있는 함에 고정되어 있었다.

*　　*　　*

결국 오고야 말았다.

약속을 한 지 삼 일이 지나서였지만 이랑은 스스로 찾아왔다는 데에 의의를 두었다. 하지만 이는 자신을 위해서기도 했으니, 조금만 더 이 수모를 견뎌 보도록 하자. 아무리 비어 있다고는 하나 함 자체의 무게가 어마어마한 모양인데 이런 걸 이안 혼자서 짊어지게 했다니 하여간 성격이……. 이랑이 함을 짊어진 이안과 함께 궐 문턱을 넘자, 계속 기다리고 있던 건지 몇몇 궁인들이 활짝 웃으며 그녀에게 달려왔다. 그 어떤 마음의 준비를 할 틈도 없이 순식간에 그녀를 시하루가 있는 곳으로 안내했다.

"아가, 거짓말은 나쁜 거란다."

이랑은 그와 만나면 무슨 이야기를 해야 하나 난감했는데, 그럴 필요 없었다. 시하루가 그녀를 보자마자 갑자기 덥석 끌어안더니 혼자 뭐라뭐라 중얼거리며 잘 정돈하고 온 머리를 잔뜩 헝클이고, 꼬고, 묶고 아주 혼자 난리가 났기 때문이다. 아무리 그녀가 외모보다는 공부를 더 중시한다고는 하지만, 그녀 역시 여자이다. 잘 꾸미고 왔는데 점점 엉망이 되어가는 머리에 절로 한숨이 나왔다. 그뿐만이 아니다. '꼬맹이'라는 호칭에서 벗어난 지 얼마 안 되었는데 어느새 '아가'로 호칭이 추락해 버렸다. 하지만 지은 죄가 있으니 뭐라 말도 못 하고 이 모든 것들을 받아들일 수밖에.

"많이 화나셨어요?"

"매우."

이랑은 화가 났다는 시하루의 얼굴을 고개를 들어 확인하려고 했지만, 무지막지한 힘으로 머리를 꾹 누르는 바람에 고개를 들

수도 없었다. 결국 그냥 그의 품에 안겨 있는 꼴이 되어 버렸다.

사실 시하루는 말로는 화가 났다고 했지만 얼굴은 웃고 있었다. 고마웠다. 이랑이 걸음을 끊었던 지난 삼 일 동안, 이대로 또 안 오는 건 아닌가 하고 어찌나 마음을 졸였던지……. 이랑을 데려오라고 이안을 보내기는 했지만, 아예 거기에 눌러앉기로 결정한 건지 그조차 돌아올 생각을 안 하니 더더욱 답답할 수밖에. 이안도 안 되면 어떻게 그녀를 데려올 수 있을까 고민하고 있을 때, 그녀가 스스로 나타나 준 것이다.

드디어 그 이상한 형벌이 끝난 건지 어디선가 빗을 가져온 시하루가 이번에는 직접 머리를 빗어 주겠다 고집부리기 시작했다. 이렇게 잔뜩 엉키게 해 놓고 무조건 힘으로 빗질을 할 거 같아 이랑은 벌써부터 고통이 느껴 져 오는 거 같았지만, 죄인은 할 말이 없으니.

"하지만, 뭐…… 너는 예전부터 거짓말을 많이 했으니까."

죄인처럼 분위기가 가라앉아 있던 이랑은 고개를 번쩍 들었다. 그 말만큼은 인정할 수 없다는 눈빛이었다. 아니, 지금까지 딱 두 번밖에 하지 않았는데 상습범으로 만들다니.

"그래도 스스로 찾아왔잖아? 많은 발전이야."

"하도 집이 시끄러워서……."

사실 그녀는 집에 있는 적들을 피해 도망쳐 온 것이기도 했다. 어떤 놈은 빨리 시집가라고 하질 않나, 어떤 놈은 빨리 시집오라고 하질 않나. 그런데 그들을 피해 도망친 곳이 결국 이 모든 문제의 제공자 곁이라니.

이보다 더 슬픈 상황이 있을까?

"역시 여기가 가장 마음이 안정되는 거 같다고나 할까……."

물론 서재도 좋았지만, 이랑이 궐에서 가장 좋아하는 장소 중 하나가 바로 집무실로 사용되는 장소였다. 실제로 이곳에서 매일 대신들의 열띤 토론이 벌어진다는 사실이 이랑을 더욱 흥분시켰다.

어느새 그의 품에서 벗어나는 데 성공한 이랑은 앞에 자리를 잡고 앉았다. 그리고 그제야 지난 이틀간의 피로가 몰려와 그대로 엎드려 버렸다.

"이안 그 녀석이 사람을 피곤하게 만들기는 하지. 정신적으로 말이야. 아, 그건 됐고, 먼저 여기에 서명 좀 하자."

시하루가 엎드려 있는 그녀의 손에 붓을 쥐여 주고 어느 종이 한 장을 내밀자, 그제야 고개를 든 이랑이 종이를 바라보다 물었다.

"이게 뭔데요?"

사실 몇 번의 경험으로 그녀는 이미 그 종이가 무엇인지 알고 있었지만 '어디 한번 네 입으로 말해 보렴.'이라는 의미에서 묻고 있었다.

"혼인신고서라고 하는 건데……."

잠시 아무 말 없이 그를 바라보던 이랑은 싱긋 미소 지었다. 그리고 그 종이를 반으로 곱게 접어 버렸다.

"아니, 뭐가 문제야? 려화도 다 해결됐잖아. 좋은 일은 빨리 할
수록 좋은 거 몰라?"

잠시 잊고 있던 적화유와 서화당의 유아 간의 교환 편지 사건
이 다시 대화에 등장할까 두려운 이랑은 재빨리 그럴싸한 이유를
대었다.

"……이런 건 신중하게 하는 거예요."

물론 그들 사이의 가장 큰 문제는 해결이 되었다지만 이랑은
이렇게 분위기에 휩쓸려가듯 넘어가는 것도 싫었다. 혼사가 애
들 장난도 아니고, 간단하게 생각하는 그의 태도도 마음에 들지
않았다. 하지만 시하루는 오히려 그런 이랑의 태도가 불만스러
웠다. 이랑은 모르겠지만 자신은 무려 십 년 이상을 기다려 왔는
데…….

"도대체 얼마를 더 기다리라는 거야. 좋아, 그럼 오후까지 기다
려 줄게. 잘 생각해 봐."

"오후? 오늘 오후?"

"그럼 설마 내일 오후겠어?"

그럴 리가. 적어도 다음 달의 어느 오후 정도를 생각하고 있었
는데. 이랑은 뭘 그렇게 서두르는 거냐고 말 하려고 했지만 그것
을 눈치챈 시하루가 먼저 선수를 쳤다.

"우리 애가 한번 밖에 나가면 안 돌아오는 나쁜 버릇이 있어
서."

이미 몇 번 당해 줬으니, 이번만큼은 그렇게 안 된다며 시하루

가 고개를 저었다. 아무리 성격이 좋은 사람이라도 자꾸 거절당하기만 하니 어느 정도 마음에 상처가 생기는 건 어쩔 수 없는 모양이다. 그렇다고 그의 성격이 마냥 좋지만은 않았지만.

"……편지에는 날 좋아한다고 써놓……."

"그 이야기는 하지 마요!"

이제는 잊을 만도 한데. 그가 이렇게 한 번씩 '서화당의 유아' 이야기를 꺼낼 때마다 유아는 다시금 떠오르는 민망함에 쥐구멍에라도 들어가고 싶었다. 평생 우려먹을 만한 놀림거리였다. 이번만큼은 그냥 넘어갈 수 없다는 판단을 내린 이랑은 결국, 궐에 들어오며 생각해 두었던 최후의 수단을 꺼내 들었다.

"제가 지금 다른 신경 써야 하는 일이 있어서 남들처럼 여유롭게 사랑 이야기를 나눌 시간이 없어요. 그러니까 '보류'라는 선에서 봐주세요."

"나는 너와 나 사이를 막는 벽을 전부 무너뜨렸다고 생각했는데, 뭐가 또 남아 있었나 보군."

려화만 해결하면 다 끝날 줄 알았는데 어쩌면 그것보다도 더 큰 것이 남아 있었다.

바로 그녀의 원래 자리를 찾는 것.

"하지만 저를 못 믿으시니 담보를 맡길게요."

"담보?"

뜬금없이 등장한 '담보'라는 단어에 잔뜩 무게 잡고 있던 시하루의 표정이 애매하게 바뀌었다. 그런 그를 보며 우물거리던 이랑은 곧 큰 결심을 한 듯, 조심스럽게 말을 꺼냈다.

"……오라버니의 말로는 이미 다 알고 계신다던데……."

"뭘?"

자신이 뭘 다 알고 있다는 걸까. 잠시 머리를 굴려 고민하던 시하루에게 이랑이 말했다.

"그…… 이름."

"아, 소유아. 소월가의 마지막 후계자."

그제야 지금 이랑이 하려는 말이 뭔지 알아차린 그는 무섭게 굳혔던 표정을 풀고 대답했다. 시하루는 놀란 이랑의 표정은 신경도 쓰지 않은 채 짓궂은 미소까지 지어 가며 말했다.

"그러고 보니 너 나한테 또 다른 거짓말을 했었지."

예전에 그가 한 혹시 가명이 있냐는 질문에 이랑은 너무나 단호하게 없다고 대답했었다. 물론 그건 거짓말이라고도 할 수 없지만. 서하연의 규칙상 어쩔 수 없는 문제였기 때문에 이것만은 자신에게 잘못이 없다는 듯, 이랑은 당당한 눈빛으로 그를 바라봤다.

"좋아. 이건 거짓말로 치지 않겠어."

그녀의 당당한 태도가 먹힌 건지, 이번 건 봐주겠다는 듯 그가 고개를 끄덕이며 넘어가 주었다. 하지만 지금 그녀가 하려는 말은 그 '이름' 이야기가 아니었다. 그것보다는 더, 이름보다 조금 더 중요한 어느 '물건'의 이야기였다. 물론 유시후에게서 그 이야기를 들었을 때 이랑은 믿지 않았다. 아무리 생각해도 자신은 그러한 기억이 없고, 그럴 일을 할 이유도 없었기 때문이다. 하지만 유시후가 그렇게 말을 하니 믿을 수밖에.

"증표……를 갖고 계신다던데……."

질문이 조심스러웠다. 약간의 확신이 들어간 동시에 확인을 요구하는 질문이기도 했다. 만약 유시후가 잘못 알고 이야기한 것이면 시하루에게 큰 약점을 잡히는 것과 다름없기 때문이다. 아니, 어쩌면 차라리 그것이 더 나을지도. 본인에게 증표가 있다는 대답이 나오면 왠지 더 곤란할 거 같았다.

"아…… 있었지. 하지만 지금은 나한테 없어."

이랑은 지금은 갖고 있지 않다는 그의 말에 다행이라는 생각이 들었다. 여기서 뭘 더 잡히라고. 반면 그녀와 달리, 지금 와 보니 자신이 손해만 본 거 같은 기분이 드는 시하루였다. 이랑을 얻기 위해서 우선 호랑이를 먼저 잡아야 한다고 생각한 그는 서하연의 려화에게 호랑이 덫과 이랑의 증표를 교환했다. 당시에는 아주 좋은 거래라고 생각했지만…….

이랑이 '려화'라는 집착에서 벗어난 지금, 그것은 쓸모없는 짓이 된 지 오래였다. 오히려 호랑이 부부에게만 좋은 일이었다는 결론에 도달하니 아까워 죽겠는지 시하루는 고개를 푹 숙여 버렸다.

"어? 지금은 없어요? 그럼 잘됐네요."

안 그래도 그 문제 때문에 침울해져 있는데 뭐가 좋은지 잘됐다는 말을 하는 이랑이 얄미워진 시하루가 그녀의 이마에 딱밤을

먹이기 위해 손을 든 순간, 그의 눈에 들어온 종이 한 장에 들어
올린 손이 힘없이 떨어졌다.

　소유아

　그의 수중에 있었지만 지금은 려화에게 있는, 준 것이 마냥 아
쉽기만 하던 그 증표가 그의 눈앞에 떡하니 놓여 있었다. 물론 예
전에 그가 갖고 있던 것과 달리 새것이었지만. 잠시 조용하다 싶
었는데 탁자 위에 굴러다니는 종이와 붓을 가지고 이름을 쓰고
있었나 보다.
　이랑이 내민 종이에는 달랑 '소유아'라는 이름 하나가 적혀 있
었지만, 이미 그들은 그것이 무엇을 의미하는지 알고 있었기에 그
종이는 보통의 종이가 아니게 되었다. 종이를 받아 든 시하루는
가만히 미소 지으며 그것을 보물 모시듯 곱게 접었다.
　"그런데 진짜, 예전에 갖고 있던 제 증표는 어떻게 갖게 된 거
예요? 저는 준 적이 없는데요."
　"우리는 예전에 만난 적이 있으니까."
　"나 머리 좋아요. 기억력도 좋지요. 우리가 예전에 만났다면 내
가 꽃따리 오빠를 처음 보던 그 날 분명 기억했을 거예요."
　그녀의 말에는 일리가 있었다. 천재라고도 불릴 정도로 뛰어난
머리를 갖고 있는 그녀가 사람을 못 알아볼 리가 없었다. 그것도
자신의 증표를 건네준 이를 말이다. 더군다나 그 증표라는 게 그

냥 종이도 아니고 앞으로의 미래를 맡기겠다는 것과 같은데 그런 걸 함부로 줄 리도 없고. 하지만 무슨 자신감에서인지 이번만큼은 시하루도 물러서지 않고 자신의 말이 맞다 우기기 시작했다.

"……내가 계속 기다려 왔던 사람은 너였어. 물론 넌 기억 못 하겠지만."

궁금한 건 절대 못 참는 이랑은 어떻게 해서든 증표의 입수 경로를 알아내려고 했지만, 꽤 많은 시간을 낭비하고 나서야 백기를 들었다. 지쳤다는 듯 탁자 위에 이마를 대고 툴툴거리는 이랑의 태도가 귀여웠던 건지, 몰래 웃던 시하루가 높이를 숙여 그녀와 눈높이를 맞추더니 싱긋 웃으며 말했다.

"그럼 첫 번째 문제는 해결이 되었고, 우리에게는 두 번째 문제가 있었지?"

두 번째라니?

첫 번째 문제만 생각하고 있던 이랑은 고개를 갸웃거렸다. 또 다른 문제가 남아 있었단 말인가? 그의 말을 이해할 수 없다는 듯 어리둥절한 표정의 이랑은 곧 그가 내민 어떠한 물건에 처음보다도 더 새하얗게 질려 버렸다.

"……."

가시방석이 따로 없었다. 그의 손에 들린 아주 익숙한 종이 뭉치에 모든 사고가 정지되었다.

'어디 갔나 했더니 저게 왜!'

얼마 전, 시무형의 반협박과도 같은 제의를 차마 거절하지 못

하고 대충 넘어가려 했던 일에 대한 벌이 아닐까 싶다. 시무형에게 받은 혼담 목록은 분명 방에 가기 무섭게 다른 것들과 함께 버렸다. 그런데 그 물건이 지금 그의 손에 있다는 건, 그 명단이 제 발로 그에게 걸어갔든가 아니면…… 누군가에 의해 넘어갔다는 이야기. 유월가와 궐, 양쪽에 출입이 가능한 인물이라 하면 딱 한 사람 외에는 떠오르지 않았다. 아무래도 유월가 호랑이의 짜증이 금혼령에 의해 극에 달한 것이 분명했다. 일단 호랑이 유시후의 문제는 나중에 히연에게 부탁하면 되니 미뤄 두고, 중요한 건 그가 아니었다.

"……음, 저기…… 그걸 어떻게 손에 넣었는지 모르겠지만…… 아니, 경로는 대충 파악이 가능하지만……."

"……."

하지만 예상외로 쉽게 바뀔 분위기는 아닌 듯했다. 지금 이랑은 이 상황을 잘 마무리해야 했다. 안 그래도 사실은 어떠한 부탁을 하러 온 입장인데, 초반부터 이런 분위기였다가는 얻을 것도 못 얻고 대가로 내려던 것들만 빼앗길지도 모르니 말이다.

"……미리 말하는데 그거 받자마자 버렸던 거예요."

눈치 보던 이랑은 소심하게 자신을 변호하기 시작했다. 급조한 변명이 의외로 효력이 있는 건지 명단을 넘겨 보고 있던 남자가 그녀의 말에 종이에서 시선을 떼고 그녀를 바라봤다. 하지만 이랑은 그 시선을 마주할 용기가 없었다.

"……내 청혼은 그렇게 거절하더니."

나쁜 놈의 호랑이. 다시는 오라버니라고 안 부르리라.

"아니, 그게⋯⋯."

잠깐만. 잔뜩 기가 죽어 있던 그녀는 문득 어떠한 사실을 떠올렸다. '그러고 보니 왜 내가 이렇게 눈치를 봐야 하지?' 아무리 청혼을 반 정도 허락했다고는 하나 그녀는 떳떳했다. 바람을 피운 것도 아니고, 당당해질 필요가 있다. 일단 생각이 정리되자 그것을 실행에 옮기는 건 그리 어렵지 않았다. 자리에서 벌떡 일어난 그녀는 남자의 손에 들려 있던 명단을 낚아채 완벽하게 구겨서 아무 데나 던져 버렸다.

"그러니까 이건 시무형 아저씨가 멋대로 벌인 일이라고요⋯⋯ 자리를 되찾아야 하느니⋯⋯ 혼사라는 건 집안과 집안이 관계로 묶이는 일이니 뭐니 하면서."

이랑의 중얼거림에 시하루가 고개를 들었다. 시무형이 벌인 일 때문에 곤란하다는 표정을 짓고 있는 그녀였지만, 시하루는 오히려 잘된 일 아니냐는 표정으로 그녀를 바라보았다.

"그럼 날 이용해."

뜬금없는 말에 놀란 건지 이랑이 고개를 들었다. '이용'이라는 단어가 그리 좋게 들리지는 않았지만, 그는 분명 웃고 있었다.

"마음껏 이용당해 줄게. 자랑스럽게 생각하라고. 넌 이 나라 왕을 마음대로 할 수 있으니 말이야."

시하루는 인정 못 하겠지만 그를 뺀 궐 안의 모든 이들은 이미 다 알고 있는 사실 중 하나였다. 이 천유국의 하늘은 시하루, 그가 맞지만 그보다 더 높은 실세가 존재한다는 것. 사실 그에게 도와 달라는 말을 하러 온 이랑이었다. 그런데 오히려 본인이 먼저 도와줄 수 있도록 해 달라, '부탁' 비슷한 걸 하고 있으니 그녀는 당황스러울 수밖에.

"너만 내 것이 되어 준다면 난 너한테 이용당해도 상관없어. 아니, 오히려 기쁠 거야. 너한테 도움이 되었다는 거니까."

정말 부탁해도 괜찮겠냐는 이랑에게 그는 '물론이지.'라고 웃으며 고개를 끄덕였다. 그의 미소에서 용기를 얻은 이랑은 곧 눈을 반짝이더니 안 그래도 그의 도움이 필요한 문제가 있었다며 입을 열었다.

"희수궁이 필요해요. 다시 그곳에 들어가야 하는 일이 생겼거든요. 지금 당장."

제 발로 희수궁으로 돌아와야겠다는 이랑의 말에, 시하루의 눈이 휘둥그레졌다. 그녀가 할 많은 부탁들을 생각해 봤지만, 그 부탁은 전혀 예상도 못 한 부탁이었기 때문이다.

"……나 청혼 거절당한 거 아니었어?"

"그러니까, 그 문제는 보류라니까요."

*   *   *

"월향 님. 월향 님!"

방 안의 인물은 도대체 무슨 생각을 하는 건지 밖에서 아무리 불러도 대답이 없었다. 결국, 시녀는 한숨을 내쉬며 조심스럽게 문을 열고 안으로 들어섰다.

"무슨 일이냐."

밖에서 몇 번을 불렀음에도 불구하고 대답이 없을 때는 언제고, 갑자기 시녀가 방에 들어오니 가뜩이나 심기가 불편한 여인은 더욱 짜증을 내며 반응했다.

"아…… 월향 님 앞으로 편지가 와서……."

"편지?"

'편지'라는 단어에 자동으로 인상이 찌푸려졌다. 잠시 방 안의 한쪽 구석에 시선을 주던 월향이 시녀의 손에서 편지를 낚아채었다. 편지의 겉봉을 살펴봤지만 역시나 보낸 이의 이름 따위 적혀 있지 않았다.

"도대체 뭐냐고!"

거칠게 편지의 겉봉을 뜯어 낸 월향이 안에 있던 새하얀 종이를 꺼냈다. 이제는 질렸다는 듯 한숨과 함께 편지를 펼친 그녀의 눈썹이 일그러졌다.

"누구야. 도대체 누가 계속 이런 장난을 치는 거지!"

그녀의 손에 들린 하얀 편지에는 '내용'이 없었다. 새하얀 종이 위에 적힌 것은 오직 맨 윗부분의 '월향 님께.'라는 글자뿐. 그 외에는 보통 편지를 다 쓴 후에 아래쪽에 찍는 인장이 전부였고 다른 내용은 적혀 있지 않았다. 상대의 심기를 불편하게 하려는 누군가의 장난 정도로밖에 보이지 않는 편지였다.

“감히 나를 상대로 이런 장난질을 벌이다니…… 아직도 못 찾았어?”

이미 그러한 편지를 한두 통 받은 게 아니었다. 그래서 더욱 심기가 불편한 그녀는 손에 들린 편지를 구기는 것으로도 모자라 구석으로 던져 버렸다.

“아니, 매일 한 통씩 오는데 범인 찾는 데 왜 이리 오래 걸려?”

꼬리가 길면 밟힌다고들 하지만, 월향에게 내용 없는 편지를 보내는 이의 정체는 여전히 미궁 속에 빠져 있었다. 이미 그러한 편지들이 하나둘 모여 어느새 구석에 수북하게 쌓여 가고 있었다.

한편, 나날이 짜증이 더해가는 월향을 제외한 다른 궁들은 아무런 움직임이 없었다. 요즘 들어 궐 안이 조용했다. 문제라면 조용해도 너무 조용한 게 문제였다. 치이는 삶에 익숙해져 버린 이안은 오랜만에 찾아온 평화가 당황스러웠다. 웬일로 시하루는 자리에 앉아 일에 몰두했고 그런 그의 모습에 자신은 어찌해야 하는지 난감하기만 한 이안은 시하루의 눈치만 보고 있었다.

“이안.”

“예?”

조용한 분위기에 어느 정도 익숙해졌는데 갑자기 말을 걸어오니 놀란 모양이다. 놀라는 그와 달리 여전히 제 일에 몰입 중이던 시하루가 잠깐 고개를 들고 말했다.

“피곤해 보이는데 그만 들어가서 쉬지?”

"예에?"

"나머지는 내가 알아서 정리할 테니까 그만 나가 봐."

감사하다는 말을 늘어놓아도 모자랄 판에 이안은 고민에 빠졌다. 과연 저 말이 장난삼아 하는 말인지 아니면 진심으로 하는 말인지 그 의중을 파악하기 위해서였다. 자신을 빤히 쳐다보는 그 시선에 시하루는 다시 고개를 들었다. 무례하다고 꾸짖을 수 있는 상황이었지만 최근 들어 그는 상태가 이상했다.

"왜, 혼자 할 수 있다니까? 못 믿겠어?"

"아, 아니요……."

불쌍하게도 이안, 그는 이런 호의가 오히려 무서웠다. 사람이 안 하던 짓을 하면 죽을 때가 가까워진 거라던데……. 혼자 다 하겠다니 굳이 도와줄 필요가 없었다. 제 할 일이 줄어드니 딱히 할 일도 없었고 그저 멍하니 서 있던 이안은 주군의 눈치를 보다 조심스럽게 방을 빠져나왔다.

밖이 아직 어둡지 않은 게, 그에게는 익숙하지 않은 이른 퇴궐 시간이다. 이대로 그냥 돌아가는 건 역시 걱정된다는 듯 미련을 못 버린 이안은 마지막으로 확인하기 위해 문틈 너머로 시하루를 관찰했다.

"……."

자신이 나오기 전과 변함없는 자세로 앉아 묵묵히 서류를 읽으며 제 할 일에 충실한 그가 보였다.

"……정신을 차리신 건가……."

역시 세상은 오래 살아 봐야 한다더니. 그동안 상사로 인한 정신적 고통을 이기지 못하고 포기했다면 오늘날 저 인간이 이렇게 바뀌는 모습을 보지 못했을 테니까. 자신이 속해 있던 세상에서 아름다움을 발견한 이안은 갑자기 발걸음이 가벼워졌다.

한편 이안이 나가기 무섭게 방 안에 남아 있던 시하루는 전보다 더한 집중력을 발휘하기 시작했다. 붓을 쥔 그의 손은 쉴 새 없이 종이 위를 움직였고, 시선은 오직 서류와 책에 고정되었다. 아마 이신이 그런 그를 본다면 어릴 적 자신의 교육 효과라고 자화자찬을 했겠지만, 실상은 그게 아니었다.

"오늘도 빨리 끝내고 같이 놀아야지……."

하는 행동은 기특했지만 지금 그의 머릿속에서 '일'이 차지하는 순위는 두 번째였다.

十六花 * 꽃이라고 얕봤다가는 큰일 난다

요즘 시하루는 기분이 좋았다. 조금 시간이 걸렸지만 이랑이 다시 희수궁으로 돌아왔다는 사실에 들떠 있었다. 진유한에게 빼앗긴 소월가를 되찾을 때까지 혼인이 미뤄졌고 아직 책봉식도 하지 않았지만, 왕후나 다름없었다. 실제로 대우 역시 그러했다. 시하루는 그것만으로도 만족했다. 여전히 이신이 짜증 나기는 했지만, 열심히 제 할 일을 다 끝낸 뒤 희수궁을 찾으면 자신을 반겨 주는 이랑이 있다. 그동안 굳게 닫힌 희수궁을 문을 보며 이 날을 얼마나 기다렸던가.

얼굴에 대놓고 '행복'이라는 단어를 쓰고 다니는 시하루 덕분에 그에게 당한 일이 많던 대신들과 무사들은 이랑이 자신들의 구원자라며 찬양했고, 평범한 일상을 만끽하고 있었다. 시하루와 궁인들도 그렇지만 이랑 역시 그녀 나름대로, 직접 궐 안에서 일반 대신의 신분으로는 할 수 없을 나랏일에 참여할 수 있다는 설렘에 들떠 있었다. 그리고 자신의 계획을 위해서도.

"이건 말이 안 됩니다!"

시하루의 성질이 죽었다는 사실에 모두가 하하 호호 웃으며 세상 살 만하다 광고하고 다니는 요즘, 그들과는 다르게 유독 민감해져 있는 이들이 머리를 맞대고 있었다.

"그 꼬맹이가 다시 왕후 자리로 돌아오다니요!"

그동안 잊혀 있던 존재들. 왕후, 아니, 후궁이 되기 전의 신분인 희안궁의 여인들이었다.

"거기에 그 꼬맹인 서하연의 꽃인 것도 모자라 '삼화'이지 않습니까!"

그래, 이것이 문제였다. 애당초 희안궁이라는 것이 시하루가 공석으로 내버려 두고 있는 왕후의 자리를 차지하기 위한 귀족들 간 다툼의 결과물. 그들은 공석인 왕후의 자리를 차지하기 위해 자기들끼리 싸웠지만, 정작 시하루는 그들의 싸움을 알고도 방관했다. 그런데 그런 그가 직접 왕후랍시고 희수궁을 내주다니…… 그것도 하필 서하연의 삼화에게! 반드시 '왕후'가 될 필요는 없었다. 다른 누군가가 희수궁을 차지하게 된다고 해도 계속 희안궁에 머물며 조금이라도 왕의 눈에 들면 후궁 자리를 얻을 수 있을 테니까. 하지만 서하연의 삼화가 왕후 자리에 오르면 말이 달라진다.

서하연의 삼화가 왕후가 되면 왕은 다른 여인과 혼인을 할 수 없게 된다. 이것이 서하연의 꽃에 대한 배려라고 불리는 규칙. 과거 천유국의 왕이 삼화에 대한 법도를 요구할 때 서하연에서 대가로 내놓은 조건이었다. 즉, 그 꼬맹이 왕후 소이랑이 왕후의 자리에 오르면 현재 희안궁에 있는 여인 모두 밖으로 내쫓기는 건 시간문제라는 말이다. 이는 전보다 더 심각한 상황이었다.

"뭔가 조치를 해야 합니다!"

"그렇습니다. 안 그러면 우리가 위험해져요!"

그러나 이 상황에서 그녀들이 할 수 있는 일은 그리 많지 않았다. 두 눈 시퍼렇게 뜨고 그녀들의 움직임을 감시하는 대비가 있었고, 그녀들에게 '무관심'으로 똘똘 뭉쳐 있던 시하루 역시 그들이 이랑에게 허튼짓하지 못하도록 주시하고 있을 테니까. 궁인들 말로는 왕후를 품 안에서 놓지 않으려고 한다니 접근은커녕 손이라도 댔다가는 죽은 목숨이나 다름없었다.

"그렇다고 이렇게 앉아서 기다리고만 있을 수는 없지 않습니까."

"할 수 없죠."

겉으로 내색하지는 않았지만 사실 그들 중 가장 속이 타 있는 월향이 한숨을 내쉬며 차분히 말하자, 다른 이들이 다급히 물었다.

"설마 이대로 순순히 물러날 생각은 아니겠지요, 월향?"

"그럴 리가요. 따지러 갈 생각입니다."

따지러 가다니, 평소의 그녀답지 않은 선택이었다. 그녀의 말에 몇몇 극소수의 여인들은 이해했다는 듯 고개를 끄덕였지만 나머지는 서로 얼굴만 바라보면서 고개를 갸웃거렸다.

"우리는 여럿이고 그쪽은 하나가 아닙니까. 버려야 한다면 어느 것을 버리는 게 이득이겠습니까?"

머릿수로 밀어붙여 보겠다는 말이었다.

그러나.

"뭐? 지금 누구랑 누구를 비교하는 거야. 잘됐네. 이참에 다들 나가라고 해라."

돌아온 반응은 단호했고 목소리에는 짜증이 가득했다. 눈치 없는 이안이 하필이면 이랑과 함께 있는 귀중한 시간에 찾아온 것도 이유 중 하나였다.

"하, 하오나 그 아가씨들은 모두 고위 대신들의 따님이시고…… 한둘이라면 모를까 이를 다 무시할 수는……."

"궐 안이 언제부터 쉼터가 되었지? 머물고 싶으면 방세라도 내라고 하든가. 그냥 숙식 제공해 주는 것도 감사하게 생각해야지, 이제는 아주 기어오르지?"

"하오나……."

"한 번만 더 '하오나'라고 해 봐. 지금 내 손에 있는 이게 어떻게 될지는 나도 잘 모르니까."

그 협박을 들은 이안의 표정이 급격하게 굳어 가더니 슬슬 뒷걸음질을 치기 시작했다. 그도 그럴 게 지금 시하루의 손에 들린 물건은 이랑이 서하연에서 공부 중이던 엄청난 두께의 책이었기 때문이었다.

'잘못해서 맞기라도 하면 며칠은 정신 못 차릴지도.'

불쌍한 이안은 오늘도 울먹이며 물러설 수밖에 없었다. 말로는 무서워서 표현 못 하겠고, 얌전히 있는 문에 화풀이할 수밖에 없는 이안에 의해 문은 엄청난 소리를 내며 닫혔다.

"봤지? 나 인기 많은 거."

이안이 나가기 무섭게 시하루가 씨익 웃으면서 말했다. 뜬금없이 무슨 자랑을 늘어놓는 건가 싶은 이랑은 잠시 그를 바라보다가 곧바로 다시 책으로 시선을 옮겼다.

"넌 내가 이렇게 인기가 많은데 불안하지도 않아? 계속 책만 보고 있잖아."

결국 화를 참지 못한 시하루가 이랑의 손에 들린 책을 빼앗아 들고 따지기 시작했다.

"하지만 제 일만으로도 머리가 복잡한걸요. 다른 생각하지 않으려면 책을 읽을 수밖에 없어요."

이랑은 시하루에게 지지 않고 오히려 빼앗긴 책을 되찾아 왔다.

"그래그래, 네 일이나 먼저 빨리 해결해라. 그래야 혼인식을 올리든 뭘 하든 하지."

이들의 사소한 말다툼은 늘 시하루의 체념으로 끝이 났다. 목이 마른 사람이 우물을 찾는다고 하지 않았는가. 그래도 왕인데 자신이 공부나 책 따위에게 밀린다고 생각하니 자존심이 상하는 건 어쩔 수 없는 모양이다. 금세 풀이 죽어 버린 시하루를 바라보던 이랑은 그제야 끝난 건지 책을 덮으며 말했다.

"걱정하지 마세요."

"무슨 걱정."

목소리가 퉁명스러운 게 삐친 게 분명했다. 그의 반응을 관찰할 뿐 별다른 말없이 옆에 준비되어 있던 새하얀 종이로 시선을 옮긴 이랑이 싱긋 웃더니 말했다.

"제가 할 일 다— 정리된 후에는 귀찮을 정도로 관심 많이 가져 줄게요."

"……그렇게 나오면 내가 할 말이 없잖아."

결국 그 말에 또 넘어가고 마는 시하루였다. 그의 말에 이랑이 또 한 번 웃더니, 방금 그 종이를 곱게 접어 봉투에 넣고 봉했다. 그러고는 밖에 있을 궁녀 한 명을 다급히 부르기 시작했다.

*   *   *

머릿수로 밀어붙이려던 계획이 틀어지자 희안궁은 주춤할 수밖에 없었다. 이안을 통해 단호하게 '당장 짐 싸서 나가.'라는 의사를 밝혀 온 시하루 덕분에 그녀들은 지금 혼란스러운 상태였고, 이미 포기한 몇몇 여인은 짐을 싸 집으로 돌아가기도 했다. 그러나 고집이 센 일부 여인들은 아직도 눈치를 보며 희안궁에 남아 버티고 있는 중이었다. 그렇게 몇 남지 않은 여인들이 머리를 맞대고 다음에 대해서 고민하고 있는 도중, 시녀 한 명이 이랑의 명을 받고 그들을 찾아왔다.

"방금 희수궁에서 전갈이 왔사온데……."

"희수궁에서?"

"그 꼬맹이 왕후가 직접 말입니까?"

저들끼리 이랑을 말할 때 항상 '꼬맹이 왕후'라고 부르는 것만 봐도 알 수 있듯이, 그녀들은 이랑을 무시하고 있었다.

그들은 이랑이 주위의 부추김 때문에 왕후의 자리에 오른 소심한 꼭두각시라 생각하고 있었기 때문에, 이렇게 먼저 반응을 보이리라고는 예상도 못 했다. 그래서 어떻게 대처해야 좋을지 막막했다.

"아니요, 오히려 잘된 겁니다. 전하께서 넘어가지 않으시니 이참에 목표를 그 꼬맹이 왕후로 바꾸는 것도 좋은 생각인 거 같습니다."

"그렇습니다. 전하는 무리였으나 그 꼬맹이라면 우리들의 힘으로도 얼마든지 끌어내릴 수 있을 테니 말입니다."

하지만 이것은 아주 큰 착각이었다. 이랑은 그들이 생각하는 것만큼 어리지도 소극적이지도 않았으며, 남들에게 이용당할 인물이 아니었다.

"다들 뭐 하십니까? 당장 그 왕후를 만나러 갑시다."

"아니요."

잠자코 그들의 말을 듣고 있던 시녀가 어느새 기세등등해진 희안궁 여인의 말을 끊었다. 그러자 다른 이들의 시선이 그 시녀에게 고정되었다.

"왕후님께서 말씀하시길, 만나고 싶은 건 희안궁의 '월향' 님뿐이니 다른 분들은 오실 필요가 없다고……."

그 말이 끝나기 무섭게 자리에서 일어났던 몇 여인의 표정이 구겨졌다. 왕후가 후궁될 여인을 직접 부른다는 것이 좋은 일 때문은 아니겠지만, 그 꼬맹이 왕후에게 지목되지 않은 것이 오히려 자존심 상했기 때문이다.

"지금 이게 뭐하자는 거죠? 월향만 부르다니요. 우리는 무시하는 겁니까?"

"아니요. 어쩌면 한 명이라면 혼자서라도 충분히 상대할 수 있을 거라 착각하고 있는 걸지도."

한 여인의 말에 저마다 분개하며 웅성거리던 방 안이 순식간에 웃음바다로 바뀌었다.

"상대요? 호호, 상대라니요. 그 쪼그마한 계집이 무슨 힘이 있다고……."

"전하가 뒤에 있다고 아주 기고만장해졌나 봅니다."

"게다가 하필이면……."

모든 여인이 잠시 웃던 것을 멈추고 심기 불편해 보이는 월향의 눈치를 보기 시작했다.

'하필이면 지목한 대상이 월향이라니.'

자기들 중 가장 성질 나쁜 사람을 지목하라 하면 열 명이면 열 명 모두 월향을 지목하고도 남았다. 그것은 아마 본인도 부정하지 않으리라.

"왕후께서 간이 배 밖으로 나오신 모양입니다."

"덤빌 상대를 잘못 고르셨지요."

*　　*　　*

"왕후마마의 부름을 받고 왔습니다. 소월가의 월향이라고 합니다. 처음 뵙겠습니다."

그동안 많은 일이 있었지만 월향이 표면적으로 움직인 적은 없었다. 그렇기 때문에 둘이 얼굴을 마주하는 건 이번이 처음이었다.

'이 꼬맹이가 왕후인가.'

희수궁은 왕후가 머무는 궁. 그리고 언젠가는 자신이 머물 곳. 그렇게만 여기고 있었지 사실 월향은 실제로 와 본 적 없는 장소였다.

"늦으셨네요."

일부러이기도 했지만 월향은 희안궁보다 화려한 희수궁의 조경을 구경하느라 약속 시간에 늦었다. 늦었다는 사실에 왕후의 짜증을 각오하고 왔건만 그녀를 기다리는 이랑은 너무나도 평온한 표정으로 차를 마시며 책을 읽고 있었다.

"저를 보자고 하신 이유가 무엇인지 여쭈어도 되겠습니까?"

"사실 저도 이렇게 부르기 싫었습니다."

자신도 싫으니 그렇게 인상 쓰지 말라는 말이었다. 월향이 앞에 앉아 있음에도 불구하고 여전히 그녀의 시선은 책에 고정되어 있었다. 이런 식으로 대놓고 무시당하자 표정이 풀리기는커녕 오히려 더 얼굴이 험악해졌다. 게다가 방이 아닌 정원의 탁자에서 마주하고 있으니 햇빛에 피부가 탈까 걱정되기도 했다.

예상치 못한 이랑의 반응에 월향은 기가 꺾여 버렸다. 먼저 말을 꺼내지도 못했고 평소와 같이 불쾌감을 드러내며 자리를 박차고 일어서지도 못했다. 덕분에 그들 사이에는 긴 시간의 침묵이 있었고, 이랑이 읽고 있던 책이 수십 장 정도 넘겨졌을 즈음 그 침묵이 깨졌다.

"하지만."

사람을 불러다 놓고 독서에만 집중하던 이랑이 말문을 열었다. 그제야 몇십 분째 고개를 숙이고 찻잔의 문양을 보던 월향이 고개를 들었다.

"아무리 기다려도 답장이 오지 않아 어쩔 수가 없었습니다."

월향은 이해할 수 없다는 듯 고개를 갸웃거리며 시무룩한 이랑을 바라보았다. 그녀는 지금 머리를 굴리고 있었다. 답장? 답장이라니? 갑자기 무슨 소리인가. 답장이 오지 않아 어쩔 수 없이 자신을 불렀다?

"마침 잘되었습니다."

이랑은 예의상 아주 잠시, 월향이 스스로 생각해 낼 수 있도록 기다려 주었다. 하지만 끝내 무슨 말인지 이해를 못 한 듯 보이는 월향 때문에 그녀는 한숨을 내쉬며 옆에 놓인 책 사이에 끼워 두었던 것을 꺼냈다.

"안 그래도 오늘은 아직 보내지 않았는데 말이지요."

그렇게 말하며 그녀가 앞으로 내민 것은 월향에게도 매우 익숙한 작은 봉투였다. 과연, 그것을 본 월향은 그 자리에 굳어 버렸다. 그리고 얼마 후에야 겨우 손을 뻗어 자신의 앞으로 작은 편지 봉투를 가져올 수 있었다.

"솔직히 이렇게까지 눈치 못 채실 줄은 몰랐습니다. 일부러 티나게 전해 달라고 부탁했는데, 시녀들의 눈치가 너무 없는 거 아닙니까?"

차를 마시는 이랑의 눈치를 보며 자연스럽게 겉봉을 뜯은 월향은 익숙한 봉투와 내용물에 이제는 대놓고 인상을 찌푸렸다.

"……그간 저에게 장난 편지를 보낸 게 왕후마마이셨습니까……."

지금 월향은 심경이 복잡했다. 일단 기분이 나쁜 건 둘째 치고, 머릿속이 복잡했다. 도대체 이 왕후는 자신과 뭘 하자는 거지? 그녀에게 있어 이랑이라는 존재는 도저히 생각을 읽을 수 없는 존재였다. 이는 물론 시하루도 마찬가지였지만 말이다.

"장난 편지라니요……. 나름대로 정성을 들인 건데."

서운하다는 듯 말하는 이랑을 뚫어져라 바라보던 월향이 결국 화를 참지 못하고 부르르 떨기 시작했다.

"더 이상 하실 말씀이 없으시다면 이만 돌아가 보도록 하겠습니다."

이것도 많이 참은 것이다. 결국 월향의 선택은 따지는 게 아닌 한 발 물러서기였다. 시녀들이 얼마 없는 방 안이라면 모를까, 이렇게 많은 눈이 보고 있는 탁 트인 정원에서 차마 왕후에게 목소리를 높일 수가 없었기 때문이다. 원래의 성격이라면 한판 붙고도 남았지만 꾹 참아 낸 월향은 한시라도 빨리 이곳에서 벗어나고 싶다는 듯 자리에서 일어났다. 그리고 빠른 걸음으로 정원에서 벗어나려 했다.

"아, 그래도 축하해요."

그녀가 돌아가든 말든 다시 책에 집중하던 이랑의 말이 없었다면 말이다. 이랑의 말에 고개를 돌린 월향이 물었다.

"축하한다니요. 무엇을 축하한다는 말씀이신지……?"

그 질문에 잠시 대답 없던 이랑은 곧 뭐가 웃긴 건지 피식 웃더니 큰 소리로 웃기 시작했다.

"그 편지는 아주 아—주 욕심쟁이에 자신의 것이 아닌 남의 것을 탐내는 사람만 볼 수 있는 편지니까요."

월향의 발이 바닥에 딱 붙은 양 떨어질 생각을 않았다. 오랜 머뭇거림 끝에 그녀가 내뱉은 말은 아주 짧았다.

"……예?"

"당신은 아직 완벽하게 나쁜 사람이 아니란 뜻이에요. 축하해요."

*　　*　　*

“얼마 전에 희안궁의 인간 중 하나와 만났다며.”

“네. 의외로 오래 참기에 이쪽에서 먼저 움직여 봤어요.”

기 센 희안궁의 여인들이 한 번 더 궐 안을 뒤집어 놓을 거라는 시하루의 예상이 보기 좋게 빗겨갔다. 요즘 들어 희안궁은 너무나 조용했다.

“너 요즘 무슨 일을 꾸미는 거야?”

“보통은 ‘괜찮아? 무슨 일 안 당했어?’라고 묻는 게 정상 아니에요?”

조금은 자신도 걱정해 달라는 듯 이랑이 입을 삐죽 내밀었다. 그러나 시하루, 그는 그녀를 너무 잘 알고 있었다.

“네가 가만히 당하고만 있을 성격이 아니잖아.”

“잘 알고 계시네. 재미없게.”

바로 고개를 끄덕이며 인정한 이랑은 그에게 ‘그날’을 설명하기 위해 잠시 고민에 빠졌다. 하지만 그 상황에 맞는 단어가 생각나지 않는지 결국 그녀는 약간의 거짓말을 하기로 했다.

“일은 무슨, 그냥 점잖게 ‘대화’ 정도만 나누었어요.”

그 말에 궁인들이 눈치를 보며 작게 웃기 시작했다. 월향과 이랑의 만남은 잠잠했던 궐 안 최고의 화젯거리였다. 그렇기 때문에 그들의 만남을 처음부터 끝까지 경기 관람하듯 지켜본 그들은 알고 있었다. ‘점잖은 대화’가 아니라 이랑이 일방적으로 상대를 괴롭히고 있었다는 걸.

“아, 이제는 못 이기겠네.”

장기판을 내려다보던 시하루가 한숨을 내쉬었다. 여전히 둘은 틈틈이 장기를 두었고, 결국 이렇게 이랑이 그를 거뜬히 이겨 버리는 날이 오고야 만 것이다.

“이게 내가 너한테 이길 수 있는, 거의 유일한 거였는데…….”

기가 죽은 그의 목소리와 함께 이랑의 쾌활한 웃음소리가 울려 퍼졌다.

“……그래서 무슨 대화를 나누었는데…….”

상황이 역전됐다. 이제 시하루가 이랑에게 ‘도전’하는 입장이 되어 버렸다. 오늘만 해도 이미 세 판을 내리 진 그였지만 포기할 수 없었다. 그리하여 네 번째 판이 시작되었고 다시 아까의 이야기로 돌아갔다.

“음…… 제가 좀 장난 같은 걸 쳤어요.”

“뭐?”

좋아하는 것은 책과 공부, 그렇다 보니 애늙은이라는 소리까지 듣는 그녀가 장난이라니. 매우 신선했지만, 왠지 무섭기도 했다. 보통 ‘장난’이라고 하면 살짝 기분이 나쁜 정도이며 귀엽게 봐주는 것으로 넘어갈 수도 있었지만 그게 소이랑이라면…….

“구체적으로 듣지 않았는데도 벌써부터 무섭다.”

그의 말에 이랑은 더 이상 묻지 말라는 듯 씨익 웃고 넘어갔다. 그리고 이번 판 역시 자신이 이길 거라는 확신이 들자 그녀가 중얼 거렸다.

"이제 슬슬 화를 참지 못 하려나……."

지금 그녀는 어디 사는 누군가의 화가 폭발하기를 아주 여유롭게 기다리고 있는 중이었다.

"그래서 이제부터는 뭘 할 건데?"

시하루는 예전부터 자신도 계획에 포함시켜 달라 그녀를 졸랐지만, 그의 바람은 늘 이루어지지 않았다. 하여, 이번에는 미리 계획이라도 알려 달라고 부탁했다. 그의 질문에 잠시 고민하던 이랑이 말하기를.

"아픈 척을 하려고요."

*　　*　　*

과연 그녀의 예상대로, 폭풍전야의 고요함이라고 했던가. 그동안 조용했던 희안궁이 누군가의 등장으로 인해 시끄러워졌다.

"오셨습니까. 아버지."

방에서 나온 월향이 자신을 찾아온 진유한을 맞이했다.

"듣자 하니 너만 따로 희수궁에 불려 갔다고 하던데, 왕후와 무슨 이야기를 나누었느냐."

그는 자리에 앉기 무섭게 딸의 안부보다 중요한 문제를 묻기 시작했다. 그런 아버지의 야속함에 서운할 만도 했지만 이미 익숙해 보이는 월향은 표정 변화 없이 시녀가 내어 온 차를 따랐다.

"별 이야기는 나누지 않았습니다."

그 말이 맞았다. 사실 둘 사이에는 많은 이야기가 오가지 않았다.

"좀 더 자세히 말해 보거라."

시원치 않은 대답에 진유한이 답답하다는 듯 닦달을 했지만, 월향의 말은 사실이다. 꽤 오랜 시간 동안 희수궁에 있었지만, 그중의 4할 정도는 자신이 늦은 것이고 5할은 이랑이 독서를 한 시간이었으니 실질적으로 그들이 '대화'를 나눈 시간은 1할도 채 되지 않았다.

"그 왕후…… 저번에 봤을 때 묘하게 신경 쓰인다 했는데, 확실히 처리해야 했어."

"그러고 보니……."

자신의 불찰이라며 진유한이 중얼거리자 뭔가 생각난 듯 월향이 자리에서 일어났다. 그리고 갑자기 분노가 밀려오면서 그녀는 구석에서 어느 상자를 가져와 탁자 위에 쏟아 부었다.

"이게 다 무엇이냐?"

"그 왕후, 그 계집이! 감히 저에게 이런 장난을 치지 뭡니까!"

월향이 내놓은 종이를 가만히 지켜보던 진유한이 '장난'이라는 말에 손을 뻗었다. 그리고 그 종이 다발 중 한 장을 펼쳐보았다.

"왕후가 그동안 제게 보내 왔던 편지들입니다. 아무것도 적혀 있지 않은 편지를, 매일 같이 말입니다."

그녀가 다시 자리에 앉으며 어이가 없다는 듯 말했다.

"그만 진정하거라. 많고 많은 후궁 중 그 왕후가 너에게만 이러는 것은 신경이 쓰이기 때문…….”

여유로운 표정으로 말을 하던 진유한의 말이 멈추었다. 그의 시선은 종이의 아랫부분에 고정되어 있었고. 손은 눈에 보일 정도로 심하게 떨리고 있었다.

“아버지? 왜 그러세…….”

아버지의 반응이 걱정된 건지 월향이 물어왔다. 하지만 그는 아무런 대답이 없었다. 여전히 시선은 종이에서 떨어질 줄을 몰랐다.

“하……하하…….”

“아버지?”

웃고 있었지만, 그것은 즐거워서가 아니었다. 무언가를 향한 두려움이 겉으로 새어 나오는 웃음과도 같았다. 들고 있던 종이를 가만히 내려놓은 진유한은 여전히 얼이 빠진 듯 보였다. 그는 종이의 아랫부분에 선명하게 찍힌 어느 부분을 손으로 쓸며 중얼거렸다.

“소월가의 인장(印章)…… ‘그날’ 내가 찾지 못한 인장이야…….”

아버지의 중얼거림에 월향은 여전히 이해 못 하겠다는 표정. 자신의 가문인 소월가를 상징하는 인장이 왜 그 종이에 찍혀 있는지 모르겠다고 말하고 있었다.

“하, 하지만 아버지, 그동안 소월가와 관련된 모든 곳을 뒤져도 찾지 못한 인장이 아닙니까? 그게 어떻게 여기에…….”

긴 침묵이 시작됐다. 진유한, 그는 지금 머리가 복잡했다. 그에게는 이미 알고 있는 사실이었지만 입 밖으로 꺼낸 적이 없는 문제가 있다.

"소유아가 살아 있다."

소월가의 정통 후계자가 살아 있다는 것은 그에게 있어서 잊고 싶은 문제. 언젠가는 그 문제가 자신을 찾아올지도 모른다는 불안감이 있었지만 그것은 아주 작은 가능성에 불과했다. 설마 그 날이 이렇게 빨리 찾아올 줄이야.

"그 아이가 살아 있다는 게 세상에 알려지면 우리는 소월가에서 물러날 수밖에 없어!"

지금까지 누려 왔던 모든 것을 잃을지 모른다는 말에 월향은 혼란에 빠졌다. 그동안 소월가의 성을 물려받지 못했다는 이유로 얼마나 무시를 당했던가. 십 년. 이제야 주위 시선이 조금씩 바뀌어 가고 있었다. 아무리 성을 물려받지 못해 정통 후계자가 아니라고 해도, 자신은 현존하는 소월가를 이을 마지막 후계자였다. 자신의 뒤에 있는 '소월가' 그 이름 하나로 할 수 있는 일이 얼마나 많은데!

"그 인장을 찾아야 한다. 이 편지를 왕후에게서 받은 게 틀림없겠지?"

"네."

인장의 의미는 아주 크다. 왕에게 옥새가 있다면 귀족 가문에는 인장이 있다. 가주는 그 가문의 문장을 새겨 넣은 인장을 항상 몸에 지니고 다닌다. 이는 후계자로 선택한 사람들도 마찬가지이다. 그러나 진유한에게는 인장이 없었다. 애초에 후계자로 임명된 적조차 없으니 당연한 일이겠지만, 인장만 있으면 모든 게 달라진다. 반면에 주위의 누군가가 그들에게 인장이 없다는 사실을 알게 된다면 더는 버틸 수 없는 상황……. 그렇기 때문에 진유한, 그는 지난 십 년 동안 소월가의 인장을 찾아다녔었다. 하지만 어디에 있는지 찾을 수 없었다. 복사를 하려고도 했지만 그건 어디까지나 임시방편. 해결이 되지 않는다. 그런데 지금 그 인장이 그의 눈앞에 있는 것이다.

"왕후가 보낸 편지에 이 인장이 찍혀 있다는 건 분명 그 어린 왕후가 소유아와 관계가 있다는 거다. 뒤에서 그 아이를 돕고 있는 게 분명해."

그동안 찾지 못했던 단서가 나왔으니 망설일 필요가 없었다. 이 문제만 해결하면 앞으로 소월가는 자신의 것이니, 마지막 전쟁이었다.

"그 왕후를 만나러 희수궁으로 가야겠다."

"네…… 아버지?"

배웅을 위해 자리에서 일어나던 월향이 진유한을 불렀다. 그의 표정은 아주 창백해 보였다. 이는 소유아의 생존에 관련된 단서가 나왔기 때문만은 아니었다. 그가 걱정하는 것은 다른 문제였다. 소유아, 그 아이가 살아 있을지 모른다는 건 늘 염두에 뒀기 때문에 이제 와서 나타난다 해도 그렇게 놀랄 일은 아니었다.

'그 어린 왕후가 소유아를 돕고 있다. 아니…… 반드시 그래야만 한다.'

……입 밖으로 꺼내지는 않았지만 그는 최악의 경우를 예상할 수 있었다. 최악의 경우는…… 왕후, 그녀가 소유아 본인일 경우. 절대 그래서는 안 된다. 그러나 생각하지 않으려고 해도 맞아 떨어지는 것들이 너무 많았기 때문에 그냥 무시할 수 없는 가능성이었다. 아니, 어쩌면 가장 가능성이 큰 이야기일지도 모른다. 궐 안에 있으면 손을 댈 수가 없다. 물론 그 밖에도 문제가 많았지만.

*　　*　　*

"희수궁에 출입이 잦은 여인이 있는가? 왕후가 자주 찾는 이라든지…….."

진유한이 답답하다는 표정으로 희수궁의 정문을 지키는 병사에게 물었다. 질문을 받은 병사는 생각에 잠기더니 곧 누군가를 떠올린 듯 눈을 반짝이며 대답했다.

"네. 두 분이 계십니다."

그제야 그의 얼굴이 조금이나마 펴졌다. 그는 소유아와 관련된 문제를 해결하기 위해 단서를 지니고 있을 이랑을 만나러 희수궁을 찾아왔었다. 하지만 왕후께서 몸이 좋지 않으시기 때문에 누구도 만날 수 없다는 말을 들을 뿐, 열릴 생각을 않고 꽁꽁 잠겨 버린 희수궁의 정문 앞에서 물러나야 했다. 이대로 돌아가기는 그렇고, 혹시 몰라서 희수궁의 정문을 지키는 병사에게 물어보기를 잘했다는 생각이 들었다.

"한 명은 어린아이였고 한 명은 왕후마마와 비슷한 연령대의 여인이었습니다."

그는 분명 소유아가 왕후와 관련된 인물이라면 희수궁에 자주 출입을 했을 거라 예상했다. 두 명의 여인이 해당되었지만 한 명은 어린아이라고 하니 신경 쓰지 않아도 될 터. 그렇다면!

"아, 그분이라면 서하연의 꽃이라고 들었습니다. 삼화라고……."

"맞다. 유월가 도련님의 약혼녀라고도 했던 거 같은데? 이름이…… 아, 히연. 히연이라고 했던 거 같습니다."

진유한의 입가에 미소가 지어졌다. 앞뒤가 딱딱 맞아떨어졌다. 그 어린 왕후도 서하연의 꽃이라고 했다. 희수궁을 자주 찾는 여인 역시 서하연의 꽃이니, 둘은 잘 알고 있는 사이일 것이다. 결정적으로 유월가 도련님의 약혼녀. 소월가와 유월가가 얼마나 긴밀한 사이였나! 유월가라면 소월가의 후계자를 도와주고도 남았다.

"하지만 이름이 다르지 않습니까?"

"멍청한 것. 서하연은 서하연의 호라는 것이 따로 있다. 다른 이름인 게 당연한 거지."

지난 십 년 동안 서하연에 숨어 있었다면 못 찾는 게 당연했다. 서하연에는 접근할 수 없으니까. 하지만 이는 현재도 마찬가지였다. 그는 서하연에 들어갈 수 없을뿐더러 접근조차 어려워 보였다. 하지만…… 이대로 포기할쏘냐. 소월가로 돌아가는 길에 그는 자신의 뒤를 따르는 검은 복장의 심복을 바라보며 명령했다.

"너는 은밀히 사람을 찾아봐야겠다."

"사람은 어찌……."

괜히 불안해진 심복이 조심스럽게 묻자, 돌아선 진유한은 뭐 그리 질문이 많으냐고 핀잔을 주었다.

"서하연에 있는 그 히연이란 아이의 방에 잠입해야 한다. 그 방에 분명…… 인장이 있을 것이다."

"하지만…… 서하연은 금남의 구역……."

다른 곳도 아니고 감히 서하연에 잠입을 해야겠다는 주인의 말에 남자는 놀란 듯 보였다. 이건 아닌 거 같다고 생각했는지 심복은 그를 말려 보려고 했지만 소용없었다.

"그러니 더 간단한 일이 아니겠느냐! 서하연에는 여인들만 있다. 혹여 들키더라도, 지키는 남자가 한 명도 없으니 빠져나오는 데 그리 어렵지 않을 게 아니냐. 쯧쯧, 이리 생각이 없어서야, 원……."

이미 진유한은 십 년 동안 찾을 수 없던 인장을 갖기 위한 욕심으로 두 눈이 멀어 버린 상태였다. 지금 그의 눈과 귀에는 인장 외에는 아무것도 들어오지 않았다.

"……예, 알겠습니다. 바로 준비하겠습니다."

돌아서는 진유한의 걸음이 가벼워졌다. 이제 곧 있으면 소월가가 완벽하게 자신의 것이 될 거라는 기대감과 설렘에 그는 들떠 있었다. 자신을 바라보는 이들의 시선을 느끼지 못할 정도로.

*　　*　　*

“……돌아갔대. 괜찮을까?”

시하루는 멍하니 자신의 어깨에 기대어 있던 이랑에게 요를 덮어 주며 말했다.

“오라버니한테 말해 뒀으니 괜찮을 거예요. 려화님께서도 허락하셨고요.”

요즘 들어 잠잠한 유시후 이야기가 나오기 무섭게 시하루가 반응을 보였다. 그의 머릿속에는 유아와 결혼하려거든 자신을 ‘처남’이라고 부르라는 말도 안 되는 협박을 하던 그가 떠올랐다.

그나저나 이랑의 목소리에 힘이 없었다. 아까 진유한을 막아선 궁인들의 말은 사실이었다. 그녀는 계속 밖에 있던 탓인지 며칠 전부터 비실비실 대는 게, 몸살이나 고뿔에 걸린 게 분명했다. 열이 있나 없나 확인하기 위해 이랑의 이마에 손을 얹어 보던 시하루는 인상을 찌푸렸다.

“내가 볼 때, 넌 지금 좀 쉬어야 해.”

시하루는 아까부터 어의를 부르겠다고 했지만 이랑은 절대 안 된다며 그를 말렸다. 안 그래도 지금은 최대한 숨을 죽이고 있어야 하는데…….

“내 생각에는 이 희수궁도 너한테는 안전하지 못한 거 같아.”

“제 생각도 그래요.”

“그리고 왠지…… 그냥 불안해.”

연신 불안하다고 말하는 그에게 걱정할 거 하나도 없다고 이랑이 안심시키려 들었지만 시하루는 고개를 저었다. 결국 아무래도 안 되겠다는 듯 그는 사람을 불렀고, 이랑의 반대에도 불구하고 그녀를 번쩍 안아 들더니 희수궁을 나섰다. 그리고 그의 불안한 예감은 멋지게 들어맞았다.

*　　*　　*

"이게 무슨 짓입니까!"

이미 전에도 한 번 막무가내로 희수궁의 정문을 뚫은 적이 있던 그에게 두 번은 어렵지 않았다. 게다가 저번에는 호랑이로 불렸던 유시후가 있었지만 지금은 그렇지 않으니 누워서 떡 먹기였다.

"이곳은 왕후마마께서 머무시는 궁, 희수궁입니다!"

"급한 일로 왕후마마를 뵈러 왔으니 비키거라!"

궁녀들이 진유한의 앞을 막아서며 필사적으로 그의 출입을 막았지만, 역시 여인들에게는 무리였다. 지금 진유한은 매우 위험한 일을 벌이고 있었다. 그것은 본인 스스로도 잘 알고 있었다. 하지만 그에게 남은 방법은 이것밖에 없었다.

불과 하루 전.

"서하연에도 없다니! 그럴 리가 없을 텐데!"

전에 사람을 시켜 서하연에 들어가라는 명령을 내린지 삼 일 만에 아무리 찾아도 없다는 답이 돌아왔다. 그것도 직접이 아닌, 달랑 서신으로.

"어찌 직접 오지 않고?"

"아무래도 서하연과 관련되어 있다 보니 자숙하는 게 아닐까 싶습니다……."

서하연에서는 아무런 움직임이 없었다. 도둑이 들었거나 침입자가 발생했다는 소문도 들리지 않았고, 특별히 소란스럽거나 분주한 움직임도 느껴지지 않았다. 그렇다면 분명 들키지는 않았다는 이야기인데…….

"서하연이 아니면 도대체 어디에 있다는 거야!"

"저…… 혹시 미리 알고 숨겨 놓은 게 아닐까요."

숨기다니. 도대체 서하연이 아니고서야 어디에……. 심복의 조심스러운 추리에 날카롭게 반응하던 진유한이 멈칫했다. 그러고 보니 왕후가 보낸 서신에 찍혀 있는 도장에 그리고 희수궁을 자주 출입하는 여인. 설마…….

"……설마 희수궁에 숨겨 둔 건가?"

"이제 어쩌시겠습니까?"

아무 말 없이 고민에 빠져 있는 진유한 때문에 또다시 불안해진 심복이 물었다. 제발 또 무모하고 쓸데없는 말만은 나오지 않기를 바라며…… 그러나 그 질문에 대한 답이 지금의 이것이었다.

자신을 막는 이들을 모두 뿌리친 그는 어느새 정원을 지나 희수궁 안으로 들어섰다. 왕후의 방까지 순식간에 당도한 그는 그래도 차마 그곳까지 그냥 들어갈 수는 없었는지 문 앞의 궁녀들에게 말했다.

"고하거라."

"하, 하오나……."

"내가 뵙기를 청하고 있다고 어서 고하거라!"

궁녀들이 겁에 질린 표정으로 서로 시선을 교환했다. 문을 열 수 없는 사정이라도 있는 건지 그들은 고개를 저으며 말했다.

"죄송합니다. 그것은 아니……."

"안 된다니! 마마께서 몸이 좋지 않으시다는 건 들어 알고 있다. 몇 가지만 여쭙고 바로 돌아갈 것이니……."

정문에서의 상황이 다시 반복되었다. 이대로라면 멋대로 방 안까지 들어갈 기세였는데, 그 사실이 작은 꼬맹이를 어여삐 여기는 시하루의 귀에 들어가면 분명 큰 문제가 되리라. 그럼에도 불구하고 진유한은 물러설 수 없었다. 여기까지 온 이상 확인하고 넘어가야 했다. 두 궁녀를 뿌리친 그의 손이 닫혀 있는 문을 향했다. 그리고 그 문을 열기 위해 있는 힘껏 옆으로 당기려고 할 때, 때마침 안쪽에서 다른 누군가에 의해 문이 열렸다.

"왜 이리 밖이 소란스럽지?"

희수궁의 주인, 왕후인 이랑의 모습은 보이지 않고 어째서인지 그 방에서 시하루가 불쾌하다는 표정으로 나오고 있었다. 갑작스러운 그의 등장에 진유한이 놀라면서도 열린 문틈으로 재빨리 안을 들여다보았다.

텅 빈 방.

'도대체 왕후는 어디에 있는 거야?'

"……내가 분명 희수궁에 그 누구도 들이지 말라고 했을 텐데? 진유한, 그대는 어떻게 들어온 거지?"

화가 난 듯 보이는 시하루의 눈이 진유한에게서 떨어질 생각을 안 했다. 그제야 지금 이 상황이 위험하다고 판단한 진유한은 그럴싸한 변명거리를 생각해 내기 위해 재빨리 머리를 굴렸다.

"와, 왕후마마께서 몸이 좋지 않으시다 하여 걱정되어 왔사옵니다."

"걱정이라……. 지금 내가 그 말을 믿을 거라고 생각하나?"

"저, 전하……."

"이곳이 어디라고 감히. 네가 월가를 믿고 제정신이 아닌 모양이구나."

"그, 그것이 아니오라……."

이미 그 어떤 변명도 소용없어 보였다. 그나마 다행인건 시하루그도 지금 해야 하는 일이 있었기 때문에 그와 기 싸움을 할 시간이 없다는 점.

"지금은 바삐 가야 하는 곳이 있으니 여기서 네 죄를 논하지는 않겠다. 부를 때까지 소월가에서 대기하고 있거라."

이렇게 딱 걸려 버린 이상 더는 할 말이 없었다. 이번만큼은 물러설 수밖에…….

"……예, 전하."

너무 서두른 게 화근이었다. 안 그래도 한시가 급한 상황인데 일은 계속해서 꼬여 가기만 하니. 진유한의 속은 새까맣게 타들어 갔다.

*　　*　　*

"유아."

희수궁에 있는 이랑의 방도 아니고, 영희궁에 있는 또 다른 이랑의 방도 아니었다. 양손에 책을 들고 있던 시하루가 들어선 곳은 중앙궁에 있는 자신의 방이었다. 밝은 방 안과 달리 어두운 휘장으로 둘러싸인 침상으로 다가간 그는 약간 걱정스럽다는 목소리로 물었다.

"괜찮아?"

"……꽃따리 오빠가 보기에는 괜찮아 보이나요."

이랑은 살짝 눈을 뜨고 그를 올려다봤다. 그녀가 잠겨 있는 목소리로 힘겹게 묻자 시하루가 고개를 저으며 대답했다.

"안 괜찮아 보이네."

걱정이 되는 건지 한숨을 내쉬던 시하루는 들고 왔던 책을 그녀 앞에 와르르 쏟아 놓고는 바닥에 앉아 머리를 침상에 기대었다.

"아픈 척할 거라더니 진짜 아프면 어떡해?"

"그냥 약간 감기 기운이 있는 거뿐이니 괜찮아요. 내일이면 말끔하게 나을 거라고요."

정말이지, 이랑은 아프면서도 그냥 넘어가는 일 없이 끝까지 그의 말에 토를 달았다.

"책 읽고 싶다고 해서 가져왔어."

"이안 시키지 왜 직접 다녀왔어요?"

그새 시하루에게 물이 들어 버린 건가. 언제부터인가 이랑도 슬슬 이안의 편리함을 즐기기 시작했다. 덕분에 두 배로 바빠진 이안은 모두의 행복을 위해 유일하게 희생해야 하는 존재가 되어 버렸다.

"희수궁이 소란스럽더라고. 네 말대로 진유한이 무리하게 희수궁으로 들어왔어."

"지금쯤 나를 찾기 위해 혈안이 되어 있을 테니까요."

그 말에 이랑은 조용히 웃었다. 어떻게 해서든지 자신을 만나러 올 거라는 건 어렴풋이 예상했지만 설마 그렇게 막무가내로 들어가려 할 줄이야. 사람이 다급해지면 상황 판단 능력이 흐려진다더니.

"어때. 내 말 듣기를 잘했지."

활짝 웃으며 그가 물었다. 마치 칭찬을 바라는 아이 같은 표정과 질문에, 이랑은 고개를 끄덕이며 인정해 주었다.

"그러네요."

희수궁에서 한 발자국도 나가지 않겠다고 고집 부리는 그녀를 그대로 번쩍 안아 들어 제 방에 데려다 놓은 시하루였다. 중앙궁에 있는 조회실이나 회의실 같은 방은 이미 몇 번 들어가 본 적이 있었지만 그의 방은 처음인 이랑은 매우 흥미롭다는 눈으로 주위를 둘러보았다. 평소 조회실 탁자 위의 난장판을 생각해 보면 분명 방 역시 물건들이 제자리를 못 찾고 어지러울 거라 생각했는데 의외로 방 안은 너무도 깔끔했다. 물론 궁인들이 더더욱 신경을 쓴 덕분도 있겠지만.

"희수궁에 네가 없다는 걸 알게 됐으니 실망이 크겠는걸."

"그럴까 봐 미리 아주 중요한 선물을 보낸 거잖아요."

이랑의 말에 시하루는 고개를 끄덕였다. 그리고 침상에 머리를 기대며 말했다.

"이제 그 일은 나한테 맡겨 놓고 좀 자. 그래야 빨리 낫지."

괜찮다고 말하며 버둥거리는 이랑을 가볍게 제압한 시하루는 일어나려는 그녀를 다시 눕힌 뒤, 어디서 본건 있어 가지고 나름대로 자장가를 흥얼거리며 그녀를 재우기 위해 부단히 노력했다.

"꽃따리 오빠는 얼굴은 예쁜데, 노래는 별로 못 부르네요."

"음. 노래까지 잘 부르면 불공평하잖아."

그러나 전혀 공감할 수 없다는 이랑의 눈빛에, 시하루는 한숨을 내쉬며 침상에 머리를 묻었다.

"……연습하겠습니다."

아니, 뭐 또 연습할 거까지야. 못 부른다는 말에 충격을 받은 건지 갑자기 풀이 죽은 그를 바라보던 이랑은 그의 머리를 쓸어 넘겨 주며 걱정하지 말라고 말했다.

"걱정 마세요. 제가 또 한 노래하거든요. 둘 중 하나만 잘하면 됐죠, 뭐."

나중의 일이지만 그녀는 이 말을 한 것을 먼 훗날이 되어서야 후회한다. 시도 때도 없이 노래를 불러 달라는 남편 때문에.

그들이 하하 호호 웃으며 시간을 보내고 있을 때. 시하루에게 며칠간의 근신을 명령받은 진유한은 이를 갈며 자신의 집, 소월가로 돌아갔다. 그리고 이랑과 시하루의 대화에 나왔던 어떠한 '선물'을 받게 된다. 가뜩이나 궐 안에서 있었던 일 때문에 기분이 좋지 않았는데 집안 분위기가 소란스러웠다. 안 그래도 짜증이 나 화풀이 할 대상을 찾던 그에게 한 하인이 다급히 달려오더니 어느 작은 봉투를 건네었다.

"누가 보냈다고?"

"왕후마마께서 보내신 거라 하셨습니다."

그의 부재중에 소월가를 찾은 이가 있었다. 자신은 왕후마마를 모시는 궁녀인데 마마의 명을 받고 편지를 전해 주러 왔다고 했다. 희수궁에 없는 왕후가 보낸 편지라니. 일전에 그의 딸, 월향에게도 장난 편지를 보낸 왕후였다. 자신에게도 그것을 보낸 건가?

진유한은 의심이 가득 담긴 눈빛으로 봉투를 바라보다 결국 겉봉을 뜯어냈다. 그의 예상대로라면 장난 편지가 들어 있어야 했지만, 봉투 안 내용물은 처음 보는 종이였다.

"이게 뭐……."

요즘 들어 편지만 보면 굳어 버리는 진유한이다. 그의 손에 들린 종이 맨 위에는 '각서'라는 글자가 당당히 적혀 단순한 편지가 아님을 증명해 주었다. 장난 편지 때와는 달리 중간에 글자도 있었고, 아랫부분에는 익숙한 이름 두 개와 익숙한 도장 두 개가 나란히 찍혀 있었다. 왕의 이름 시하루와 왕후의 이름 소이랑. 그리고 각각 옆에 찍혀 있는 붉은 모양. 왕의 옥새와 최근에 많이 본 인장.

그렇다. 그것은 예전에 시하루와 이랑이 '경합'이라는 이름 아래 써 둔 문서. 천유국의 왕과 왕후가 적은 각서였다.

＊　　　＊　　　＊

"표정이 안 좋아 보이는군, 진유한."

안 좋을 수밖에. 시하루의 부름을 받았기에 어쩔 수 없었지만 그는 정말 오고 싶지 않았다. 아직 머릿속이 복잡했고 모든 것이 정리되지 않은 상황이다 보니 혼란스러웠다.

설마설마했지만, 그 어린 왕후가 소유아일 줄이야!

궐 안에 있으니 어떻게 할 수도 없고 심지어 왕과 대비마마의 마음에 들었으니……. 게다가 그 아이가 왕후가 되면 삼화에 대한 예의가 적용된다. 그렇게 되면 후궁도 들일 수 없는데 어떻게 해야 하는가! 어쩌면 이미 전하께서도 알고 계실지도 모르는 일. 자신이 그 아이를 밀어내고 자리를 차지했다는 걸 알게 되면…… 이는 정말로 위험했다.

'모든 것을 잃게 돼!'

"일전의 일에 대한 벌을 내리려고 했지만, 왕후가 처벌을 원하지 않기에 그냥 넘어가기로 했다. 그러니 그 일 때문이라면 그렇게 굳어 있지 않아도 된다. 가볍게 며칠 근신하는 정도로 마무리 지을 테니."

어제 일에 대한 처벌을 받을 거라 각오하고 온 그는 안심은커녕, 오히려 심란했다.

'도대체 무슨 생각인 거야.'

혼자만의 고민에 빠진 진유한은 현재 시하루가 앞에 있음에도 불구하고 제정신을 못 차리고 있었다. 멍하니 서 있는 그를 바라보던 시하루가 하고 있던 일에서 손을 놓더니 덧붙여 말했다.

"그래도 자신의 외숙부인데 처벌받는 건 원하지 않는다고 하더군."

"……!"

왕이 알고 있다. 그 어떤 때보다 놀란 진유한은 숙이고 있던 고개를 들었다. 왕이 이미 전부 다 알고 있는 게 분명한데, 반응이 이상했다. 왕후를 아끼기로 소문이 자자한 그라면 분명 분개하며 자기를 가만 두지 않으려 할 텐데 말이다.

"이런, 긴장 풀라고 한 말인데 어째 더 긴장한 듯 보이네."

진유한과 달리 시하루는 여유로운 미소를 지었다. 안 그래도 눈엣가시 같은 진유한이 자신의 앞에서 쩔쩔매고 있으니 그것이 유쾌한 모양이다.

“저, 전하……..”

“걱정하지 마라. 짜증은 나지만 자기 집안싸움이니 끼어들지 말라고 경고 받았으니까.”

시하루가 답답하고 짜증이 난다는 듯 인상을 찌푸렸다. 도와주겠다는 그에게 유아는 그러지 말라고 말했다. 자신들의 집안싸움에 왕이 끼어들면 보기 안 좋을 거라는 의미에서였다. 그럴싸했지만 물론 그것은 핑계일 것이다. 그녀는 지금까지 그래 왔던 것처럼 본인의 힘으로 마무리를 짓고 싶은 게 분명했다.

“물론 가만히 지켜만 보고 있을 생각은 없지만.”

시하루, 그가 어떤 사람인가. 언제부터 다른 사람의 말을 귀담아들었다고.

“나는 지금 기다려 주는 거다. 스스로 물러날 기회를 주는 거지.”

“……..”

“지금 순순히 모든 것을 제자리로 돌려놓는다면 나는 아무것도 하지 않을 것이다. 하지만…… 내 경고에도 불구하고 고집을 부린다면…… 물러난 다음에도 그대는 나를 다시 봐야 할 거야. 물론 나쁜 쪽으로.”

소월가의 가주권을 원래 주인인 유아에게 주면 자신은 아무것도 하지 않을 거지만, 반대로 고집을 부리면 나중에 유아에 의해 물러나더라도 자신이 벌을 내릴 거라는 말이다. 이렇게 되니 다시 고민에 빠진 진유한이다. 그에게는 두 가지 선택 사항이 있었다.

하나는 모든 것은 잃는 방법이고 다른 하나는 왕을 적으로 돌리는 위험한 방법. 어느 쪽이든 잃는 건 마찬가지다. 그렇다면…….

"원래 그 아이의 것이라고는 해도 지금은 제 것입니다."

"나랑 싸우겠다 이건가?"

시하루의 눈썹이 일그러졌다. 조금 전까지만 해도 꼬리를 내리고 있었으면서 갑자기 자신에게 싸움을 거는 태도가 마음에 들지 않았다.

"아니요. 제가 드리는 말씀은 그것이 아닙니다. 그 아이가 행방불명된 지난 십 년 동안 소월가를 지켜 온 제 입장도 한번 생각해 달라는 거지요. 오직 소월가를 위해 살았는데 그 아이에게 모든 걸 준다면 저에게 남는 것은 무엇입니까?"

"그대의 입장이라……."

"제가 어찌 감히 전하를 적으로 두는 방법을 선택하겠습니까. 하지만 저도 갖고 있는 것을 내놓으니 그에 합당한 것을 받아야겠다는 겁니다."

소월가의 가주권을 내놓는 대가로 자신도 무언가 이득을 취해야겠다는 말이다. 선택해야 하는 입장이 바뀌었다. 이번에는 진유한이 여유로워 보였고 시하루가 고민에 빠졌다.

"무엇을 원하는 거지?"

소월가가 전부인 그가 그것을 버리는 대신에 원하는 게 있다고 하니, 그의 입에서 어떤 말이 나올지 두려웠다.

"희수궁의 자리를 원합니다."

소월가의 가주를 포기하는 대신, 왕의 장인 자리를 얻겠다 이건 가.

"……싫어."

생각이 너무 많았던 탓일까. 하고 싶은 말이 많았지만 머릿속에 그 말들이 한 번에 몰리다 보니 진심이 가득 담긴 단답형 대답이 나왔다. 오히려 그것이 진유한에게는 다행일지도. 온갖 욕과 짜증을 들을 수도 있었으니 말이다.

"제 딸아이를 희수궁의 자리에 앉혀 주십시오."

"미안하지만 그건 안 되겠군."

여전히 바뀔 생각 없는 시하루의 대답에 한 걸음 물러난 진유한은 잠시 말이 없다.

"알겠습니다."

의외로 포기가 빨랐다.

"그러면 제 딸아이를 포함해 제대로 된 간택전을 펼치게 해 주십시오. 거기서 떨어진다면 깔끔하게 모든 것을 포기하고 고향으로 돌아가겠습니다."

진유한 성격에 그나마 많이 양보한 것이다. 고민에 빠진 시하루는 입을 다물었고, 곧 결심한 듯 눈을 빛내며 입을 열었다.

"좋다. 그렇다면 간택의 방법은 내가 정한다. 그래도 괜찮겠나?"

"물론이죠. 이해해 주서서 감사합니다. 전하."

*　　*　　*

"장난하십니까? 간택전이라니요!"

요즘 시하루가 성실한 모습을 보였기 때문에 이신은 잔소리를 할 필요가 없었다. 그런데 오늘, 그는 그동안 안 한 잔소리를 싹싹 모아 시하루에게 퍼붓고 있었다.

"만에 하나의 이야기지만, 유아 님은 후궁이 될 수 없다는 거 알고 계시죠?"

"⋯⋯."

"빨리 정리하지 않으면 서하연에서 들고일어날지도 몰라요."

안 그래도 가장 걱정하고 있는 부분을 지적하는 이신 때문에 시하루의 머릿속이 더욱 복잡해졌다. 아무리 정식으로 혼례를 올리지 않았다고는 해도 이랑, 아니 유아를 왕후로서 데리고 온 건데 이 시점에서 간택전을 연다고 하면 서하연의 려화가 가만히 있을 리가 없다. 게다가 만약, 아주 만약의 경우 희안궁의 여인 중 한 명이 왕후의 자리에 오르게 되면 삼화인 유아는 후궁으로 올릴 수가 없다. 가장 좋은 방법은 유아, 그녀가 간택되는 건데⋯⋯ 정작 그녀가 그럴 의욕이 없다는 게 문제였다.

"너 때문에 내가 이렇게 됐는데 조금은 걱정 좀 해 주는 게 어때?"

앓고 있던 감기가 나아 쌩쌩해진 유아는 자신의 이야기임에도 불구하고 관심 없어 보였다. 그동안 아파서 못한 일들이 쌓이고 쌓이는 바람에 처리하느라 정신이 없었던 것이다.

평소 아침 조회를 끔찍하게 싫어하는 시하루 때문에 골머리를 앓던 이신은 묘안을 내렸고, 그게 바로 유아를 참관 대신 자격으로 조회에 참석할 수 있게 하는 것이었다. 덕분에 그녀는 늘 듣고 싶어 하던 조회를 들을 수 있어 좋았지만, 그 시간에 해야 하는 일들이 밀려 더욱 피곤한 나날을 보내고 있었다.

"너 때문에 이렇게 되었으니 책임져."

통명스러운 목소리로 그가 말했다. 그제야 책에 고정되어 있던 시선을 뗀 유아가 투덜거리는 그를 바라보았다.

"책임이라 하시면……?"

말은 안 했지만 조금은 양심에 가책을 느끼고 있었나 보다.

"이번에는 네가 날 도와줘야지. 나 이러다가 여우랑 결혼하게 생겼다고."

"그럼 저보고 어떻게 하라고요?"

"노력해!"

앞뒤 말 다 자르고 노력하라는 그의 말에 유아가 인상을 찌푸렸다. 지금 누가 누구에게 '노력하라'라고 말하는 건지.

"지금 저에게 '노력'을 요구하시는 건가요?"

"네가 공부를 생각하는 마음의 딱 반만, 나를 신경 쓰는 데 써 줘."

어쩐지 불쌍해 보이기도 하고 비굴해 보이기도 했다. 시하루는 마치 애정 결핍에 걸린 강아지처럼 최대한 불쌍하게 보이기 위해 노력했고, 그것은 의외로 효과가 있었다.

"그래도 만일 제가 간택 안 되면요?"

"할 수 없지 뭐…… 억지로라도 결혼해야지."

불쌍한 표정은 온데간데없고, 절대 굽힐 수 없는 의지를 표명하는 그를 보며 유아는 걱정되기 시작했다.

"그런데 너는 간택될 거야."

걱정하지 말라는 듯 시하루가 피식 웃더니 그녀의 머리를 쓰다듬어 주었다. 도대체 어디서 나오는 확신인지.

"……권력 남용은 안 돼요……."

"어떻게 너는 이 상황에서도 규칙 같은 걸 따지냐."

유아의 말에 시하루는 어이가 없다는 듯 피식 웃어버렸다. 하지만 그 웃음은 왠지 즐거워 보였다.

"내가 꼼수 쓰지 않아도 넌 분명히 될 거야. 나한테 생각이 있어."

그에게 계획이 있다는 말에 이신을 포함한 방 안에 있던 이들이 의미 모를 시선을 주고받았다.

'괜히 일 크게 만들지 마세요!'

'그냥 가만히 계세요!'

*　　*　　*

"모셔 왔습니다."

반 이상이 제 발로 나가 버린 덕분에 희안궁에 남아 있는 이들의 수는 다섯 명 정도였다.

"안타깝지만 너도 저기에 서야겠다."

시하루가 자신의 옆에 서 있던 유아를 바라보며 말했다. 곁에서 떨어지기 싫은 듯, 말 그대로 어딘가 아쉬워 보이는 그와 달리 유아는 고개를 끄덕이며 횅하니 내려갔다. 잠시 다른 이들의 눈치를 보며 어디에 서야 할지 고민하던 그녀는 가장 뒤에 서 있던 여인 뒤로 갔다.

"이미 들어서 알고 있겠지만…… 희안궁을 정리하려고 한다. 그대들에게도 공정한 기회를 주고자 이리 간택전을 열었다."

월향을 제외한 다른 희안궁의 여인들이 놀란 듯 보였다. 자신들에게도 기회가 있다는 사실에 기뻐 보이는 이들과 달리 월향, 그녀 혼자만은 어딘가 비장해 보였다.

'반드시 네가 간택되어야 한다. 네가 왕후의 자리에 오르면 그 계집에게서 소월가의 인장을 빼앗을 수도 있으니 말이다.'

마냥 기뻐하던 다른 희안궁의 여인들 역시 눈을 반짝였다.

'이건 기회야. 계속 버티고 있길 잘했어! 전하께서 드디어 저 꼬맹이에게 싫증이 나신 게야.'

그리고 맨 뒤에 있던 유아는 혼자 우울해 보였다.

'이럴 시간 없는데…… 빨리 보고서도 써야 하고…… 내일 있을 신입 교육 준비도 해야 하고…… 서하연에서 내준 과제도 해야 하고…… 서화당의 편지들도 봐야 하는데…….'

"그럼 규칙을 설명하겠다. 말하는 동안 이신, 그것을 나누어 줘라."

시하루의 말에 웬 바구니를 들고 있던 이신이 왼쪽에 서 있는
여인 앞에서 걸음을 멈추었다.

"미리 말하는데 결과를 인정하고 신속히 궐에서 나가야 한다.
알겠느냐?"

"예, 전하."

비장해 보이는 여인들을 관찰하던 유아는 색다른 두려움을 느
꼈다. 시하루의 말을 하나라도 놓칠까 집중하는 모습에서 그들의
각오가 마치 눈에 보이는 것 같았다. 하지만 그들의 비장함은 이
신이 나누어 주는 물건에 의해 순식간에 무너져 내렸다. 저마다
자신의 손에 들려 있는 물건을 말없이 뚫어져라 바라보기 시작했
고, 이는 유아도 마찬가지였다. 이신이 당황하다 못해 어이없어하
는 유아에게 싱긋 웃더니 작은 목소리로 말했다.

"그냥 최선을 다하시면 될 겁니다."

아니, 이걸로 뭘 어쩌라는 건데……. 유아는 다른 이들과 마찬
가지로 자신의 앞에 쌓여 있는 힘없는 볏짚을 멍하니 바라보다가
발로 툭툭 쳤다. 유아와 월향을 포함한 이들이 얼이 빠진 듯 아무
런 말이 없었다. 그 반응을 즐기고 있던 시하루는 조용한 침묵이
계속되자 결국 먼저 입을 열어 설명해 주었다.

"그 볏짚으로 새끼줄을 가장 길게 꼬아 온 이에게 희수궁 자리
를 주겠다."

"예에?"

조용했던 방 안이 갑자기 웅성이기 시작했다. 마치 쓰레기를 보

듯 볏짚을 바라보던 시선들이 순식간에 바뀌었다. 이건 끈이다!
자신을 왕후의 자리와 이어줄 수 있는 끈!

"기한은 내일 묘시(卯時, 오전 5~7시)까지이며, 각자 시녀들의 도움을 받아도 상관없다. 하지만 혹시 돈을 주고 산 것과 바꿔치기를 하는 등의 부정행위를 하는 자가 있을지도 모르니 경합이 끝날 때까지는 외부인의 출입을 금할 것이다."

시하루의 설명이 이어졌지만 지금 희안궁의 여인들은 어떻게 새끼줄을 꼬아야 하는지 주위에 있던 궁녀들에게 묻기 바빴다. 그러건 말건, 시하루는 꿋꿋이 제 설명을 끝마쳤다.

"내일 묘시까지 매일 아침 조회가 열리는 곳에서 함께 검사할 테니 모두 그곳으로 오도록. 이상. 각자 지정된 방으로 가 시작해라."

시작을 알리는 그 말이 끝나기 무섭게, 아무런 움직임이 없던 여인들이 빠르게 흩어졌다. 그러나 뭘 어떻게 하면 좋을지 모르는 유아만은 혼자 남아 멀뚱히 볏짚들을 바라보고 섰다. 그녀는 생각했다.

'꼼수 쓰지 않아도 내가 이길 수 있을 거라며! 나 이런 거 해 본 적 없는데? 하는 방법도 모르는데!'

막막해 보이는 그녀를 바라보던 이신이 시하루에게 다가가 조심스럽게 말했다.

"……뭘 어떻게 하는지조차 모르시는 거 같은 데요……."

*   *   *

"에이, 아무리 그래도 저건 좀 너무하네."

시하루가 느긋하게 난간에 기대, 약간 떨어진 어딘가를 바라보며 통명스럽게 말했다. 그러자 그의 옆에 있던 이신이 뭘 기대했느냐는 식으로 끼어들었다.

"유아 님이 그렇죠, 뭐."

자신은 예상했다는 이신의 반응과 달리 시하루는 기운 빠졌다는 듯 한쪽 손으로 턱을 괴며 중얼거렸다.

"……시작한 지 얼마가 지났다고 경합은 완전 뒷전이야. 지금 과제가 중요해? 이건 그냥 일상생활 모습을 보는 거 같잖아! 내가 뭐 열심히 밤을 새우면서까지 하기를 기대한 것도 아니고, 시늉이라도 해야지! 그렇게 생각 안 해?"

"이참에 전에 못 이룬 폐위를 당하실 생각이 아닐까요?"

눈치 없는 이안의 말에 모두가 긴장했다. 이신은 '오랜만에 한 대 맞겠구나.'하는 시선으로 제 아들을 바라보았고, 시하루는 무표정이었다.

"……아닐 거야……."

그러나 목소리에서 확신 따위 느껴지지 않았다.

"나랑 약속했다고."

"글쎄요. 시하루 님이 별로 마음에 안 들었나 보지요."

바로 화를 낼 줄 알았는데 그는 조용했다. 그러자 이신이 먼저 이안의 옆구리를 쿡쿡 찌르며 주의를 주었다. 옆에서 부자간의 다툼이 있건 말건 시하루는 유아를 바라보며 혼잣말을 중얼거렸다.

"······내가 그렇게 매력이 없나······."

*　　*　　*

여기 시하루 말고도 안달이 난 또 다른 사람이 있다.

"마마님, 이제 슬슬 시작하셔야죠!"

희수궁에서 급하게 호출된 궁녀들이 발을 동동 구르며 외쳤다. 그러나 유일하게 여유로워 보이는 유아는 여전히 제 할 일에 몰입 중이다. 점점 강도가 높아지는 재촉이 지겨워질 때쯤. 그녀 역시 이제는 정말 시작해야겠다고 생각한 건지 책을 덮고 몸을 일으켰다. 그러고는 앞에 쌓여 있던 짚을 가만히 응시하더니 손을 뻗어 한 움큼 집었다.

"······문제가 있어······."

"예?"

"나 어떻게 하는지 몰라."

유아가 손안의 볏짚으로 장난을 치며 말했다. 그러자 곁에 몰려 있던 궁녀들이 그녀의 손을 잡더니 기운 내라는 듯 마구 흔들기 시작했다.

"걱정하지 마세요! 저희가 도와 드릴게요. 우리 힘내서 꼭 왕후 자리를 지켜 내자고요!"

"왜들 이리 의욕이 넘쳐?"

사실 궁녀라는 신분이 윗사람을 모시며 충성하는 것이 의무였지만, 그들에게도 호불호가 있었다. 희안궁의 여인들이 까다로운 건 둘째 치고 소월가의 월향, 그녀가 사상 최악이라는 건 겪어 보지 않아도 알 수 있으니 희수궁의 궁녀들은 최대한 그녀만은 피하고 싶었다. 아니, 솔직히 말하면 유아를 제외한 이들은 전부.

"으으…… 대충 예의상 세 개 정도만 하면 되겠지?"

나름대로 노력하던 유아가 울상이 되었다. 그녀의 손에 들린 것은 도저히 새끼줄로 봐 줄 수 없는 무언가였고, 그 결과물을 바라보던 궁녀들은 막막함에 한숨을 내쉬었다.

"마마님! 다른 분들은 벌써 아까 전부터 하고 계신다고요! 어떡해요. 식사도 거르시고 밤샐 기세로 하고들 있다는데!"

"대충해도 된다고 했단 말이야. 일단 좀 가르쳐 주라. 나 해 본 적 없어."

그녀가 대충 이리저리 꼬아 놓은 결과물에 몇몇 궁녀들의 웃음이 터졌다. 이미 긴장감이 도는 경합의 분위기 따위 사라진 지 오래였다.

"……정말 세 개만 하고 그만하시게요?"

"당연하지."

너무도 당당히 대답하는 태도에 궁녀들은 어이가 없었다.

"왜 그러세요! 왕후 자리가 그렇게 싫으세요? 욕심 좀 가지세요!"

“……전하께서는 도대체 무슨 생각이신건지…….”

한편, 조용한 유아의 처소와 달리 다른 이들의 처소는 난리도 이런 난리가 없었다.

“월향 님, 저녁은…….”

“지금 밥을 먹을 시간이 어디 있느냐! 그러지 말고 너도 어서 돕지 못하겠느냐!”

“아, 네!”

계속되는 짜증에 시녀들은 쉴 틈이 없었다. 저녁까지 거르겠다는 월향의 의지에 그들 역시 오늘 저녁은 굶는 것으로 확정됐다.

“아니다. 너는 얼른 다른 이들의 처소에 가서 대충이라도 좋으니 얼마나 했는지 알아봐!”

“예? 예!”

“아, 그 꼬맹이는 어쩌고 있대?”

월향의 질문에 끝 쪽에서 열심히 손을 움직이고 있던 시녀 한 명이 대답했다.

“경합에 관심이 없어 보였습니다. 늘 그렇듯 책만 보고 계시던데요?”

그 말에 그녀의 얼굴에는 벌써부터 승리의 미소가 지어졌다. 사실 다른 이들은 걱정되지 않았지만 유아만큼은 경계의 대상이었기 때문이다.

분명 시녀들의 도움을 받아도 좋다고 했었다. 그렇다면 줄의 길이는 사람의 인원수와 비례할 것이며 많은 시녀를 데리고 있는 사람의 승리나 다름없다. 희안궁의 여인들은 궁녀가 아닌, 따로 집에서 데려온 시녀들을 두었기 때문에 조력자의 수가 현저히 부족했다. 월향은 그래도 그들 중 가장 많은 시녀를 거느리고 있었기 때문에 유리한 상황. 하지만 희수궁의 궁녀들을 거느리는 유아에 비하면 아무것도 아니었다. 그런데 그런 유리한 상황임에도 불구하고 두 손을 놓고 있다니, 이런 기회가!

"아직 모르나 본데, 궐에서 살아남기 위해서는 개인적인 감정만 있으면 다 되는 게 아니야. 중요한 건 계략이라고. 전하의 마음을 얻는 건 그다음이야. 뭐, 꼬맹이의 눈으로 보는 세상은 다르겠지만 말이야."

간택전에 참가한 이들이 바쁜 만큼 그들의 시종들 역시 바쁜 건 당연지사. 온 힘을 기울여 새끼줄을 꼬던 월향이 이를 악물고 끙끙거리며 말했다.

"이번이 마지막 기회야! 내가 희수궁을 차지할 수 있는 좋은 기회라고! 두고 봐, 그 자리에 어울리는 게 누군지 보여 줄 테니까!"

그날 밤, 다른 이들 처소의 불은 꺼질 생각을 안 했다. 하지만 딱 한 곳, 늘 그렇듯 해시(亥時, 오후 9~11시)만 되면 불이 꺼지는 방이 있었으니 바로 새 나라의 어린이 유아의 방이었다. 그것은 오늘도 예외가 아니었다.

"정말 괜찮으시겠어요?"

밖에서 불이 꺼진 유아의 처소를 바라보고 있던 시하루에게 이신이 걱정스럽다는 듯 물어왔다. 그러나 걸음을 돌리는 시하루의 얼굴에는 오히려 미소가 지어져 있었다.

"잘 될 거야, 분명."

"전 아직 잘 모르겠는데요."

"꼬맹이는 일찍 자야 큰다는 말 안 들어봤어?"

＊　　＊　　＊

"마마, 벌써 일어나셨어요?"

"응…… 아까."

아침. 아침이지만 아직 주위가 어두웠다. 그럼에도 불구하고 본능으로 아침이란 것을 느낀 유아는 이미 혼자의 힘으로 일어나 있었다. 기상한 것도 모자라 그녀의 손에는 서류들이 들려 있었고, 아침부터 고된 노동을 한 듯 피곤해 보였다.

"큰일 났다…… 아직 다 못 했는데……."

천유국의 어린 왕후님은 너무나도 바쁜 나날을 보내고 계셨다.

"피곤하다……. 이런 말이 안 되는 경합을 벌여서 한 번도 안 해 본 일을 처음으로 했기 때문에 이리 지친 거야. 그렇지 않고서야 손이 이렇게 아플 리가 없잖아?"

유아의 준비를 돕던 궁녀들이 그 말에 발끈했지만, 지금 하고 있는 생각을 감히 입 밖으로 낼 용기는 없었다. 그저 저들끼리 눈치 보며 고개를 끄덕일 뿐이다.

'겨우 세 개 하셨으면서…….'

일찍 일어난 유아 덕분에 준비가 여유로웠다. 세수를 하고 옷을 갈아입고도 시간이 꽤 남아, 새벽 공기를 쐬며 느긋하게 걸음을 옮겼다. 멍하니 앞장서던 유아는 갑자기 걸음을 멈추었다. 그러자 그녀의 뒤를 따르던 이들 역시 걸음을 멈춰 섰다.

"……어디라고 했더라…… 아, 조회……."

한 발자국 움직이는가 싶더니 다시 멈춰 서 버린다. 덕분에 궁녀들 역시 갔다 섰다를 반복하고 있다.

"……왜 그러세요? 무슨 문제 있으세요?"

"음……."

복도 중간에 떡하니 멈춰 버린 유아는 아직 잠이 덜 깬 건지 멍하니 정면을 응시하다가 무슨 생각이 든 건지 몸을 돌렸다. 아무리 시간이 여유롭다고는 하나 이렇게 지체할 정도의 시간은 없었다. 자신들이 모시는 왕후님께서는 늘 예상치도 못한 행동과 생각을 하시기 때문에 궁녀들은 잔뜩 긴장하고 다음의 행동을 기다렸다.

"조회실."

곧 결심한 듯 그녀의 걸음이 빨라졌다.

*　　*　　*

"일찍 일어났네?"

질문하는 대상이야말로 이 시각에 깨어 있다는 게 기적이었다.

평상시라면 꿈나라에 있을 그였지만 오늘은 웬일로 이 이른 시각부터 두 눈이 초롱초롱 빛이 났다.

"저야 뭐 항상 그러니까요. 꽃따리 오빠야말로 일찍 일어나셨네요?"

인사를 주고받으며 유아가 어느 작은 방에 들어섰다. 문을 여는 순간 잔뜩 긴장하고 있던 시하루의 표정이 그녀를 알아보기 무섭게 안도로 바뀐 건 기분 탓일까?

"잘 찾아왔네."

"매일 아침 오는 곳인데요, 뭐. 아, 그리고 보니 밖에 이안이 돌아다니던데요?"

기특하다는 듯 웃으며 말하는 그에게 그게 뭐 어려운 일이냐는 듯 유아가 대답했다. 그러다 방금 전 이곳으로 오면서 목격한 이상한 장면을 떠올리고는 그것에 대해 말하기 시작했다.

"하하. '돌아다닌다.'라……. 제대로 하고 있나 보네."

유아의 '돌아다닌다.'는 말에 시하루가 웃었다. 말이 살짝 이상했지만, 그녀가 그렇게 표현을 한 이유는 이안이 마치 목적이 없이 어슬렁거리는 듯한 모습이었기 때문이다.

"멍하니 계속 같은 자리를 돌고 있던데요? 어디 아픈 거 아니에요?"

평상시에도 이상한 이안이었지만 그동안의 이상함을 뛰어넘는 행동에 유아가 걱정된다는 듯 조심스럽게 물었다.

"아, 그거 내가 시킨 거야."

아니 이제는 시킬 게 없어서 그런 쓸데없는 짓까지 시키다니. 이안의 편리함을 최근에서야 알게 된 그녀였지만, 그것은 너무했다고 생각했다.

"어제 도대체 언제 잔 거야?"

"해시 얼마 지나지 않아서?"

듣자 하니 남들은 이 궐에 남기 위해 밤을 새웠다던데……. 시하루는 너무도 당당히 일찍 취침했다는 걸 밝히는 그녀가 야속했다. 이 경합을 할 마음이 정말 없는 거 아니야?

"너무하네."

그가 아침부터 되지도 않는 연기력으로 상처받은 척 연기를 펼치는 덕분에 일찍 온 유아는 심심치 않게 시간을 보낼 수 있었다. 어느 정도 시간이 더 흐르자 늘 그렇듯 아침 조회를 위해 찾아온 대신들이 하나둘 방 안으로 들어왔고, 각자 지정된 자리에 앉았다. 그렇게 서서히 자리들이 채워져 가고 있는데 희한하게도 간택전에 참가하는 이들을 위해 마련해 놓았던 자리에 앉아 있는 건 여전히 유아 하나뿐이다.

이번 간택전에 참가하는 여인들은 모두 지금 이 방 안에 있는 대신들의 딸이다. 계속 시간이 가고 있음에도 방문이 열릴 생각을 않자, 그들도 긴장된다는 듯 표정이 굳어갔다.

"이제 시간이 되었습니다."

"잠시만요, 전하. 제 딸아이가 안 올 리가 없습니다. 조금만, 조금만 더 기다려 주시면……."

“시간은 지키라고 있는 거다. 약속하지 않았나.”

하나도 아니고 전원이 지각이라니, 이건 좀 수상했다. 얌전히 자리에 앉아 제 할 일을 하고 있던 유아 역시 뭔가 이상한 기운을 감지했다. 다들 너무 밤늦게까지 해서 늦잠이라도 잤나? 아니, 그럴 리가 없다. 물론 가능성이 아예 없는 건 아니지만 그렇다고 전원 늦잠이라니 이건 말이 안 됐다. 게다가 다른 이라면 모를까 월향의 성격이라면 아마 잠을 한숨도 자지 않았을 테니 늦잠 잘 리가 없었다.

“다른 분들은 왜 안 오시는 거예요?”

그녀의 질문에 시하루는 그저 미소로만 대답을 해 주고 있었다. 하지만 그것 가지고는 유아가 궁금해하는 것에 대한 충분한 대답이 되지 못했다.

“그럼 이제 이 경합은 어떻게 되는 건데요?”

첫 번째 질문에 대한 답을 포기한 그녀가 다른 질문을 했다.

“음…… 애초에 심사조차 불가능하니 할 수 없잖아. 부전승(不戰勝)이지, 뭐.”

뭔가 억지 같은 상황이다. 그럼에도 불구하고 그 말이 다 맞는 말이라 대신들은 꿀 먹은 벙어리처럼 아무 말도 못 하고 있었다. 일단 도대체 다른 이들이 어떻게 되었는지 알아보기 위해 자리에서 일어난 유아는 문가로 다가갔다.

그러자 문밖, 그들이 있는 장소와는 조금 떨어진 곳에서 엄청나게 소란스러운 소리가 들려왔다. 거리가 거리인지라 그것이 무슨 소리인지는 정확히 알 수 없었지만, 대충 여성의 높은 고함소리라는 건 알 수 있었다. 간간이 '비켜!'라든가 '어디야!' 등의 대사가 들려오기는 했지만, 그것만 가지고 밖의 상황을 예측하기는 힘들었다.

"밖이 왜 저렇게 소란스러워요?"

"글쎄."

시하루는 이미 이유를 알고 있는 눈치였지만 그는 끝까지 대답을 해 주지 않으려 했다. 할 수 없이 혼자 힘으로 그 소음의 원인을 찾고자 나선 유아가 가만히 귀를 기울이다 무언가를 알아차리고 말했다.

"익숙한 비명도 들려오는 거 같은데요?"

"익숙한 비명이라니?"

"이안이 꽃따리 오빠한테 혼날 때 내는 우는 소리라든가."

어렴풋이 이안의 비명(?)이 들려오는 것이 아무래도 문밖에서는 희안궁의 여인들과 이안의 접전이 펼쳐지는 모양이었다. 그런데 왜? 왜 아무 관계없는 이안과 그들이?

"이신, 이제 되었으니 그만 들어오라고 해."

이신이 한숨을 내쉬며 고개를 끄덕였다. 곧 그가 다시 조회실 안으로 들어왔을 때, 그의 뒤에는 씩씩거리는 여인들이 줄줄이 따라 들어왔다.

"이게 어찌 된 일입니까?!"

저들이 늦어놓고 오히려 목소리를 높이고 있었다. 그들 각자의 손에는 팔에 몇 번을 휘감아도 남을 만큼의 엄청난 길이를 자랑하는 새끼줄이 들려 있었지만, 제대로 꽃단장한 걸 보면 늦잠을 잔 거 같지는 않아 보였다.

"저희는 분명 제시간에 말씀하신 장소에 있었습니다! 하지만 아무도 오지 않았습니다! 이게 어떻게 된 일이죠?"

"어디에서 기다렸지?"

겁을 상실한 건지 다짜고짜 따지기부터 시작한 여인들에게 시하루는 여유롭게 질문했다.

"어디긴요! 중앙궁의 편전이 당연하지 않습니까!"

"내가 언제 거기서 모이라고 했나?"

약간은 비꼬는 목소리다. 그에 더 발끈하는 그들이다.

"하지만 전하께서 어제 분명히 조회하는 곳이라고⋯⋯!"

"난 '매일 아침 조회가 열리는 곳'이라고 했지 편전이라고 한 적은 없는걸?"

별생각 없이 들으면 같은 말 같았지만, 조금만 생각해 보면 어딘가 다른 말이었다. 중앙궁의 편전이 조회가 열리는 곳이라는 그들의 주장은 옳았다. 애당초 그곳은 조회를 하기 위해 만들어진 장소였기 때문에 궐 안의 각 기관의 설명을 봐도 중앙궁의 편전에 조회실이라는 부가 설명이 따랐다.

하지만 편전은 실제로 사용되지 않았다. 가뜩이나 시하루가 조회를 싫어하는데 굳이 자신의 방에서 멀리 떨어진 편전까지 갈 일이 없기 때문이다. 아주 먼 거리는 아니었지만, 핑곗거리가 되기에는 충분했다. 그것을 없애고자 이신은 굳이 편전이 아닌 시하루의 방에서 가장 가까운 방을 고쳐 그곳을 조회실로 만들어 버렸다.

그렇기 때문에 분명 편전은 '조회를 하는 곳'이었지만, 실제로 '조회가 열리는 곳'은 아니었다.

"완전 치사하네……."

유아의 입에서 비겁한 수를 쓰고도 즐거워하는 시하루를 향한 비판이 흘러나왔다. 그러다 너무 일이 그의 의도대로 흘러간 것에 대해 미심쩍다는 듯 그녀가 질문하기 시작했다.

"잠깐, 이분들의 아버지들은 전부 고위 대신들이신데 조회실이 편전이 아니라 이 방이라는 사실을 알고 계시잖아요."

"그래서 주의 사항에 말했잖아. 경합 기간 동안 외부인 출입금지라고. 사실 부정은 핑계였어. 괜히 찾아와서 위치 일러 주면 곤란하니까."

평상시에는 그저 무능하고 멍청하게만 보였는데 이리 머리를 굴리는 그를 보니 또 색다른 기분이 들었다. 약간 무섭게도 느껴지기 시작했다.

"하지만 기다려도 사람들이 오지 않는데 돌아다니는 궁녀들에게 물어볼 수도 있잖아요."

"그래서 일부러 이안을 편전 주위를 맴돌게 시킨 거 아니야. 그녀석이 보인다면 당연히 쫓아가겠지."

"사기다. 이건 사기야."

이신 역시 유아의 말에 동의하는지 곁에서 조용히 고개를 끄덕이는 게 보였다. 물론 시하루의 의도대로 일이 잘 풀려서 다행이었지만 스승의 입장으로 볼 때는 공정하지 못했다는 이유에서였다.

"지금 공정이 문제야?"

언젠가 한 번 들어 본 적 있는 대사를 외치며 그가 자리에서 일어났다. 다른 이들도 한마디씩 하기 위해 준비하고 있는 거 같았지만 시하루는 귀찮다는 듯 고개를 돌리며 듣지 않겠다는 의사를 보였다.

"자, 이제 됐으니 경합과 관련 없는 이들은 나가 보아라. 아, 그리고 일단은."

다른 이들은 찝찝함에 인상을 찌푸리고 있는데, 저 혼자만 마무리 짓고 되었다 말하는 그에게 무슨 말을 하랴. 그나저나 일단은? 또 뭐가 있는데?

"혼례부터 잡자."

그 말에 유아는 한숨을 내쉬었다. 아니, 지금 이 상황에 그런 말이 나오나?

"이해할 수 없습니다!"

왜 안 나오나 했다. 앙칼진 목소리가 방 안을 가르고 들어왔다. 물론 그 목소리의 주인은 월향이었다. 평소 그녀가 난리를 부릴 때면 눈치를 보던 다른 이들도 오늘은 웬일로 적극적으로 목소리를 높이며 그 뜻을 지지하기 시작했다.

"그렇습니다. 이렇게 나갈 수는 없습니다!"

"약속하지 않았나? 설마 지금 왕과의 약속을 없던 일로 하자는 건 아닐 테고, 분명히 경합 전에 지면 곱게 나가기로 했는데?”

다 된 마당에 왜 재를 뿌리는 행동을 하느냐는 반응이다. 자신이 이기면 된다 생각해서 일단 무작정 약속을 했지만, 그것이 이렇게 적용될 줄 몰랐던 그들은 말문을 닫았다.

“월향, 만일 그대가 이겼다고 해도 이 약속을 없던 것으로 했을까?”

시하루의 말에 월향이 움찔하더니 살살 웃으며 대답했다.

“당연하죠, 전하. 만일 제가 이 같은 상황이었다면 전 전하의 마음을 혼자 독점할 수는 있더라도 아마 불편해서 살지 못했을 것입니다.”

말은 잘하는군. 그만 그렇게 생각한 건 아닌지 월향의 뒤에 있던 이들 역시 표정이 좋지 않았다. ‘얘가 왜 이래?’ 이런 시선이 월향에게 쏠려 있었지만, 그녀는 그것에 굴하지 않았다.

“그대들이 모르나 본데, 이 경합이 목적은 유아가 나를 독점하려는 게 아니라, 내가 유아를 독점하려고 한 거야. 가뜩이나 잘 보여야 하는데 그대들 때문에 기본 점수가 깎이고 있잖아.”

“죄송하지만 이렇게 물러설 수는 없습니다. 저희도 일단 이 나라의 후궁이란 말입니다.”

답답한 건지 시하루가 이신을 흘끗 바라보았다. 그러자 이신도 상황이 악화되는 것을 염려한 건지 살짝 고개를 저어 보였다. 한 명이라면 모를까 이렇게 많은 수의 고위 대신들과의 마찰은 그에게도 좋지 않았다. 이를 알고 있는 월향이었기에 그녀는 물러설 생각이 더더욱 없었다. 지금 이 자리에 진유한이 있었다면 그녀와 함께 시하루를 더 몰아붙였을 테지만 얼마 전의 일로 인해 근신 중인 게 다행이란 생각이 들었다.

"그대들은 나랑 혼례를 올린 것도 아니고. 그렇다고 교지를 받은 것도 아니다. 궐에서 살면 다 후궁인가? 내가 언제 그것을 인정한 적이 있던가? 그게 그대들이 후궁이라 자칭하고 다니는 걸 귀찮아서 내버려 둔 내 잘못이라 이거지? 쓸데없는 소리 말고 좋은 남자 만나서 시집가라."

구구절절 옳은 말에 여기서 더 우길 수 있는 상황이 아니었다. 이미 반 정도는 포기한 듯 보였고 반은 여전히 버틴다기보다 짜증이 나 보였다.

"그럼 왜 저희에게 이런 걸 시키신 겁니까?!"

한 여인이 자신의 손에 들린 새끼줄을 내보이며 외치자 다른 이들 역시 고개를 끄덕였다. 괜히 열심히 했다는 둥, 쓸데없는 일을 해서 손만 거칠어졌다는 둥, 이런 손으로 어떻게 시집을 가느냐는 둥, 또다시 시끄럽게 궁시렁대는 그들이다.

"아, 그걸 하라고 한 데에는 이유가 있다. 이신, 가져와라."

그러고 보니 잊을 뻔했다는 말을 하며 시하루는 이신에게 준비해 둔 무언가를 가져오라 지시했다. 곧 그들의 앞에 놓인 것은 어제와 마찬가지로 천이 덮인 바구니였고, 그들은 별 기대하지 않는 눈치로 내용물을 기다렸다. 어제의 일도 있고 하니 바구니 안에 또 볏짚 따위가 들어 있지 않을까 했지만 의외로 그 안에는 네모

난 금괴가 가득 들어 있었다.

"그래도 일단 만든 건데, 노력한 만큼의 가치는 해야지. 이렇게 하자. 각자가 열심히 만든 새끼줄의 중간마다 될 수 있는 한 많이 이 금괴를 묶어라. 딱 그만큼만 너희가 가져갈 수 있다. 뭐, 위자료 정도로 생각하면 되겠네."

자, 이제 어떡할까. 계속 우기는 게 이익일까, 아니면 이쯤에서 물러서고 최대한 챙겨 갈 수 있는 걸 챙겨 가는 게 이익일까? 서로 눈치를 보는 여인들이다. 그러다 한 여인을 시작으로 그들은 곧 우르르 몰려나가더니 자신들이 만들어 온 새끼줄에 열심히 금괴를 묶기 시작했다. 최대한 많은 금을 가져가기 위해 노력하는 그들의 모습은 무서웠다. 그런 그들의 모습을 지켜보고 있던 시하루가 한심하다는 조용히 중얼거렸다.

"이래서 안 된다는 거야. 왕후 이전에 후궁이. 그저 욕심만 많아서 흥청망청 쓰고. 후궁은 뭐 백수인가? 그저 편하게 살 생각만 하고. 직책이 있으면 그에 맞게 행동하고 모범을 보여야지."

"나중에 유아 님께 방금 전하께서 하신 말씀, 그대로 전해 드리겠습니다."

이신이 끼어들자 시하루가 움찔했다. 분명 비웃겠지. 비웃을 거야!

"그럼 유아 님께서 말씀하시겠죠. '시하루 님이나 잘하세요.'라고."

"시끄럽다, 이신. 나 오늘 기분 좋은데 망치지 마."

어느 정도 정리가 된 듯한 이들과 달리, 아까부터 미동조차 않는 여인이 있었다. 어째 조용한 게 오히려 불안한 월향이다.

"그대는 챙겨 가지 않아도 괜찮겠나?"

그냥 맨손으로 나가도 되냐는 질문에 월향이 마지막 수라는 듯 고개를 들어 말했다.

"송구하지만 저는 여전히 나갈 생각이 없습니다."

"……강제로 내쫓기를 바라는 건가?"

"아버지께 들었습니다."

아버지란 말에 시하루가 움찔거렸다. 진유한 그와 약속한 걸 월향 역시 아는 건가? 만일 그렇다면 더 물러서려고 하지 않을 텐데…….

"저희 소월가의 가주권을 대가로 이 일을 벌이셨다 들었습니다."

"그랬지. 내가 이겼으니 그 소월가의 가주권 역시 내려놓아야 한다. 그것이 약속이었다."

"그렇게 큰 대가를 내놓으면서까지 제가 얻는 게 고작 이 금괴라니요. 받아들일 수 없습니다."

그녀는 아버지인 진유한 못지않게 성가신 상대였다. 성격이 나쁜 건 이미 다 알고 있는 사실이요, 고집불통에 욕심까지 많았으니. 지금까지 자신에게 이렇게 막무가내로 덤빈 자가 없었기 때문에 시하루의 입장이 난감했다. 대응 방법을 찾기 위해 말이 없는 것을 몰아붙이는 데 성공했다고 착각한 월향이 싱긋 웃으며 한술 더 뜨기 시작했다.

"귀족 회의에서 말할 것입니다. 전하께서 저희 소월가를 협박하셨고, 고작 금괴 몇 개로 억지로 가주권을 사려고 하셨다고 말입니다."

"글쎄, 그 가주권이 원래 그대들 것이 아닌 걸로 아닌데?"

억지도 이런 억지가 없다.

"다른 귀족들이 겨우 그런 사소한 걸 중요시하겠습니까? 그들은 그저 전하께서 권력을 사용해 저희를 몰아냈다는 사실만 중요하겠지요."

"하지만 그렇게 나오면 나와의 약속이 다른데?"

그는 그제야 깨달았다. '과연 진유한의 딸.'이 아니라 월향, 그녀가 아버지보다도 더한 인간이라는 것을.

"대가에 합당한 걸 받아야겠습니다. 저는 왕후의 자리를 원하는 게 아닙니다. 후궁? 그 역시 못 한다고 해도 좋습니다. 이 궐에 남을 수 있게만 해 주십시오."

왕후도 아니고 후궁도 아닌데 굳이 궐에 남겠다는 의도를 파악할 수 없었지만, 아무것도 아님에도 불구하고 시하루는 그 여자를 궐 안에 두고 싶지 않았다. 이렇게 되면 할 수 없지.

"할 수 없지. 약속을 지키지 않는 네 아비와 담판을 지어야겠다. 하지만 그는 현재 근신 중이니 그 기간을 다 채운 뒤에 하겠다. 너는 그때까지 희안궁에서 대기하거라."

시하루 나름대로 시간을 벌어 보겠다는 말이다. 반면 그의 생각을 모를 월향은 그저 자신의 말이 받아들여졌다는 데에 표정이 밝아졌다. 바락바락 소리 높여 대들 때는 언제고, 이제 와서 공손히 허리 숙여 인사를 올렸다.

"하아…… 이제야 좀 조용하네."

월향이 나가기 무섭게 시하루는 한숨을 내쉬었다. 진씨 집안의 부녀가 양쪽에서 자신을 괴롭히고 있었으니 정신을 제대로 차리기 힘들었다. 하지만 잠시도 쉴 틈이 없었다. 곧 있으면 진유한이 올 것이고 삼자, 아니 사자대면이 일어날 테니 말이다. 이번이 마지막 단판 승부가 될지도 몰랐다. 그는 마음가짐을 단단히 해야 했다.

"아, 잘됐다. 이신, 이 틈에…….."

시하루의 부름에 이신이 재빨리 그에게 다가갔다. 그러자 시하루가 자신에게 다가온 그에게 말하기를.

"그러니까 일단 혼례 날부터 빨리 잡자."

순간 얼이 빠져 그를 바라보던 이신이 유아를 바라보았다. 멍하니 서 있던 유아 역시 어이없다는 듯 또 한 번 한숨을 내쉰다. 아니, 저 남자가 진짜…… 그러니까는 또 뭔데? 분위기를 읽지 못하는 그를 한심하다는 듯 노려보는 시선이 많았지만, 지금 시하루에게 진유한과 진월향의 퇴출보다도 시급한 문제는 유아와의 혼례였다.

十七花 * 마지막 꽃

"무슨 일로 부르셨죠?"

막무가내 간택전이 끝이 나고 이제 내일이면 진유한의 근신이 끝나 그가 궐에 올 것이다. 안 그래도 제 딸이 간택에서 떨어졌다는 사실에 잔뜩 분개해 있을 텐데 그것에 대비할 시간도 모자라는 마당에 이리 차나 마시자고 자신을 부르다니.

"이신에게 들었습니다. 희수궁의 보수를 위해 잠시 동안 유아의 거처를 옮기게 되었다고요……."

그 말에 시하루는 인상을 찌푸렸다. 이신…… 쓸데없는 말을 하고 있어!

희수궁이 보수 중이라는 건 사실이다. 이제부터 유아가 머물 곳이니 그에 맞게 새로 단장을 하겠다는 의미에서였고, 겸사겸사 희안궁도 고칠 생각이었다. 희안궁은 처음부터 귀족 영애들이 머무는 궁이 아니었다. 희안궁은 그의 선선대 왕께서 만든 궁으로, 후궁이 머무는 곳이었다. 하지만 시하루의 아버지이신 선대왕께서 서하연의 삼화였던 대비마마와 혼인을 하면서부터 필요 없는 궁이 되어 버린 것이다. 게다가 시하루에게도 필요가 없으니 말이다. 그렇다고 가만히 내버려 두는 건 쓸데없는 공간 낭비였으니 이를 어떻게 활용할지도 고민이다.

"희안궁에 방이 많이 비었다던데……."

제 아버지가 오기를 기다리며 이를 갈고 있을 무서운 여인 한 명을 제외하고는 모두 짐을 싸 떠났기 때문에 더 이상 희안궁에서 자리가 부족하다는 우는 소리는 들려오지 않았다. 짧은 희수궁의 보수 기간 동안 유아의 거처를 그곳으로 하는 게 어떠냐는 대비의 질문에 시하루는 고개를 저었다.

"거기는 악한 기운이 많아서 안 됩니다."

여기서 그가 말한 '악한 기운'이란 '월향'을 뜻하는 것이다. 여우굴에 유아를 보낼 수는 없었다. 물론 둘이 붙으면 속수무책으로 당하고만 있을 거라는 생각은 들지 않지만……. 혼자 중얼거리며 두 여인이 대결을 펼쳤을 때를 머릿속으로 그려보는 시하루이다. 반면, 그런 아들을 바라보던 대비는 어이가 없다는 듯 눈썹을 일그러뜨렸다.

"그럼 영희궁……."

"너무 멀어서 안 됩니다. 그리고 유아 공부하기에 좋은 환경이 못 됩니다.”

아니, 언제부터 제가 왕후의 공부 환경에 신경을 썼다는 건지…….

“……그럼 듣자 하니 제2의 집과도 같다는 유월가(家)…….”

유월가의 ‘유’자 하나가 나오기 무섭게 시하루가 인상을 썼다. 떠오르고 싶지 않은 인물을 떠올렸을 때 나올 법한 표정이다.

“그곳에는 좀 사나운 호랑이 한 마리가 살고 있어서 안 됩니다. 위험해요.”

“크흠…… 그럼 궐 안에 있는 예비실은 어떻습니까? 다른 나라에서 귀한 손님이 오실 때 내어드리는 방 말입니다. 그곳의 시설도 아주 좋습니다만.”

“보안이 철저하지 못해서 안 됩니다.”

이것도 안 된다. 저것도 안 된다. 그렇다면 뭘 어쩌겠다는 건지……. 자기 아들이 무슨 생각을 하는 건지 알고 있는 대비로서는 어떻게든. 유아가 머물 처소를 구해야만 했다.

“……그럼 이 대비전은 어떻습니까? 이곳에도 빈방은 많습니다. 시설 역시 좋고, 보안도 철저하지요. 악한 기운도 없고 사나운 호랑이도 안 살고 심지어는 중앙궁과 멀지도 않고, 공부하기도 좋을 거 같은데요?”

대비의 본심이기도 했다. 일도 잘 풀렸겠다. 시하루가 마무리를 하는 동안만이라도 유아가 자신의 곁에 머물며 이야기 상대가 되어 주기를 바랐기 때문이다. 지금까지 토를 달던 시하루가 이번에는 조용하다. 할 말을 잃은 그는 잠시 가만히 있더니 대답했다.

"이곳은 공기가 안 좋아서 안 되겠습니다."

그의 말도 안 되는 대답에 대비는 너무나 기가 찼는지 하! 하고 숨을 내뱉었다. 하고 싶은 말이 많았지만 결국 그녀가 선택한 건 제 아들을 비꼬는 말투였다.

"우리 아드님께선 좋으시겠습니다? 빈방도 많고, 시설도 좋고, 보안도 철저하고, 악한 기운도 없고, 사나운 호랑이도 안 살고, 멀지도 않고, 안전하고, 공기도 맑은 곳에 지내셔서 말입니다!"

발악과도 같은 외침에도 시하루는 눈 하나 깜짝하지 않았다. 그의 태도에 분한 듯 씩씩거리는 대비를 향해 오히려 그가 웃었다.

"그래서 제가 그렇게 귀여운 부인을 얻은 거 아닙니까."

싱긋 웃어 보이기까지 하는 저 남자가 진정 자신의 아들이 맞는가. 전부터 이상했지만 최근 들어 장난 아니야!

"후우…… 그럼 그동안 유아는 어디서 지내게 할 생각이십니까?"

대비가 마지막 인내심을 발휘해 물었다. 그러자 그만 돌아갈 생각인지 방을 나서려던 시하루가 걸음을 멈추었다.

"흐음…… 할 수 없지요."

한숨을 내쉬며 문을 붙잡은 그가 고개를 돌리더니.

"본의 아니게 제 방에서 지내야겠지요."

*　　*　　*

"저 사람들 뭐하는 거예요?"

과제를 하던 유아가 소란스러운 밖을 보고 창문을 열었다. 무슨 일인지 궁인들이 짐을 하나둘 밖으로 끄집어내고 있었다.

"희수궁 보수가 끝나기 전까지 네가 머물 곳이 없잖아. 할 수 없이 중앙궁으로……."

"아, 저 신입 관리 기숙사에서 지내기로 했어요."

시하루의 말이 끝나지도 않았는데 유아가 눈을 빛내며 말했다. 순간 자신이 이상한 소리라도 들었다는 듯 그가 당황하더니 그녀의 앞에 자리 잡고 앉았다.

"그게 무슨 소리야?"

그녀의 거처를 정하는 문제로 대비와 다툼을 벌인 것이 물거품이 되었다.

"공부도 하고 좋지요, 뭐. 이미 이곳에 들어오기 전에 이신 공이 추천해 주셨거든요."

이신! 감히 네놈 짓이냐! 어머니의 뜻도 간신히 꺾어 냈는데 설마 보이지 않는 곳에서 이신이 벌써 손을 써 뒀을 줄이야. 다 된 밥에 코를 빠뜨린 이신의 죄는 나중에 묻기로 하고, 일단 자신이 왕후라는 사실을 잊은 그녀의 굳은 의지 먼저 잠재워야 했다.

"아니, 네 궁이 떡하니 있는데 왜 거길 들어가?"

"하지만 전 신입 관리 교육 받아야 한단 말이에요. 시험만 통과하면 되는 줄 알아요? 천유국 전통인 과제 뽑기도 해야 하고 할 게 얼마나 많은데요."

유아가 목록들을 들어 보이며 울상을 지었다. 시하루는 그녀가 정식으로 왕후가 되었다는 사실에 기쁠지 몰라도 그녀에게는 해야 하는 일이 늘어난다는 의미였다.

그 종이를 받아 든 시하루 역시 유아를 따라 한숨을 내쉬었다.

"……이런 게 어디 있어."

일정표만 봐도 알 수 있듯, 그가 그녀에게 알콩달콩한 신혼을 기대하기는 어려워 보였다. 언제는 보석과 장신구만 좋아하는 여인들은 싫다더니 차라리 그것이 나을 거라는 생각마저 들기 시작했다. 그것들은 사 주면 그만이라지만, 유아가 원하는 건 차원이 다른 것이다. 배움의 길은 끝이 없다는데……. 자신이 만족하기 전에는 책을 놓지 않는 그녀이니 왠지 외롭고 쓸쓸한 삶이 예상되었다. 바쁜 부인을 얻은 남편은 슬프지만 혼자만의 시간에 익숙해지는 법을 배워야 했다.

'아니면 함께 공부하시라고요.'

곁에 있던 이안이 눈치를 보며 생각했다. 애당초 그의 아버지가 원하신 건 그것일 테니 말이다. 그는 기대되었다. 부부는 닮아간다고 했으니, 어쩌면 조만간 시하루가 유아의 공부병이 옮아 책을 붙들고 있는 날이 오지 않을까 하고 말이다.

*　　*　　*

"소월가의 가주께서 오셨습니다."

"들어오라고 해."

그의 성격으로 용케 근신을 잘 참았다는 생각이 들 정도였다. 문이 열리고 나타난 진유한은 타인의 짜증을 불러일으키는 특유의 무표정 가면이 산산조각이나 벗겨져 있었다. 이제 이판사판이라는 뜻과 같았다.

그가 왔다는 소식을 들은 월향은 단걸음에 희안궁에서 나와 중앙궁으로 걸음을 했다. 방 안으로 들어서는 진유한의 눈이 빠르게 유아를 찾아 헤매고 있었지만, 그것은 불가능했다. 따라오겠다는 유아를 중앙궁에 가둬 두다시피 해 놓고는 때마침 궐에 볼일이 있어 찾아왔다는 호랑이를 파수꾼으로 고용했다. 자신을 너무 부려 먹는 거 아니냐는 유시후에게 대신 나중에 부탁 하나 들어 주겠다는 약속까지 해 가며……. 하지만 분명 가치는 있었다. 물론 일이 다 끝나고 돌아가면 화가 난 유아가 기다리고 있겠지만…….

가끔은 자신도 믿음직스러운 모습을 보여 주고 싶어 한다는 걸 왜 모를까?

"오늘 그대를 부른 이유는 내가 말하지 않아도 잘 알고 있겠지?"

"예, 아주 잘 알고 있습니다."

"그래. 고향으로 돌아갈 준비는 모두 끝냈나?"

시하루의 재촉에 진유한이 노골적으로 불만을 드러냈다. 확실히 그가 밀리는 상황이다. 하지만 그는 이대로 쉽게 물러서지 않으리라.

"이런 말씀을 드리게 되어 저 역시 송구스럽지만. 아무래도 그 약속은 지키지 못할 거 같습니다. 전하."

"누가 부녀지간이 아니랄까 봐 하는 말이 똑같군."

잔뜩 긴장해 있던 월향이 진유한의 말에 조심스럽게 웃는 게 보였다. 그것이 더더욱 마음에 안 든 시하루는 한숨을 내쉬었다. 사실 그도 진유한이 약속을 지키겠다며 쉽게 물러서리라고는 생각도 안 했다. 그가 아는 진유한은 그렇게 좋은 사람이 아니었으니까.

"간택되지 못한 건…… 어쩔 수 없는 일입니다. 그것은 저 역시 인정하는 바입니다. 원래 소월가의 후계자인 유아에게 이 자리를 돌려주겠다는 전하와의 약속은 저 역시 지키고 싶습니다. 하지만……."

끝까지 물러설 생각이 없어 보이는 그가 시하루를 똑바로 바라보며 말했다.

"그 아이가 소월가의 소유아라는 증거가 있습니까?"

순간 짜증을 못 참은 시하루가 자리에서 벌떡 일어나려 했지만 옆에 있던 이신에 의해 할 수 없이 꾹 참았다.

"지금까지 죽은 줄로만 알았던 후계자입니다. 그런데 십 년 만에 이렇게 갑자기 나타나서는 소월가의 소유아라고 하면 그게 사실인지 거짓인지 어떻게 압니까?"

스스로가 소유아라는 걸 증명해 보라는 의미였다. 자기 자신의 존재를 증명하는 것이 얼마나 어려운 일인가. 아무리 그것이 사실이라고는 해도 힘들다.

"왕후에게 소월가의 인장이 있다는 걸 잊었나?"

언젠가 유아가 대신들 앞에서 들어 보인 물건을 생각해 보라며 말했다. 그것은 서하연의 꽃들에게 주어지는 새하얀 노리개였고, 그 고리에 작은 도장 하나가 매달려 있었다.

"소월가의 인장은 저도 본 적이 없습니다. 그것이 진짜라는 걸 증명해 줄 사람이 있습니까?"

그가 소월가의 인장을 본 적 없다는 건 어느 정도 사실이었다. 인장에 대한 도안만 봤기 때문에 찍혔을 때의 모습은 알아도 실제 인장 자체는 어떻게 생겼는지 몰랐기 때문이다. 그래서 그는 소월가의 인장을 복사할 수가 없었다. 본 적이 없으니 그것이 진짜인지 확신할 수 없다고 우겨 버리면 되는 것이었다.

진유한의 말에 주위에 있던 다른 대신들이 하나둘 고개를 끄덕이기 시작했다. 확실히 그의 말에도 일리가 있다. 전 소월가의 가주 부부는 이제 이 세상에 없고 당시 소월가에서 일하던 이들 역시 더 이상 남아 있질 않았으니, 그녀가 정말 소유아라는 걸 증명해 줄 사람이 없었다.

물론 그건 어디까지나 진유한의 계산. 하지만 그가 모르는 게 한 가지 있다.

"만일 그대가 소월가의 가주에게 인정받은 후계자라면 가주임을 증명하는 인장이 있을 것이다. 안 그런가?"

아무리 유아가 갖고 있는 인장이 가짜라고 우긴다고 해도, 그 역시 인장을 갖고 있지 않다는 사실은 변하지 않는다. 인장을 보여 달라는 시하루의 말에 진유한은 꿀 먹은 벙어리처럼 입을 다물었다. 하긴 할 말도 없겠지. 하지만 여기에서 굴복할 진유한이 아니었다.

"저에게 인장이 있는지 없는지는 중요하지 않습니다! 소월가를 이을 후계자가 없으니 가장 가까운 혈족인 제가 가주권을 갖는 게 당연하지 않습니까!"

"물론 그건 그대의 말대로 후계자가 없을 때의 이야기고."

"아까도 말씀드렸지만 그 아이가 정말 소유아라는 걸 증명해 줄 사람이……."

"그래서 찾았지. 왕후가 유아라는 것과 그녀가 지닌 인장이 진짜라는 걸 증명해 줄 사람을 말이야. 들어와라!"

증명할 사람이 있다는 그의 말에 진유한이 긴장했다. 이윽고 문이 열리고 두 명의 남자가 당당히 모습을 드러냈다. 그중 한 명의 백발노인을 보자마자 진유한은 백지장처럼 새하얗게 변해 버렸다.

"부르셨습니까, 전하."

"그대는 정말 오랜만이군. 아들에게 가주권을 물려줬다던데 잘 지내고 있는가?"

유아에게도 익숙하고 시하루에게도 익숙한 인물이 별로 기분이 안 좋은 듯 뚱한 표정으로 서 있었다.

"이렇게 부르지만 않으셨다면 더욱 좋은 노후를 보내고 있었을 텐데 말이죠."

"미안하군. 하림."

시하루는 생각했다. 그 호랑이가 왜 성격이 그래 먹었나 했더니 다 이유가 있었네. 제 아비와 똑같잖아.

그렇다. 그가 바로 전 유월가의 가주이자 유시후의 아버지인 유월 하림이었다. 얼마 전에 유시후에게 모든 것을 떠맡겨 놓고는 자신은 여유롭고 평화로운 나날을 보내느라 정신이 없는 그는 갑작스러운 시하루의 호출에 불만이 매우 많았다.

"뭐…… 유아 일 때문이니까 온 겁니다만."

그녀와 관련된 일만 아니었으면 두 번 다시 이 궐에 걸음 할 일이 없었다는 말이다. 그러거나 말거나 빨리 이 일을 마무리 짓고 싶은 시하루에게는 그의 투정이 들리지 않았다.

"소월가의 전 가주 부부가 변을 당한 날, 그대가 유아를 데리고 있었다고 들었다. 그것이 사실인가?"

그의 말에 진유한이 소리 없는 경악을 했다. 분명 사건 현장에 그녀의 시신은 없었다. 운 좋게 살아남은 그녀가 주변 어딘가에 살아 있을 거라는 생각을 해 사방팔방으로 찾아다녔지만 찾을 수 없었다. 설마 바로 옆인 유월가에서 은폐를 했을 줄이야. 놀란 진유한과 달리 유월 하림은 너무나도 침착해 보였다.

"예. 시오란의 가족이 지방으로 내려가기로 한 날, 갑자기 유아가 아픈 것인지 여기 있는 시무형이라는 자와 저희 집에 찾아왔습니다."

순간 놀란 진유한의 어깨가 움찔했다. 그리고 저도 모르게 고개를 들고 그 익숙한 이름에 반응해 버렸다.

"……시무형?"

놀란 얼굴로 자신을 바라보는 진유한에게 시무형이 싱긋 웃으며 인사를 올렸다.

"오랜만에 뵙습니다, 진유한 님. 그간 잘 지내셨습니까?"

마치 자신의 눈앞에 있는 자가 사람이 아닌 귀신이라도 된다는 듯 진유한은 아무 말 없이 그를 바라볼 뿐이다.

"시무형…… 네가 어떻게…… 분명……."

"마치 죽은 이를 바라보는 듯한 시선이군요. 안타깝지만 저 역시 그날 유아 님과 함께 돌아와 사고를 피할 수 있었습니다."

"아니…… 하지만 화마 속에서 분명 그대의 유품이 발견되었는데……."

그의 말에 시무형의 표정이 굳어졌다. 그리고 슬픈 일을 떠올리듯 목소리가 가라앉았다.

"……네. 그건…… 저 대신 그 자리에 가게 된 아내의 것입니다. 전 이렇게 살아 있지만. 제 아내는 저 대신 그 자리에서 죽었죠……."

슬픔에 빠져 가라앉은 분위기 속에 유일하게 진유한만은 떨고 있었다. 전 소월가를 따른 이들이라면 하인까지도 다 처리했다. 그런데…… 이렇게 한 명이 남아 있었을 줄이야. 그것도 하필이면 가주 대리 역을 맡고 있던 시무형이란 자가!

"그날 원래는 유아 님도 함께 지방에 내려가기로 되어 있었습니다. 하지만 갑자기 몸 상태가 안 좋아지셨고, 긴 여행길에 상태가 더 나빠질까 걱정한 가주님께서는 즉시 당분간 유월가에 유아 님을 맡긴다는 서신과 함께 저를 돌려보내셨습니다."

그렇게 말하며 시무형이 꺼내 든 건 아주 낡아 보이는 종이였다. 과연 그의 말대로 종이에는 돌아올 때까지 유아를 부탁한다는 말과 함께 익숙한 붉은 인장이 찍혀 있었다.

"비교해 보시면 유아 님이 지니신 인장이 진짜라는 걸 알 수 있으실 겁니다."

시무형의 말에 시하루는 고개를 끄덕이며 진유한의 반응을 관찰했다. 이쯤 되니 더는 할 말 없겠지.

"하림, 그대라면 알겠지? 이 인장이 진짜인지 아닌지 말이야."

시하루가 유아에게서 받아온 인장을 하림에게 내밀며 확인을 부탁하자, 그것을 받아 든 하림은 진지한 눈빛으로 그 작은 도장을 이리저리 돌려보았다.

"확실합니다. 오랜 친우의 인장입니다. 제가 못 알아볼 리가 없지 않습니까?"

하림의 그 말은 완벽한 마무리였다. 이로서 진유한이 주장한 모든 것들은 무너졌다.

"더 할 말 있는가?"

그제야 다시 여유로움을 되찾은 시하루의 얼굴에 미소가 맴돌았다. 반면 진유한의 얼굴은 이제 새파랗게 질려 있었고, 이를 악

물어 입술에서 피가 나지 않을까 싶을 정도였다.

"……제가 소월가에 바친 시간이 무려 십 년입니다!"

"그래, 수고했다."

"안 되겠습니다. 지금 당장 귀족 회의를 열어……."

이제 그에게 남은 건 귀족 회의밖에 없었다. 천유국에는 많은 귀족들이 존재했다. 그리고 그들은 각자 한 자리씩 맡고 국가 운영에 참여했다. 소월가는 귀족들의 위에 서 있다고 해도 과언이 아닌 월가 중 하나이다. 물론 유월가는 그의 의견에 동조하지 않아서 영향력은 줄어든다 해도, 그를 따르는 이들이 분명 있을 터.

시하루는 자신의 손에 들린 서신을 내려다보며 고민에 빠졌다. 이걸 써야 할까 말까. 최대한 안 쓰고 넘어가려고 했는데…… '그 사람'에게는 빚을 지고 싶지 않았으니까.

"열든가 말든가 네 마음대로 해라. 이제 눈 하나 깜짝 안 할 테니까."

"귀족들의 가주권 문제는 아무리 전하시라고는 하나 간섭하실 수 없는 문제입니다. 만일 저에게서 가주권을 강제로 빼앗아 가시는 날에는 다른 귀족들이 가만히 있지 않을 겁니다."

"……유아가 아직 가주권을 받지 않았으니 현재까지는 그대가 소월가의 가주라는 걸 부정하진 않겠다."

좋았어! 진유한이 작게 미소 지었다.

가주권이란 게 그렇게 간단하게 넘어갈 수 있는 것이 아니라는 것은 그가 가장 잘 알고 있었다. 왕이 권력의 힘을 이용해 강제로 가주권을 빼앗아 간다면 그건 곧 귀족들에게 위협이 될 게 분명했다. 그렇기 때문에 시하루가 짜증을 내면서도 간택전을 펼치게 해 달라는 부탁까지 들어준 게 아닌가. 그러한 사실을 잘 알고 있는 진유한이기에 그는 앞으로 자신이 어떻게 해야 할지 역시 잘 알고 있었다.

'왕께서 나를 위협하고 있지만 사실 그는 어떻게 못 할 것이다. 내가 스스로 가주권을 내려놓는 일만 없으면 된다.'

반면, 그가 무엇을 생각하는지 이미 다 눈치챈 시하루는 짜증이 나기 시작했다. 웃기지만 그의 말이 맞기 때문이다. 지금 그가 가주권을 무리하게 빼앗았다가는 개인적인 감정으로 귀족들의 일에 끼어든 게 되고 만다. 어찌하면 좋을까 고민하던 그가 결국 '할 수 없지……'를 중얼거리며 손안의 종이를 펼쳤다.

"그렇다면 앞으로 어떻게 할 생각이지?"

"그래도 전하와 약속한 게 있으니 지켜야 하지 않겠습니까? 전하의 말씀대로 고향으로 내려가겠습니다. 하지만 소월가의 본가 역시 제 고향이 있는 곳으로 옮기겠습니다."

약속은 지켜야겠고, 가주권도 내려놓을 수 없으니 아예 고향으로 모든 걸 들고 내려가겠다는 말이었다. 왠지 곤란한 상황에 처한 거 같았지만 의외로 시하루는 침착했다.

"그래. 그렇게 한다면 내가 막을 수 없지."

그의 빠른 인정에 진유한이 '이제 됐다!'라는 미소를 지어 보였다. 방 안에 있던 다른 이들 모두 지금 제정신이냐는 표정으로 시하루를 바라보고 있었다.

"그럼 전 본가 이전 문제로 바빠질 거 같사오니 이만……."

"아, 잠깐. 소월가의 가주, 돌아가기 전에 그대가 주의해야 하는
게 한 가지 있는데……."

괜히 말이 길어지기 전에 빠져나가려던 진유한이 다시 멈춰 섰
다. 다 잘 끝났는데 왜 부르느냐는 그의 표정에 시하루가 씨익 웃
으며 말했다.

"가주권 문제는 이미 해결……."

"아니, 사실은 문제 하나가 더 남았더군."

가주권과 상관없는 또 다른 문제가 남았다는 말에 진유한이 고
개를 갸웃거렸다. 그러자 시하루는 아까부터 들고 있던 종이를 그
에게 내밀었다.

"서하연의 려화에게서 받은 탄원서다."

뜬금없이 여기서 왜 서하연의 려화가 나오는지. 게다가 탄원서
는 또 뭐고?

"려화의 말에 따르면 며칠 전 서하연에 침입자가 나타나, 서하
연의 꽃의 방을 뒤진 흔적을 발견했다고 하더군."

그의 말에 진유한은 당황했다. 그러고 보니 잊고 있었다. 그때
는 '히연'이라는 여인이 소유아인 줄 알고…… 하지만 너무 조용히
끝나 자연스럽게 잊혀 갔다. 그것이 왜 갑자기 여기서…….

"그, 그게 저와 무슨 상관……."

무조건 시치미를 떼 본다.

“그때 범인이 잡혔는데.”

그럴 리가! 자신은 일을 시킨 자에게서 분명 편지를 받았다. 물론 본인을 직접 만난 건 아니지만…… 아니, 그전에 범인이 잡힌다는 게 어쩌면 불가능했다. 그도 그럴 것이…….

“그럴 리가 없습니다. 서하연은…….”

“연약한 여인들밖에 없을 거라 생각하고 벌인 일이겠지만 말이야…… 사실 있어. 들어갈 수 있는 남자가.”

오늘 정말 여러 번 놀라는 진유한이다. 그리고 시하루는 그러한 표정을 아무리 봐도 질리지 않았다.

“그리고 우연히 그날, 정말 우연히도 남자는 어느 삼화의 방에 머물고 있었지. 그때 잡힌 범인이 지금 옥에 있다고 하니, 이따 내려가서 만나보고 싶으면 만나보고. 다시 본론으로 돌아와서…… 그 범인이 소월가의 가주가 사주한 일이라고 불었다더군.”

“아…… 그, 그건…….”

마치 그 자리에서 벗어나고 싶다는 듯 진유한의 눈이 사람들을 한 차례 훑었지만, 다른 사람들은 모두 냉담한 얼굴이었다.

“덕분에 려화가 아주 단단히 화가 났어. 그대가 무슨 목적에서 그런 짓을 한 건지 나로서는 정말 알 수가 없지만…… 내가 어떻게 할 수가 없더라고. 알다시피 서하연은 아무리 왕인 나라도 어찌할 수 없는 기관이지 않은가.”

“…….”

“그래도 당장에 감옥에 가둬 버리라는 걸 그 대단한 월가의 가

주라고 간신히 설득해 형벌은 막았으니 감사하게 생각하라고.”

당장에라도 옥에 집어넣고 벌을 줄 것만 같았는데 오히려 자신의 편을 들어 도와줬다는 그의 말에 진유한은 더 당황스러워했다. 도대체 왜? 자신을 눈엣가시로 여기는 왕이 왜? 무엇 때문에?

“그래도 벌은 아예 안 줄 수 없으니 다시는 이런 일이 없도록, 소월가의 가주를 서하연을 기준으로 반경 십 리 내에 접근할 수 없도록 ‘접근금지 명령’을 내려달라더군. 그래서 승인해 줬어. 그냥 알아 두라고.”

옥새가 선명하게 찍힌 려화의 탄원서를 팔랑거리며 그가 말했다. 시하루의 말이 끝나기 무섭게 진유한은 인상을 찌푸려 가며 계산에 몰입했다. 십 리? 십 리라니? 그것도 반경 십 리? 아예 이곳으로 돌아오지 말라는 말과 같았다. 하지만…….

“예, 잘 알겠습니다.”

하지만 그에게는 별문제가 되지 않았다. 어차피 고향으로 내려갈 생각이었으니, 이곳에 들어오지 못하게 된다 해도 상관없었다.

“그럼…… 이제 다 되었으니 이만 가 봐도 괜찮겠죠?”

“그래. 얼른 가 봐.”

친절하게 배웅까지 해 주는 시하루가 이상했지만, 이제 모두 끝났다는 생각에 그는 홀가분해졌다. 그리고 궐에서 벗어나는 첫걸음을 때려는 순간.

“아. 반경 십 리 안의 땅에는 있을 수 없는 거 명심하고. 이건 어명이야. 그럼 조심해서 돌아가도록.”

“예에!”

지금 장난하나. 집에 가지 말라는 말이나 다름없었다. 하지만 기가 막힌 진유한과 달리 시하루는 여전히 침착해 보였다.

“아, 그래도 걱정하지 마. 그대가 소월가의 가주 자리에 있는 한 집은 그대의 소유니까. 개인 재산까지 뭐라 할 수는 없지.”

지금 집까지 돌아가는 것도 문제가 있어 보이는 마당에 아예 집 밖으로 나오지 말라는 말이었다. 게다가 고향으로 내려가기 위해서는 다시 나올 수밖에 없는데, 도대체 자신에게 뭘 어쩌라는 말인지.

“집까지 어떻게 돌아가라는 말씀이십니까!”

따져 묻기 시작한 그에게 돌아서려던 시하루가 뭐 어려울 거 있느냐는 듯 간단하게 답했다.

“순간 이동을 하든지, 여러 가지 있지 않나. 내가 이런 것까지 일러 줘야 하나? 그냥 알아서 요령껏 가.”

“전하!”

“하지만 려화의 편지를 보면 ‘진유한’이 아니라 ‘소월가의 가주’라고 쓰여 있으니까 그 이름을 버리든가, 알아서 선택해.”

문 앞에 서 있지만 나갈 수가 없는 진유한은 이러지도 저러지도 못하고 난감한 상황에 빠져버렸다.

“이, 이런 말도 안 되는 걸 승인하시면!”

왜 그런 문서를 승인했냐고 묻는 그에게 시하루가 싱긋 웃으며 자랑스럽다는 듯 말했다.

"몰랐어? 자랑은 아니지만 내가 엄청 잘하는 게 하나 있거든. 그게 또 이럴 때 빛을 보게 될 줄은 나도 몰랐네."

웃고 있던 시하루가 자리에 굳어 버린 진유한에게 가까이 다가갔다. 아주 작은, 그리고 조금은 사납게 느껴지는 목소리로 말하기를.

"이것보다 더한 일도 할 수 있는데…… 어떻게, 내가 또 무슨 일을 할지 궁금하지 않나?"

진유한, 그가 잘못 생각했다. 귀족 가문의 일에 끼어드는 것을 꺼릴 거라 생각했지만 시하루는 전혀 그렇지 않았다. 어디 해볼 테면 더 덤벼 보라는 반응이었고, 언제든지 자신은 그에 대응할 자신이 있다는 의미로 들렸다. 왕에게 덤벼 어찌 이길 수가 있겠는가.

"내가 귀족들을 무서워할 거라고 착각하지 마. 내가 세상에서 무서운 건 이제 자진 폐위 문서밖에 없으니까."

차라리 처음에 그냥 물러서라고 할 때 물러서는 게 더 나았을지도. 괜히 이렇게까지 맞서는 바람에 하나도 못 남기고 맨몸으로 쫓겨나 고향으로 내려가게 되었으니 말이다.

*　　*　　*

모든 일을 잘 마무리 짓고 중앙궁으로 돌아가니 역시나 기다리고 있던 것은 유아의 분노였다. 결과는 중요하지 않았고, 화가 나 있는 유아를 몇 시간 동안 달래느라 기운이 빠진 그였다. 그러나 그의 그러한 노력에도 불구하고 유아의 화는 완벽하게 풀리지 않았다. 감히. 감히! 자신을 무슨 방해꾼 취급하듯 방 안에 가둬 두고. 그것으로도 모자라 하필이면 그 호랑이 오라버니에게 감시를 시키다니.

"자, 그럼 이제 완벽해."

다시 의기양양해 보이는 그가 얄미워진 유아는 아직 끝난 게 아니라는 걸 알려주기 위해, 일부러 짓궂은 표정을 지으며 말했다.

"아직 하나가 남은 거 같은데요? 제 장래 희망은 어쩌고요."

려화가 되고 싶다. 아니, 주위의 그 어떤 방해 없이 자신이 하고 싶은 공부를 하고 다른 이들에게 배움의 기회를 주고 싶다. 교육에 있어서 평등한 사회를 만드는 것이 그녀의 꿈이다. 그녀의 말에 잠시 입을 다문 그였다. 아무리 그래도 이건 좀 힘들 거라는 듯 유아는 미소 지었다.

"아, 그것도 생각해 봤는데……."

그러나 시하루는 당황스러워하지 않았고 덤덤하게 말을 이었다. 그의 입에서 무슨 말이 나올까, 순간 긴장한 유아를 바라보던 그가 손가락으로 어딘가를 가리켰다. 정확히 그가 무엇을 가리키는지 알 수 없었지만 대충 그 방향에 무엇이 있는지는 알 수 있었다.

"희안궁이 비어 있잖아."

희안궁? 뜬금없이 희안궁이 여기서 왜 나올까?

"그곳을 제2의 서하연처럼 만들면 어떨까 싶어. 아, 려화에게는 허락받았어. 물론 궐 안이다 보니 기숙사제는 실천 못 하겠지만……."

이제 쓸모가 없어진 희안궁을 어떻게 처리할지 많은 고민 끝에 내린 결론이었다. 어쩌면 '회수궁을 새 단장 하는 김에.'라는 건 변명이고, 자신의 부인이 될 여인에게 주기 위한 깜짝 선물이었으니 시선을 돌려놓을 무언가가 필요했을지도 몰랐다.

"라히연과 명예 삼화들이 아이들을 가르칠 생각이야. 너도 명예 삼화니까 당연히 선생에 포함되고. 넌 능력자니까 이 나라의 왕후이면서 일국의 대신이면서 아이들을 가르치는 선생님도 할 수 있을 거야."

할 수 있냐는 질문도 아닌 할 수 있을 거라는 그의 말에는 믿음이 있었다. 순간 할 말을 잃은 유아는 아무런 대꾸도 않고 그를 바라볼 뿐이었다.

"……."

도대체 언제부터 이런 생각을 한 거지, 이 남자? 오늘 여러 번 멍한 표정을 보여 주는 그녀를 바라보던 시하루가 피식 웃으며 말했다.

"자, 이제 모든 일들이 끝난 거 맞지? 날 좀 볼 여유가 생겼겠지?"

"……그런 거 같네요."

"그러니까 이제 책 말고 나 좀 봐 줘."

뭔가 더 남았을 거라고 고집을 부릴 줄 알았는데, 의외로 바로 받아들이는 그녀이다. 깜짝 선물의 영향이 큰 듯했다. 이미 너무 많은 일로 그녀는 정신이 없었다.

"그럼 이제 얌전히 나랑 혼인식 올리는 거지? 그렇지?"

쐐기를 박겠다는 듯 시하루가 물어왔다. 여전히 머릿속이 복잡한 그녀는 멍하니 그를 바라보며 대답했다.

"좋아요."

싱긋 웃던 유아가 주위를 둘러보더니 주위에 놓여 있는 붓을 집어 들었다.

"……뭐 어차피 예전에 줘서 상관없겠지만, 그래도 의미라는 게 있으니까."

뭐하냐는 듯 고개를 갸웃거리고 있는 시하루의 눈앞에 유아가 붓을 들어 보이며 다시 한 번 웃었다.

"자, 어디에 써 줄까요?"

곧 그녀가 무엇을 하려는 건지 알겠다는 듯 따라 웃은 그가 고민하자, 못 기다리겠다는 듯 유아가 그의 손을 끌어다가 자신의 앞에 놓았다. 그러고는 그 손에 떡하니 자신의 이름 세 글자를 쓰기 시작했다.

"다시 생각해 보니 조금 억울하네요."

그의 손바닥에 적힌 자신의 이름을 멍하니 바라보던 그녀가 중얼거리자 시하루가 발끈해서는 물어왔다.

"뭐가 또 억울한데?"

"내가 보낸 십 년…… 십 년이라는 시간은 무시 못 해요. 엄청나다고요.”

십 년이란 시간이 얼마나 긴 시간인가. 십 년이면 강산도 변한다던데……. 그녀의 존재를 모르고 있던 그 역시 억울한 감이 있겠지만, 아무래도 가장 억울한 건 유아일 수밖에 없었다.

“그럼 앞으로 십 년이 더 지나면 되겠네.”

위로해도 모자랄 판에 눈치가 없는 건지 그가 얄밉게 말했다. 유아가 인상을 쓰며 잡고 있던 그의 손을 확 꼬집어 버렸다.

“말이 쉽지, 생각만 해도 숨이 턱 막히는 시간이네요.”

“앞으로의 십 년은 같이 있어 줄게.”

가만히 그의 말을 듣고 있던 유아는 인상을 찌푸렸다. 그의 말이 좀 이상하게 들렸기 때문이다. 계속해서 그의 손을 괴롭히던 유아가 손등을 콕콕 찌르기 시작했다.

“……그 말은 십 년 뒤에는 갈라서자는 말?”

자신의 손을 괴롭히는 유아를 뿌리칠 수가 없으니 그대로 꾹 참아 봤지만, 빨갛게 부어오른 손을 감싸 쥐며 눈물을 글썽이고 있는 걸 보면 역시 아픈 모양이다.

“아까 네가 말하고도 잊었나 본데, 십 년이란 시간은 엄청나. 혹시 알아? 지금으로부터 십 년 후에는 네가 날 못 떠날지.”

그의 말에 유아가 어이없다는 듯 피식 웃으며 말했다.

“꿈이 참 야무지시네요.”

약간은 자신을 무시하는 느낌이 들었지만, 지금의 시하루라면 이안에게 돌을 맞더라도 그저 웃어넘기고 갈 정도로 행복해서 머리가 어지러울 지경이었다.

"많이 늦기는 했지만, 네가 나한테 한 첫 번째 거짓말은 없던 거로 해 줄게."

유아의 손에 자신의 이름을 적던 시하루가 곧 만족스러운 미소를 지으며 그녀를 끌어안았다. 이번에는 유아 역시 반항하거나 저항하지 않고 오히려 편안하다는 듯 얌전히 안겨 있었다.

"드디어 돌아왔어."

*   *   *

'이건 말도 안 돼.'

설마설마했는데.

'이게 말이 돼? 예전이라면 모를까 이제는 다르잖아.'

쿵쾅쿵쾅. 분노가 가득 실린 그의 걸음이 복도 안에 울려 퍼졌다.

"전하! 이곳까지는 어쩐 일로……."

그가 왔다는 이야기는 이미 이곳저곳에 퍼졌고, 당황한 이들이 밖으로 나와 그에게 인사를 올리고 있었다. 하지만 시하루의 귀에 그들의 인사는 들리지 않았다. 자신들을 그냥 스쳐 지나가는 그의 뒷모습을 멍하니 바라보던 이들이 한숨을 내쉬며 중얼거렸다.

"어휴. 매일 아침마다 피가 마르는 거 같습니다."

"이거 이신 공께 말씀을 드리든가 해야……."

얼마 전, 드디어 시하루가 원하고 원했던 대로 유아와 그의 공식적인 혼례식이 거행되었다. 궁인들이 온종일 '이제 궐 안에 평화가 돌아왔다!'라고 외치고 다닐 정도로 그들의 눈앞에 펼쳐진 미래는 따사로울 것만 같았는데…… 문제는 아주 사소한 것에서부터 시작되었다.

그냥 말로만 그런 줄 알았는데…… 정말 유아가 희수궁 보수 기간 동안 기숙사에서 지내겠다고 말한 것이 현실이 되고 말았기 때문이다. 물론 시하루는 강력하게 항의를 하며 말렸지만. 안타깝게도 둘이 싸우면 7할은 유아가 이기는 게 현실이었다. 특기인 장기를 내세워 그녀의 의지를 꺾어 보려고도 했지만, 이제는 그것 역시 그녀를 이길 수가 없었다. 희수궁의 보수 기간을 느긋하게 잡아 놓은 시하루는 오히려 제 꾀에 자기가 빠지고 만 것이다. 유아가 기숙사에 들어갔다는 소식에 그와 처소 문제로 싸웠던 대비는 고소하다는 듯 시하루를 비웃어 주기까지 했다.

사실 유아가 기숙사를 선택한 데에는 나름의 이유가 있었다. 슬슬 본격적으로 시작되는 신입 관리 교육 때문에 그 문제에만 온전히 집중하고 싶었던 그녀는 자신이 기숙사에서 머물면 그가 쉽게 방해하지 못할 거라 생각했다. 하지만 그것은 착각이었다. 오히려 그녀의 선택은 아침 댓바람부터 여러 사람의 심장을 들었다 놨다 하는 결과를 초래하고 말았다. 매일 아침, 그 짧은 시간이라도 얼굴 좀 보겠다고 같은 시간에 출근 도장을 찍듯 기숙사를 찾아오는 인물 때문이다.

"마마, 이제 그만 일어나실 시간……."

문밖에서 당황한 듯 보이는 궁녀들이 안절부절못하며 외쳐 대었다. 여러 사람이 머무는 곳이다 보니 많은 방이 있는 기숙사였지만 시하루는 익숙하게 어느 방을 찾아갔다. 이미 그 방을 찾아온 사람은 그뿐만이 아니었다.

"꼬맹이 아직 안 일어났어?"

시하루의 등장에 깜짝 놀란 궁녀들이 재빨리 인사를 올리며 옆으로 물러났다.

"예…… 교육 시간이 20분밖에 안 남았는데……."

궁녀들도 불쌍하지. 공부하겠다는 왕후 모시느라 이렇게 힘든 하루를 보내고 있으니 말이다.

"꼬맹이, 지각이래. 얼른 일어나."

방 안은 늘 그렇듯 난장판이었다.

그는 그녀가 원하는 대로 온종일 공부만 할 수 있게 해 주었다. 방 안에는 엄청난 책들이 여기저기에 쌓여 있었고, 아직 다 끝내지 못한 문서들 역시 그 높이를 자랑하고 있었다. 그는 들어올 때마다 이게 사람 사는 방이 맞나 감탄하고는 했다. 도대체 몇 시까지 책을 본 건지 모를 유아는 침대가 아닌 낮은 탁자에 엎드린 채로 잠들어 있었고, 손에는 아직 책이 붙들려 있었다.

"이것 봐라."

조심스럽게 탁자에서 그녀를 끌어내는 데 성공한 그는 두 번째로 책을 빼내려고 시도했지만, 그것은 불가능했다.

“확 그냥 이대로 내 궁에 데려다 놓을까?”

밖에서는 지각이라고 궁녀들이 난리인데, 그 난리를 잠재우고자 들어온 이 남자는 색다른 고민에 빠져 계셨다. 잠시 뒤, 고민을 해결하겠다고 들어갔던 남자가 혼자 방 밖으로 나오자 모두 그럴 줄 알았다는 시선으로 그를 바라봤다. 그들은 이미 잘 알고 있다. 그가 마마님을 깨우는 데에 실패할 거라는 걸. 다른 사람들에게는 못되게 굴어도 제 부인 앞에서는 꼼짝도 못 하는 그였으니까. ‘좀 더 자게 내버려 둬요.’ 그 한 마디면 끝이었다. 아무리 그것이 제정신이 아닌 잠결에 내뱉은 말이라도.

“어쩌죠? 지금 준비하셔도 교육 시간에 늦을 거 같은데…….”

그렇게 말하며 그들은 할 수 없다는 비장한 표정으로 팔을 걷어붙였다. 아무래도 강제로라도 그녀를 깨울 생각인 듯했다. 하지만 그들은 문을 막아선 시하루에 의해 방 안에 들어서지도 못했다. 도와주겠다고 찾아온 이가 이제는 오히려 방해되기 시작했다.

“꼬맹이 깨우지 마. 교육 시간이라면 내가 뒤로 미룰 테니까.”

“…….”

그리하여 발생한 두 번째 후폭풍이 이것이었다. 방 안에는 침묵이 감돌고 있었다. 긴 탁자에는 많은 사람이 앉아 있었지만, 그들은 입을 꾹 다물고 있을 뿐 그 어떤 말도 하지 못했다. 중앙에 앉아 있던 이들의 시선은 방 안에서 가장 서열이 높은 사람과 방금 새롭게 방 안에 등장한 새로운 세력을 번갈아 보고 있었다. 오랜 침묵을 깬 것은 방 안에 앉아 있던 노인이다.

"지금 뭐하자는 거죠?"

낮은 목소리가 방 안에 울려 퍼졌다. 기가 막힌다는 목소리였다. 그러나 방금 방 안에 들어온 이는 그러한 분위기를 눈치채지 못한 모양이다.

"신입 관리 교육 일정 뒤로 미뤄 줘."

시하루의 표정이 '못 들었어?'라고 말하고 있었다. 그를 따라왔던 이안은 두 남자 사이에서 눈치를 보기 시작했다. 폭풍전야의 고요함처럼 그의 아버지께서는 아무 말도 하고 있지 않았다.

"어허, 이 스승에게 너무 어려운 부탁을 하십니다. 그래요, 어디 이유나 들어봅시다."

이유를 대 보라는 말에 가만히 서 있던 시하루가 대답했다.

"꼬맹이 녀석, 아직 자고 있어."

"……겨우…… 그것 때문인가요?"

이신의 얼굴은 웃고 있었지만, 그의 손에 쥐어져 있던 얇은 붓이 박살 났다. 순간 방 안의 모두가 긴장했다. 방 안에서 여유로워 보이는 건 오직 시하루뿐이었고, 이신은 잠시 그를 바라보다 한숨을 내쉬었다.

"하아…… 알겠습니다. 그럼 특별히 오후로 옮기겠습니다."

"오후도 안 돼."

간이 배 밖으로 나온 것인가. 이미 이신이 한 발자국 물러난 것만으로도 놀라운데…….

"……오후는 또 왜 안 됩니까."

이신의 인내심은 의외로 대단했다. 또다시 깊은 한숨을 내쉬던 그가 마지막이라는 듯 침착하게 물었다.

"오후에는 같이 희안궁에 가 보기로 약속했거든."

"……전하!"

얼마나 화가 났으면, 이신이 큰 목소리로 외쳤다. 방 안의 인물들은 서로 눈치 보기 바빴다.

"나이도 드신 분이 혈압 오르면 어쩌려고."

'너 때문이야!'

"……앞으로는 밀리는 일 없도록 최선을 다하겠습니다. 그러니 유아는 교육자 명단에서 제외해 주세요."

반말에서 갑자기 존댓말로 넘어와서 그런가? 순간 화를 내며 자리에서 막 일어나려던 이신은 어정쩡한 자세로 멈췄고, 그의 눈은 휘둥그레졌다. 사실 얼마 전에 시하루는 유아에게 아무리 왕이라고는 하나 이신은 그의 스승님이므로 스승에 대한 공경과 예의를 갖춰야 한다는 지적을 받아, 그 자리에서 고치겠다는 약속을 했었다.

"하아…… 알겠습니다. 단, 오늘만입니다."

그의 태도 변화에 이신은 흔쾌히 요청을 수락했다. 이신 위에 시하루가 있었고, 시하루 위에 유아가 있으니, 실질적으로 가장 높은 위치에 있는 사람은 유아였다. 자신이 원하는 대로 일을 이끌었지만 어쩐지 방에서 나오는 시하루의 표정은 밝아 보이지만은 않았다. 어딘가 찝찝하다는 표정이다.

"전하? 왜 그러세요?"

그의 뒤를 따라 나온 이안이 조심스럽게 물었다.

"……왠지 평생 이렇게 끌려 다닐 거 같은 불안한 생각이 들어서 말이야."

별일 아니라는 표정으로 중얼거리는 그 말을 정확하게 들은 이안은 속으로 생각했다.

'뭘 새삼스럽게 이제 와서 그러세요.'

시하루는 모르고 있었지만, 이미 그는 천유국 사람들이 인정하는 공처가 중 한 명이었다.

〈궁 안에 잠들어 있는 꽃 完〉

二話 * 유시후 이야기

이것은 옛날, 아니 그렇다고 아주 먼 옛날까지는 아니고, 십 년 정도 전의 이야기다.

"시후야, 네가 가장 큰 오빠니까 잘 지켜 줘야 한다?"

"……."

처음으로 드는 생각은 '귀찮다.'였다. 뒤에 매달려 있는 꼬맹이 하나로도 힘들어 죽겠는데 또 하나가 늘게 되었으니 말이다. 게다가 '오빠'라니? 듣자 하니 나이도 나랑 같다던데 고작 며칠 빨리 태어난 걸로 오빠 취급을 하다니…….

"이름은 '라히연'이라고 한단다."

두 번째로 생각난 단어는 '구슬'이다. 눈이 동그란 게 마치 구슬과도 같았다. 이 장소에 처음 온 건 그녀인데 전혀 기죽지 않은 모습. 오히려 당당히 우리를 스쳐 지나 집안으로 들어섰다. 그리고 호기심이 가득한 그 구슬 같은 눈을 굴려 가며 주위를 두리번 거리기 시작했다. 그리고…… 금세 시야에서 사라졌다. 라히연과 처음 만난 그 날, 나는 어렴풋이 느낄 수 있었다. 그녀에게서 잠시라도 눈을 떼면 큰일이 나고 말 거라는 그런 불안감을. 그리고 그것은 곧 현실이 되었다.

*　　*　　*

"오라버니~"

또 왔다. 인상부터 쓰인다.

읽고 있던 책을 덮어 옆으로 밀어낸 나는 조심스럽게 자리에서 일어났다. 몰래 이 상황에서 벗어나려고 했지만 그러한 시도는 곧 물거품이 되었다. 조그마한 게 눈썰미는 또 좋아가지고. 넘어질까 불안한 걸음으로 잘도 달려오는 작은 아이의 등장에 나는 자동으로 뒷걸음질을 쳤다.

잘 되지도 않는 발음으로 '오라버니'라고 부르는 게 귀엽기는커녕, 그냥 귀찮다. 의사소통도 잘되지 않으니 답답하기까지 하다. 차라리 아무 말도 안 하는 라히연이 낫지.

"야, 나 어디 안 가. 뛰지 마. 뛰지 마."

눈에서 끝까지 쫓아오겠다는 의지가 보였다. 할 수 없이 항복 선언을 하고만 나는 자리에서 멈춰 그 아이가 나를 붙잡을 수 있을 때까지 가만히 서서 기다려 주었다.

"오라버니가 업어 줄까? 응? 자."

"나 혼자 걸을 수 있어."

아니, 네가 걱정돼서 그러는 게 아니라 내가 불안해서 그러니까 그냥 업히란 말이야! 꼬맹이 주제에 자존심은 세 가지고! 나중에 뭐가 되려고 그러는지…….

"유아는 이 오라버니 좋아하지? 그렇지?"

"좋아해. 그런데 많이 좋아하지는 않아."

그렇게까지 세세하게 말 안 해도 되거든, 이 꼬맹아! 뭐지? 보통 이 나이면 '좋다'와 '싫다.' 이렇게 사고방식이 딱 두 가지로 나뉘어야 하는 게 아닌가?

"그래, 그러면 많이는 아니지만 꽤 좋아하는 이 오라버니의 공부를 방해하면 안 되겠지? 그렇지? 그게 착한 어린이겠지?"

"음…… 그런 거 같아."

그런 거 같다는 또 무슨 말이야. 어찌 되었든 이제 좀 조용해지겠지.

밖에 있고 싶다는 녀석 때문에 굳이 나와서 공부해야 하는 이 불쌍한 신세. 그나마 다행인 건 책을 쥐여 주면 얌전해진다는 거 정도일까. 정말 글을 읽는지는 모르겠지만.

"어? 히연 언니다."

라히연. 그 이름에 나는 책에 고정하던 시선을 떼고 유아 옆으로 다가갔다. 혼자 정원을 헤매고 있는 건지 산책을 하는 건지 모르겠지만 넋 놓고 있는 건 분명하다. 나랑 나이도 같은데 왜 굳이 내가 돌봐 줘야 하는지 모르겠다. 우리 집이 애들 맡기는 집도 아니고 나도 보모가 아니니 말이다. 내 일 하나 신경 쓰기 힘든데…….

요 며칠 가만히 그녀를 관찰한 결과, 그녀는 매우 특이했다. 유아처럼 항상 나에게 달라붙지도 않고 늘 혼자 돌아다닌다. 다시 생각해 보면 제대로 말을 나눠 본 적이 없다.

"그러고 보니 목소리도 들어 본 적이 없네."

지금도 뒤에서 내 목을 조를 정도로 끌어안고 있는 유아가 귀찮아서 미칠 지경이었지만, 차라리 이게 낫다는 생각이 들 줄이야. 눈에 보이지 않으니 오히려 그것이 더 불안하다. 웬만해서는 말을 하지 않아 의사소통도 잘되지 않거니와 무슨 생각을 하고 있는지 알 수가 없다.

언젠가 소나기가 내렸던 날, 그녀가 정원에서 낮잠을 자다가 쫄딱 젖어서 나타난 적이 있었다. 나는 그날 어머니에게 엄청나게 혼이 났고, 그 일을 생각하면 아직도 분하다.

'왜 내가 혼나야 하는 거야. 이건 불공평해.'

솔직히 말하면 불편했다. 어른들은 친하게 지내라느니 잘 대해 주라느니 말했지만 내 눈에는 도저히 예쁘게 보일 리가 없었다.

그러던 어느 날, 유아를 데리러 나오던 길에 나는 그녀가 연못에 들어가 있는 걸 발견했다. 저건 또 무슨 짓인가 싶은 것보다도 순간 내 머릿속에 떠오른 건 그녀가 잘못되면 또 내가 혼날지도 모른다는 불안감이었고, 나는 그 길로 재빨리 그녀에게 다가갔다.

"여기서 뭐하냐?"

일단 끌어내야 할 텐데. 어른들에게는 얼마 되지 않을 깊이의 연못이었지만 우리들의 신장을 생각해 봤을 때 그리 얕지만은 않았다. 도대체 무슨 생각을 하는 것인지! 허리 정도까지 오는 연못을 휘적휘적 걷고 있는 그녀를 보니 한숨이 먼저 나왔다. 이러지도 저러지도 못하고 멍하니 바라보고 있는데, 가만 보니 무언가를 잃어버린 사람처럼 고개를 숙인 채로 연못을 쓱 훑고 있는 거 같았다.

한 사람보다는 두 사람이 낫겠지. 살에 옷이 달라붙는 감촉이 싫어 평소 물놀이를 싫어하는 나였지만 어쩌겠는가, 나에게는 저 아이를 돌봐야 하는 사명이 있는 걸.

"뭐해? 뭔지는 모르겠지만, 같이 찾아 줄 테니 유아가 오기 전에 빨리 찾자. 우리가 이러고 있으면 노는 건 줄 알고 뛰어들 게 분명하니까."

내가 물속에 들어가자 뭐가 놀라운지 고개를 들고 가만히 나를 바라본다. 도와주겠다는데 고맙다고는 못 할망정.

무엇을 찾는 건지 모르는 나로서는 난감한 상황이다. 말이라도 해 주든가! 몇십 분 동안 정체 모를 무언가를 찾아다니던 내 눈에 투명한 연못의 바닥에서 반짝이는 무언가가 눈에 들어왔다.

"야, 여기에 뭐가 있는 거 같은데?"

반짝이는 걸 보니 장신구다. 찾은 거까지는 좋았지만…… 그나저나 이걸 어떻게 줍지……. 안 그래도 물 높이가 허리까지 오는데 저 물건을 줍기 위해 숙인다는 건 말 그대로 잠수였다. 내가 잠시 그렇게 고민에 빠져 있는 동안, 내 부름을 듣고 온 건지 어느새 그녀가 내 앞에 서 있었다. 내가 저 물건을 건져 올리기 위한 몇 가지 방법을 이야기하려는데…….

그녀는 아무 망설임도 없이 숨을 들이쉬고 허리를 숙여 그것을 집어 올렸다. 머리카락에서도 물이 뚝뚝 떨어지는 게, 오늘은 어머니께 반 죽었다는 생각보다도 그 무모함에 화가 먼저 밀려 올라왔다. 한마디 해 주기 위해 입을 열었지만 난 그녀에게 어떠한 잔소리도 할 수가 없었다. 처음으로, 정말 처음으로 그녀가 환하게 웃으며 나를 바라봤기 때문이다.

"도와줘서 고마워."

그녀의 손에 들린 건 작은 비녀였다. 고작 그것을 찾겠다고 이 난리를 친 것은 아직 이해가 가지 않았지만 나는 그 자리에 굳어 버리고 만 것이다. 고작 그 작은 미소 하나 때문에.

뭐지? 유아는 항상 웃으며 말을 거는데? 하지만 놀라움 때문에 미뤄진 잔소리는 해야 직성이 풀릴 거 같았다. 하여 다시 그녀를 바라봤지만, 그녀는 어느새 나를 지나쳐 연못가로 걸어가고 있었다. 정확히 말하면 연못가의 누군가를 향해. 언제부터 있었던 건지 그녀는 유아 정도 되는 작은 아이에게 다가갔고 고생고생해서 찾아낸 비녀는 그 아이의 손으로 넘어갔다.

"찾는 게 이거 맞지?"

그 한 마디로 순간 나는 깨달았다. 저 아이가 이상한 게 아니라는 걸. 단지 생각이 많을 뿐이다.

"아…… 또 혼나겠다."

놀란 얼굴로 연못에서 나온 나와 그녀를 향해 달려오는 시종들을 바라보며 내가 내뱉은 말이다. 정말, 그녀가 오고서부터 혼나지 않은 날을 세는 것이 어려울 정도다. 하지만 다행히도 그날은 혼나지 않고 넘어갔다. 그 이유는 모르겠지만 어머니는 그저 우리를 보고 뭐가 웃긴 건지 웃고 넘어가셨다.

그 날의 일을 계기로 나는 히연을 이해할 수 있는 능력이 생겼다. 유아랑은 다르다. 유아의 경우 제 생각을 타인에게 쉽게 이야기하는 반면, 그녀는 절대 자신의 생각을 이야기하지 않는다. 스스로 생각하고 스스로 답을 내리고 먼저 움직인다. 늘 혼자서 모든 것을 알아서 해 버리는 녀석이다. 그럼에도 불구하고 난 늘 그녀가 불안해서 몇 걸음 뒤에서 쫓아간다. 그렇게 따라가고 따라가고, 그러다 보면 그녀는 이따금 뒤를 돌아보며 웃어 준다.

서서히 그녀는 나에게 자신의 생각을 들려주게 되었다. 말이 늘어남과 동시에 우리의 대화가 늘어났다. 곧 시끄럽다는 생각이 들 정도로. 하지만 그것이 싫지는 않았다. 그렇게 계속해서 함께하는 시간이 흐르고 흘러.

'오늘'이라는 날이 되었다.

*   *   *

눈을 뜨기 무섭게 그를 반기는 건 히연의 미소였다.

"잘 잤어?"

"음……."

딱딱한 바닥에 누워 있던 유시후가 불편했는지 살짝 인상을 찌푸리며 서서히 일어났다. 그의 앞에 앉아 있던 히연은 바쁘게 다시 방 안을 왔다 갔다 하며 대화를 지속했다.

"웬일로 낮잠? 간밤에 못 잤어?"

"못 잤어. 생각 좀 하느라."

"왜? 아니, 그 전에 바닥도 차가운데 들어가서 자지."

"……짐은 다 챙겼어?"

정말 졸린 건지 목소리가 아직도 웅얼거리고 있었다. 그럼에도 불구하고 자신의 걱정을 해 주는 그에게 히연이 고맙다는 의미로 어깨를 툭툭 쳐 주었다. 하지만 표정은 그리 밝지 않아 보였다.

"대충."

자리에서 일어난 유시후가 그녀에게 다가가 따로 빼놓은 물건들을 들어 한쪽에 옮겨놓으며 중얼거렸다.

"그 왕도 참 이상해. 갑자기 무슨 합숙이야. 아니, 정한 건 유아인가? 그 왕에 그 왕후네."

"왜, 난 좋은데."

반년에서 길게는 일 년까지 예정되어 있던 희수궁과 희안궁의 보수가 삼 개월 만에 끝난 데에는 시하루의 압력이 있었다고 한다. 아니, 그것까지는 좋은데. 희안궁 교육장 개설은 좋은데! 뜬금없이 웬 합숙?

"솔직하게 말해. 그냥 둘이 놀려고 그러는 거지?"

"어머, 어떻게 아셨을까? 사실은 밤샘 대화가 목적이긴 해."

히연이 고개를 끄덕이며 거짓 없는 얼굴로 바로 인정했다.

"너는 짐 다 챙겼어? 아니, 그 전에 정말 괜찮겠어?"

"안 괜찮아. 너 때문에 나도 당분간은 기숙사행이야."

곧 죽어도 불편한 기숙사는 들어가기 싫다고 했는데……. 그나마 다행인 게 있다고 하면, 원래 유아가 쓰던 기숙사 방을 그가 쓰게 될 거라는 걸까? 시하루와 이신이 보안 문제로 그녀가 쓸 방을 다른 이들과는 다르게 멀리 떨어진 조용한 곳으로 지정했기 때문이다. 따라오라고 한 적도 없는데 굳이 따라 들어오겠다고 한 건 본인이면서!

"큭큭……."

"왜?"

히연의 정리를 도와주던 유시후가 갑자기 웃자 신경이 쓰인 것인지 그녀가 고개를 들며 물었다. 책장에 기대어 수많은 책 중 어느 한 권을 뽑은 그가 그 사이에서 떨어진 종이를 내밀며.

"아니. 이거, 네가 예전에 나라고 그린 거였지?"

어느새 옆으로 다가온 히연이 그가 들고 있던 종이를 바라보더니 곧 얼굴을 붉히며 그것을 빼앗아 버렸다. 본인이 생각해도 못 그렸다는 걸 너무나도 잘 알고 있기 때문일까?

"옛날 생각나네, 라히연. 그림도 못 그리면서 화백이 되겠다고 난리였잖아."

"어린 날의 상처를 네가 또 들춰 놓는구나."

이제는 우는 연기까지 펼치는 히연을 바라보며 아직 끝나지 않았다는 듯 그의 말은 계속됐다.

"그다음은 뭐였더라? 요리도 못 하면서 가게를 내겠다고 하질 않았나, 꼭 못하는 것만 하겠다고 난리여서 내가 얼마나 고생했는지."

"네가 고생을 왜 해? 매번 한계라는 벽에 부딪혀 좌절의 눈물을 흘리는 건 나인데?"

"나도 마음의 준비라는 걸 해야 할 거 아니야. 화백이 되면 나도 그림에 대해 어느 정도 알아야 할 테고, 요리를 하면 의학 공부도 해야지."

순간 자신이 말실수했다는 걸 깨달은 유시후가 멈칫했지만 이미 늦은 상황.

"이봐, 남편? 요리는 왜 의학 공부랑 이어져?"

"하하…… 아무래도 살아야 하니까? 생존 본능이랄까."

나름의 이유를 대 보는 유시후였지만, 오히려 그것이 더 안 좋은 결과로 향하는 지름길이었다.

"홍. 아침부터 찾아와서는 웬 시비야."

분노가 담긴 몇 번의 주먹질(?)에 회복 시간이 필요하다고 엄살을 피우며 바닥에 앉아 딴짓을 하는 그에게 히연이 말했다.

"그리고! 그때 엄청 못 그렸다고 했으면서, 왜 아직도 가지고 있는 거래?"

"누가 그린 건데. 이건 내 보물 5호야."

큭큭 하고 웃던 유시후가 히연이 잠시 한눈을 판 사이, 그 종이를 몰래 빼 오는 데 성공했다.

"우리 낭군님께서는 보물이라 불릴 만한 것이 그렇게나 없으신가 보죠?"

책 정리도 슬슬 마무리가 되었는지 꽉 차 있던 책장이 어느새 텅텅 비었다. 한참을 비아냥거리며 다음으로 올 그의 반응을 대충 대여섯 가지 예상하고 있던 히연이었지만, 어째서인지 유시후의 말소리가 들려오지 않았다. 그 고요함이 은근히 신경 쓰이는 그녀는 돌아보지 않을 수가 없었다.

도와주다가 그냥 잠들어 버린 건 아닌가 했지만 그는 깨어 있었고, 시선은 히연에게 고정되어 있었다. 다만 신경이 쓰이는 건, 그녀 앞에서만은 시끄러웠던 그 입이 꾹 다물어져 있다는 것이다.

"뭡니까, 그 눈빛은? 우와, 완전히 두근거리는데요?"

히연이 다시 장난스럽게 말했다. 그러나 유시후는 이번에도 별다른 대꾸가 없이 그냥 다른 곳으로 시선을 옮겨 버렸다. 그의 그러한 반응에 히연은 굳어 버렸다.

뭐지? 내가 너무 심했나? 평소와 다름없었을 텐데? 머릿속은 혼돈 그 자체. 괜히 자신이 잘못한 건 아닌가 싶어 마음을 졸이던 히연의 머릿속에 어떠한 말이 스쳐 지나갔다.

'사람이 안 하던 짓을 하면 죽을 때가 가까워진 거라던데!'

"……뭐야."

"죽으면 안 돼. 차라리 화를 내."

분명 그녀는 잘못한 게 하나 없는 상황이었지만 어째서인지 화를 내라 부추기고 있다. 어느새 유시후의 눈높이에 맞게 자리를 잡은 히연이 그의 어깨를 붙잡고 사정없이 흔들며 정신을 차리라는 둥 네 원래 모습을 잊어서는 안 된다는 둥 알 수 없는 말을 늘어놓기 시작했다. 하지만 그럼에도 불구하고 유시후가 반응이 없자 몇 번 더 시도해 보던 히연은 한숨을 내쉬며 손을 놓았다.

"진짜 무슨 일 있어? 나 때문이라면 꼭 궐에 안 들어가도 돼. 이번 합숙만 끝내고 올 테니까. 아니면 아예 합숙을 단축하자고 건의할까?"

최대한 달래 보려 노력했지만 소용이 없는 듯. 할 수 없다는 듯 자리에서 일어난 히연은 갑자기 책 한 권을 들고 오더니 그의 앞에 자리 잡고 앉아 읽기 시작했다. 최후의 수단이자 '그래, 네가 언제까지 말 안 하나 보자. 난 인내심이 강하거든.'라는 의미였다. 계속해서 말을 걸던 히연의 입까지 조용해지자 방 안에는 침묵이 맴돌았다. 할 말이 있으면 확실히 해 줬으면 좋겠는데.

"흠…… 야, 라히연."

유시후의 부름에 히연은 또 장난이라고 생각한 건지 이번에는 아무런 반응을 보이지 않았다.

"그냥 말씀하세요, 낭군님. 다 듣고 있사와요~."

상대방과 대화할 때 꼭 시선을 맞춰야 한다고 누가 그러던가. 물론 틀린 말은 아니지만 그건 유아같이 말 잘 듣는 애가 지킬 문제겠지.

"그러니까…… 문제는 그 낭군님이라는 말인데……."

그 말에 히연이 놀란 듯 눈을 크게 떴다.

"뭐야, 거슬렸어? 말하지 그랬어. 어렸을 때처럼 '시후야'라고 불러 줄까?"

유시후가 인상을 쓰기 시작했다. 어렸을 때 불렀던 호칭이 더 편하냐는 물음에 대한 명백한 거절이다. 그럼 도대체 원하는 게 뭐냐는 그녀의 말에 유시후가 잠시 뜸을 들이더니 조심스럽게 말했다.

"이제 슬슬 말로만 말고 진짜 낭군님 시켜 줄 때도 되지 않았어?"

대답은 않고, 히연은 멍하니 그를 관찰하기 시작했다.

"설마 그거 때문에 삐친 건 아니겠지?"

"그렇다면 이상한가?"

"이상할 건 없지만."

웃고 싶은 걸 참는 표정이다. 실제로 그녀는 그랬다. 아닌 척하고 있지만 천하의 유시후가 쩔쩔매고 있으니 이 얼마나 놀랍고 재미있는 광경인가.

“그래서? 대답은?”

사실은 좀 더 대답을 질질 끌며 이 상황을 즐기고 싶었지만, 성질 급한 그는 계속해서 대답을 요구해 왔다.

“……별로 애정이 느껴지지 않는데?”

결국 짓궂은 미소와 함께 대답을 회피하는 그녀였고, 그 말에 유시후는 피식 웃으며 말했다.

“그래도 이런 놈인 걸 어쩌냐. 너라도 나 데리고 살아 줘야지.”

“잘 알고 있네. 내가 아니면 누가 널 데리고 살겠어.”

웬일로 유시후가 꼬리를 내리고 있다. 바로 고개를 끄덕일 줄 알았는데 웃기만 할 뿐, 긍정이나 부정 그 어떤 대답도 않는 여인 때문에 유시후만 고생이다.

“결혼해도 서로 많이 바쁘겠지? 물론 교육자가 되고 싶었지만, 난 이제 누구한테 어리광부리지? 넌 궐 안 일만으로도 바쁠 테니까.”

아무 말 없이 듣고만 있던 유시후가 최후의 수단을 꺼내 들었다.

“……아직 확정되지 않아서 말 안 하고 있었는데, 나 부서를 희안궁 교육자 선발 쪽으로 지원했어. 안 되면 어쩔 수 없지만…….”

그 말에 히연이 벌떡 일어나더니 눈을 반짝이며 말했다.

“진짜? 궐 안에서도 같이 있을 수 있는 거야?”

“응.”

지원은 했어도 아직 결과 발표는 나지 않았지만, 사실은 확정과 다름없었다. 저번에 유아의 주의를 끄는 대가로 그가 들어 달라고 한 부탁이 바로 이것이었다. 하지만 그 왕의 말을 철석같이 믿고만 있을 수는 없었으니 정식 발표가 나기 전까지는 말 안 하려고 했는데…….

밝은 표정의 히연을 바라보던 유시후는 생각했다.

'그녀가 또 한 걸음을 내디뎠다. 그렇다면 나 역시 따라가야지. 넌 앞만 보고 가. 난 항상 네 뒤를 따라갈 테니까.'

"역시 나의 낭군님. 사랑합니다~"

히연이 밝게 웃으며 그에게 안겨 들자 가만히 있던 유시후가 그녀를 바라보며 미소 짓더니 천천히 그녀의 입에 입을 맞추며 말했다.

"나도 사랑해."

*　　*　　*

"말도 안 돼."

"요즘 젊은 애들은 참 낭만적이라니까."

반응이 가지각색이다. 곧 있으면 문을 여는 '희안궁 교육'에 대한 의견 정리를 핑계로 모여 놓고, 어느새 여인들의 수다방이 되어 버렸다. 조금 전 히연이 어떻게 청혼을 받았는지에 대해 이야기를 하기 무섭게, 함께 있던 유아와 대비는 인상을 찌푸리는 것으로 부러움을 나타내고 있었다.

그중 가장 보기 흉할 정도로 인상을 쓰고 있던 유아가 들고 있던 찻잔을 탁하고 내려놓으며 말했다.

"난 아직도 믿어지지 않는데? 오라버니가 정말 그랬단 말이야?"

목소리는 그 인간이 그럴 리가 없다고 말하고 있었지만, 히연에게는 그 어떠한 말도 들리지 않았다.

"어머, 네 앞에서나 그렇지. 그 녀석도 내 앞에서는 꽤 순정남이라고."

믿을 수가 없어. 그럴 리가 없어.

"그런데 왜 계속 기분이 안 좋아 보였데? 아, 오라버니도 긴장 같은 거 하나? 히연 언니가 청혼 안 받아 줄까 봐?"

"하하. 아니, 그런 게 아니라……."

유아가 조금이라도 오라버니의 흉을 보기 위해 안간힘을 쓰며 이 말 저 말 늘어놓자, 히연이 의미심장한 미소를 짓더니 대답했다.

"네가 자기보다 먼저 시집간 게 짜증 난다 하더라."

그럴 줄 알았다는 듯 유아를 포함한 방 안의 모두가 큰 소리로 웃기 시작했다.

"하여간에 남자가 속이 좁아."

실컷 웃던 유아가 말하자 따라 웃던 히연이 다시 한 번 피식 웃더니 말했다.

"그러니까. 내가 아니면 누가 그 녀석을 데리고 살겠어."

말은 그렇게 해도 얼굴은 웃고 있으면서. 행복해 미치겠다는 그녀의 표정에 셈이 난 건지 유아가 입을 삐죽 내밀고 들고 있던 일정표에 시선을 옮기며 퉁명스럽게 말했다.

"그것참, 천생연분일세. 나는 청혼은 둘째 치고 바로 혼인신고서부터 작성하던데."

이참에 자신이 모르는 오라버니의 비밀이나 약점 같은 게 더 없냐는 유아의 질문에 몇 가지가 있으니 큰 맘 먹고 이야기해 주겠다는 말과 함께 히연이 눈을 반짝였다. 하지만 밖에서 들려오는 누군가의 목소리에 유아는 이 황금 같은 기회를 놓칠 거라는 걸 예감했다.

"마마, 전하께서 도대체 언제 오냐고 하시는데요…….''

이안은 죄가 없다. 유아 역시 그것을 잘 알고 있지만, 왠지 얄미워 보이는 게 노려보는 것을 멈출 수가 없었다.

"……갑자기 언니가 부러워졌어. 이만 가 봐야겠다. 내일 봬요."

자리에서 일어나 이안을 따라나서던 유아가 중얼거렸다.

"확 며칠 동안 영희궁에 가 버릴 거라고 협박해 볼까 하는데 이안은 어떻게 생각해요?"

"그러셨다가는 제 목이 날아갈 텐데 두 발 뻗고 편히 주무실 수 있으시겠어요?"

나름대로 진지하게 물어본 건데, 그 무엇보다도 자신의 목숨이

중요하니 절대 그러지 말라 말하고 있는 이안이 얄미워지기 시작
했다.
 "왜 꽃따리 오빠가 이안을 괴롭히고 싶어 했는지 이제야 알겠
어요."

〈유시후 이야기 끝〉

三話 * 소이랑 이야기

—첫째 날

　아침 일과 중 하나이다. 멀뚱멀뚱, 잠시 서로를 바라보는 것으로 하루가 시작된다.

"……."

"……."

　'먼저 일어난 사람이 깨워 주기.'라는 약속을 한 그들이었고, 오늘은 유아가 먼저 일어나 이렇게 시하루의 방을 찾았다. 하지만 너무 일찍 일어난 탓인지 그녀는 시하루를 깨우기도 전에 잠의 유혹에서 벗어나지 못하고 바닥에 털썩 앉아 침대에 기대어 잠들어 버렸다.

"안녕."

멍하니 바라보다가 피식 웃으며 먼저 인사를 건네는 그였고, 그 목소리에 잠이 깬 유아가 인상을 찌푸리자 시하루가 그녀의 이마를 툭툭 치기 시작했다.

"아침부터 왜 인상 써."

어딘가 불편한 건지 일어나자마자 인상을 쓰던 유아는 기지개를 켜더니 다시 침대에 기대며 말했다.

"조회 안 나가요?"

아침부터 일 이야기라니. 어느새 결혼한 지도 벌써 2년이 다 되어 가는데 유아는 여전히 일과 공부를 중요시했다.

"추워서 밖에 나가기 싫은걸."

말도 안 되는 핑계를 대는 걸 보니 그는 일어날 생각이 없는 게 분명했다.

"공주병."

시하루가 고개를 갸웃거리는 것으로 보아, 여기서 왜 갑자기 '공주병'이라는 단어가 나오는지 모르겠다는 표정이었지만, 곧 잠에서 막 깬 탓에 현란하던 유아의 언어 구사력이 떨어졌나 하고 그냥 넘어갔다.

"윽. 목 아파……."

잠깐이었지만 침대에 삐딱한 자세로 기대 잠들었던 게 무리가 갔나 보다. 아프다고 말하며 눈물을 글썽이기까지 하는 그녀를 바라보던 그가 한심하다는 듯 말했다.

"그러게 왜 바닥에서 잤어?"

"꽃따리 오빠 깨우러 왔다가 너무 졸려서요."

"다음부터는 고민 말고 위로 올라와."

자신의 옆자리를 툭툭 치며 말하자 드디어 잠이 다 깬 유아가 자리에서 일어났다.

"다음부터는 이렇게 일찍 안 일어날 테니까 걱정하지 마세요."

그녀를 가만히 바라보던 시하루가 오늘따라 반짝이는 그녀의 눈에 불안감을 느꼈다. 물론 유아가 기분이 좋은 게 불편하다는 뜻은 아니다. 하지만 오늘처럼 아침부터 기분이 좋다는 건 분명 무슨 일이 있다는 뜻이다.

"……뭐 좋은 일이라도 있어? 오늘따라 기분 좋아 보이네."

평소라면 그가 그녀의 머리카락을 가지고 장난을 치면 짜증을 냈을 텐데 오늘은 얌전한 게 더더욱 수상했다. 다른 사람과 달리 그녀는 별난 것을 좋아하고 즐겼기 때문에 혹시 모를 사건 사고에 대비해 마음의 준비를 끝낸 그의 비장한 표정에 유아가 피식 웃었다.

"오늘 신입 관리 교육 마지막 날이거든요."

"아……."

이상한 게 아니라서 다행이라는 듯 시하루는 안도의 한숨을 내쉬었다. 그나저나 정말 다행이네. 그 지겨운 2년의 수련 과정이 오늘로서 끝난다니. 이는 그에게도 기쁜 일이 틀림없다. 뭐든 열심히 하려는 건 분명 좋은 일이었지만……. 그동안 하루 일정이

빡빡하기로 유명한 신입 관리 교육 때문에 유아는 희수궁과 기숙사를 번갈아 가며 생활해야 했다.

"다행이네. 그러면 오늘은 조회 참가 안 해?"

"오늘은 오전 수업이에요. 자! 난 수업을, 꽃따리 오빠는 조회를! 갑시다!"

빨리 나오라고 재촉하는 유아에게 못 이긴 시하루는 오늘도 끌려 나오듯 조회실을 향해 걸어가야 했다.

"……아침부터 기운 넘치네……."

*　　*　　*

웅성웅성.

방 안에 모여 있는 국시 합격생들 사이로 긴장감이 흐르고 있다. 그때, 문이 열리고 이신이 길쭉한 나무통 하나를 들고 들어왔다. 그가 방 안에 들어서자 웅성거리던 방 안이 순식간에 조용해졌다. 잠시 주위를 두리번거리며 누군가를 찾던 이신의 눈에 장시간 대기로 인해 짜증이 가득한 유시후가 들어왔다. 이신이 입을 뻥긋거리며 뭐라 묻자, 유시후는 고개를 절레절레 젓는 것으로 답했다.

그때 또 한 번 문이 열리고 유아가 다급히 들어왔다. 워낙에 지각을 싫어하는 이신이었기 때문에 아무리 유아라고 해도 한마디 하려는데, 그녀가 먼저 손을 들며 선수를 쳤다.

“꽃…… 전하요.”

누군가를 아침 조회에 늦지 않게 하려고 애쓰다 늦었다는 그녀의 말에 너무나도 이해가 간다는 듯 이신이 고개를 끄덕이며 넘어갔다. 오히려 ‘빠져나오느라 고생하셨어요.’라는 눈빛으로 그녀를 응원하기까지 하며.

“자, 그럼…… 그동안 신입 교육을 받으시느라 다들 수고하셨습니다. 오늘은 마지막 날인데요…… 뭐, 다들 짐작하고 있겠죠? 아무도 피해 갈 수 없는, 천유국 전통이기도 한 ‘과제 뽑기’입니다. 각자 이 통에서 뽑은 과제를 통과하지 못한다면 내년에 다시 국시를 보셔야 할 겁니다.”

천유국의 신입 관리들이 반드시 거쳐야 하는 마지막 관문. 그것이 바로 ‘과제 뽑기’이다.

신입 관리들은 백 개의 나무패가 담긴 원통 속에서 각자 하나씩 패를 뽑는다. 그 패에는 현재 천유국에서 실제로 다뤄지고 있는 문제들이 적혀 있는데, 특이하게도 검은색과 하얀색의 패가 각각 하나씩 존재한다. 백분의 일의 확률이기 때문에 최종 관문에서 이 특별한 패를 뽑은 신입 관리는 한 명도 없었다. 지난 몇 년간은…….

이신이 그들을 나란히 줄 세우더니, 한 명 한 명 앞으로 가 나무패가 들어 있는 통을 내밀었다. 먼저 유아의 옆에 서 있던 유시후가 인상을 찌푸리며 통 안에 손을 넣었고 곧 그의 손에 하얀색의 나무패가 들려 나왔다. 이신은 재미있다는 듯 피식 웃으며 다음

차례인 유아 앞으로 다가갔다.

"후…… 좋아."

그녀도 어느 정도 긴장을 한 건지 심호흡을 하고는 조심스럽게 통 안에 손을 넣었다. 하지만 쉽게 뽑지는 못했다. 결국 빨리 돌아가고 싶다는 말을 중얼거리던 유시후가 우물쭈물하는 그녀의 손을 붙잡고 통에서 빼 버리고 말았다. 딸려 나온 검은색의 나무 패에 소란스럽던 방 안이 고요해졌고, 모두의 시선이 고정됐다.

"어…… 왜요?"

뭔가 잘못되었다는 걸 눈치챈 유아의 질문에 그 누구도 대답해 주려 하지 않고 있다. 유시후도 포함해서. 심지어는 이신까지도 그저 이걸 어쩌면 좋을지 모르겠다는 표정으로 시선만 교환하고 있을 뿐이다.

"어…… 으흠, 그럼 모두 기간 내에 과제를 끝내 주시길 바랍니다."

수상하게도 급한 마무리였다. 재빨리 돌아선 이신은 유아가 자신을 찾아와 검은색 과제에 대해 질문하기 전에 방 안을 빠져나갔다. 그의 표정에는 약간의 그늘이 져 있었다.

"……쯧. 하필이면 유아 님이 그걸 뽑으시다니…… 큰일 났네……."

이신은 저도 모르게 한숨을 내쉬었다. 평온했던 궐 안이 또다시 소란스러워질 것만 같은 안 좋은 예감이 들기 시작했으니까…….

*　　*　　*

여기 충격에서 벗어나지 못하고 있는 사람이 또 한 명.

"큰일 났다……."

아침부터 기운이 넘쳤던 유아는 지금, 자신의 손에 들린 패를 보며 한숨을 내쉬고 있다. 도망치려던 유시후를 붙잡는 데 성공한 그녀는 자신의 검은 과제에 대해 정확한 설명을 들을 수 있었고, 그 후로 충격에 빠져 있었다. 과제가 어려워서 해결하기 어려울까 봐? 아니, 그게 아니다. 지금 그녀가 걱정하는 건 과제의 난이도가 아니라 어느 누군가의 관심이었다.

말해 볼까? 아니, 안 그래도 요즘 희안궁의 출입이 잦다는 이유로 툭하면 괴롭히는데 이 일까지 알려졌다가는……. 게다가 아까 보지 않았는가? 오늘로서 신입 관리 교육이 끝난다는 말에 그렇게나 좋아하는 모습을.

"하지만 난 더 이상 애가 아닌걸. 애는 무슨, 이제는 유부녀이기까지 하잖아? 스스로 선택할 나이 아닌가?"

뭔가 결심한 듯 유아가 고개를 몇 번 끄덕이더니 나무패 위에 조심스럽게 자신의 도장을 찍었다. 막상 결심은 했지만 최대한 이 일을 시하루에게 들키는 일이 없기를 바라며. 한편, 온 마음을 담아 도장을 찍은 유아와 달리 그러지 못하고 있는 사람이 있다.

"짜증 나."

시하루의 앞에는 종이 한 장이 놓여 있었다. 그의 한쪽 손에는 옥새가 들려 있었고 그는 지금 고민에 빠져 있었다.

"물론 약속은 했지만……."

평소라면 별다른 고민 없이 도장을 찍었겠지만 이번은 달랐다.

"그 녀석들은 이제 궐 안에서까지 연애 행각을 벌이겠다 이거지. 아주 간이 배 밖으로 나왔어."

아무래도 그의 갈등을 불러일으키고 있는 그 종이의 정체는 유시후의 부서 배치에 관한 내용인 게 분명했다.

"이 녀석들 짜증 나……. 으아…… 하지만 약속은 약속인데……."

"……뭐하세요?"

혼자만의 고민에 빠져 있던 시하루가 유아의 등장에 화들짝 놀라며 들고 있던 옥새를 떨어뜨리고 말았다. 도대체 뭐 하고 있느냐는 표정으로 그에게 다가간 유아가 바닥에 뒹굴고 있는 옥새를 들어 그의 손에 쥐여 주었다.

"쳇. 약속했으니 지켜야겠지……."

결국 그는 있는 짜증 없는 짜증을 다 내며 종이 위에 옥새를 찍어 이안에게 건네주었다.

"그래서, 마지막 수업은 잘하고 왔어?"

옥새 하나 찍는 거에 짜증 낼 때는 언제고, 시하루의 표정이 바로 풀어졌다. 마지막 수업이 어땠느냐 묻는 그의 표정은 밝았지만 유아는 그 질문에 아무 말도 하지 못했다.

“아마도?”

대답이 애매하다.

“그럼 이제 기숙사에서 안 지내도 되는 거지? 희수궁으로 돌아올 거지?”

그가 부담스러울 정도로 눈을 반짝이며 물어 왔다. 그러나 유아는 눈치만 볼 뿐 그가 원하는 대답은 하지 않고 있다.

“그…… 며, 며칠 정도는 더 머무를 생각인데…….”

“왜?”

“음…… 아직 정리할 게 남아 있다고나 할까…… 뭐 그런?”

이안조차 속아 넘어가지 않을 연기를 펼치는 유아에게 시하루는 무슨 말을 하려고 했지만, 곧 입을 다물었다.

“안 돼. 정확한 이유를 듣기 전에는 허락할 수 없어.”

그냥 넘어갈 줄 알았더니 역시나이다. 유아는 항상 자기 마음대로 결정하는 그의 방식이 마음에 들지 않았다. 워낙 억압받는 것을 싫어하는 그녀였기 때문이다. 하지만 시하루는 그 나름대로 그녀를 내버려 둘 수가 없었다. 그녀에게 무슨 문제가 있다는 것을 직감한 그로서는 그냥 넘어갈 수 없었기 때문이다. 지금 이렇게 묻는다고 해도 그녀에게서 타당한 이유를 듣지 못할 거라는 거 역시 예상하고 있었다.

“……며칠이면 되는데?”

그리고 자신은 그녀에게 이길 수 없다는 것 역시 잘 알고 있었다. 약간의 고민 끝에 그가 먼저 한 발자국 물러섰다. ‘며칠’이라는 말에 유아는 잠시 생각에 잠기었고, 곧 양손을 활짝 펼쳐 그에게 보였다.

"열흘? 장난해!"

"그것도 최대한으로 줄인 건데…….”

"안 돼. 네 방에는 다른 사람을 넣으라고 할 거야."

"그런 게 어디 있어요?"

결국 둘의 목소리가 높아졌다. 결혼한 지 어느새 2년. 그 사이에 이런저런 다툼이 아예 없던 것은 아니었다. 하지만 이번은 그동안과 다른 느낌이 들었고, 방 밖에서 대기 중이던 이안과 궁녀들은 불안하다는 시선을 주고받았다. 그리고 그들의 불길한 예감은 적중하고 말았다.

잠시 아무런 말소리가 들리지 않아 안도의 한숨을 내쉬려던 그들이었지만, 갑자기 엄청난 소리와 함께 열린 문에 의해 한 번 놀라고, 이어서 유아의 무서운 표정에 두 번을 놀라야 했다. 도대체 어떻게 마무리된 건지 알 턱이 없는 그들로서는, 잔뜩 화가 나 있는 유아와 방 안에 남아 그녀를 바라보고 있는 시하루의 표정을 보며 이번 역시 자신들의 왕후님이 승리했을 거라 추측할 뿐이었다. 잔뜩 화가 나 있는 유아의 표정으로 보아 이번에는 가볍게 넘어가지 않을 거라는 예상과 함께.

"이제 내 마음대로 할 거예요!"

마지막으로 한마디 한 그녀는 열려 있던 문을 쾅! 소리 나게 닫아 버렸다. 그리고 분이 안 풀린다는 듯 빠른 걸음으로 중앙궁을 벗어났다. 그렇게 그들의 싸움이 시작되었고, 훗날 사람들은 이 날을 그들의 공식적인 첫 부부 싸움이라 말하게 된다. 하지만 천유국에서 유명한 금슬 좋은 부부라는 이름답게, 그 기간은 그리 길지 않다. 다른 싸움에서도 그렇듯 항상 져 주는 역할을 하는 누군가가 있었기 때문이다.

*　　*　　*

"아, 진짜……."

다리에 힘이 빠진 시하루가 문에 기대며 안도의 한숨을 내쉬었다. 말다툼을 한 지도 벌써 사흘이 지났다. 그녀의 마음이 풀리도록 얌전히 기다리고 있던 시하루였지만, 어떻게 사흘 동안 한 번도 안 마주칠 수 있단 말인가! 뭔가 이상해서 희수궁과 기숙사에 가 봤지만, 두 곳 모두 텅텅 비어 있었다. 즉시 궐 안의 모든 곳을 찾았으나 그 조그마한 여인은 찾을 기미가 보이지 않았다. 서하연에 있을 거라고 생각했지만 들어가서 확인할 수가 없다는 게 문제였다. 그러던 중, 그는 그녀가 갔을 만한 곳을 떠올렸다.

잠시 동안 잊힌 구석에 있는 별궁 영희궁. 과연, 등잔 밑이 어둡다더니 그의 예상대로 그녀는 그곳에 있었다. 걱정되어 제대로 자지 못하고 먹지 못한 그와 달리 손 많이 가는 그의 사랑스러운 부인께서는 너무나도 평화롭게 자고 있었다.

"……잠이 오니? 응? 와?"

어느새 다가간 그가 쿨쿨 자고 있는 유아의 이마를 쿡쿡 찌르며 중얼거렸다. 그러나 아무런 반응이 없다.

"야야야야야야야."

끓어오르는 화를 참아 내던 시하루는 아예 그녀를 깨우려고 작정한 듯했다. 이마를 찌르는 것도 모자라, 머리카락을 잡아당기고, 이불에 돌돌 말아 이리저리 굴려 대기도 했다. 들어올 때는 찡그린 얼굴이었던 그의 표정이 점점 변해 가기 시작했다.

"……귀엽네."

이미 방에 처음 들어왔을 때의 의도와는 다르게 흘러가기 시작했다. 앞에 있는 여인은 그의 유일한 약점과도 같았다.

"이번에는 제대로 화를 내야 할 텐데."

깨우려던 손을 거둔 시하루가 뒤로 물러났다. 일단은 대화로 푸는 것이 가장 좋은 방법이었으니 일어날 때까지 기다리겠다는 의미에서였다.

'그나저나 이 녀석이 이렇게까지 나오는 걸 보면 분명 나 몰래 뭔가 일을 벌이려는 건데…….'

방 안을 돌아다니던 그의 발에 작은 주머니 하나가 걸렸다. 그것을 주워 들어 옆의 탁자 위에 내려놓으려던 그가 멈칫했다. 주머니에 찍혀 있는 익숙한 문양이 거슬렸기 때문이다.

"이건 이신의 인장?"

척하면 척이라고. 지금 자신의 손에 들린 그 주머니가 신입 관리의 과제 뽑기라는 걸 눈치채는 데에는 시간이 오래 걸리지 않았다.

"설마 이것 때문은 아니겠지……."

하지만 설마는 늘 사람을 잡는다고 하지 않았나. 그가 주머니의 끈을 풀어내자, 그 안에서 검은 나무패가 바닥으로 떨어졌다. 그의 시선이 바닥에 떨어져 있는 검은색 패에 고정되었다. 곧 그것이 무엇인지 알아차린 시하루는 한숨을 내쉬며 무너져 내리듯 바닥에 앉았다.

"무슨 뽑기 운이 이렇게도 없어?"

"꽃따리 오빠! 뭐하는 거예요? 얼른 그거 돌려주세요!"

언제 일어난 건지 모를 유아가 시하루에게 매달렸다. 시하루가 나무패를 어떻게 할 거라고 생각한 그녀였지만 너무나도 쉽게 종이를 돌려받을 수 있었다.

"이것 때문인 거지?"

"음……."

괜히 그에게서 그만두라는 말이 나올까 걱정된 유아는 아무런 말도 할 수가 없었다. 결국 우물거리는 그녀의 대답을 기다려 주고 있던 시하루가 먼저 입을 열었다.

"잘 들어. 부부 사이에는 거짓말하는 것은 물론 해야 하는 말을 숨기는 것도 안 되는 거야. 알겠어?"

"……네."

어느새 상황이 역전되었다. 유아의 앞에 자리 잡고 앉은 그는 어느새 서로를 생각하고 배려해야 하는 아름다운 마음가짐에 대한 훈계를 늘어놓기 시작했고, 유아는 경청하며 고개를 끄덕였다. 굵고 짧은 훈계를 끝낸 그가 서운하다는 표정으로 바뀌어 기죽어 있는 유아에게 따지듯 말했다.

"왜, 내가 말릴 거라고 생각했어? 말했잖아. 네가 하고 싶은 거 최대한 할 수 있게 해 주겠다고."

"나도 당황스러워서…… 말 안 해서 미안해요."

티를 내지 않았지만, 그녀 역시 검은 패에 겁을 먹었다.

"지난 몇 년간 한 번도 선택된 적이 없었는데 어떻게 이걸 뽑았냐…… 다른 의미로 대단하다. 그러고 보니 유시후는 뭐 뽑았어?"

"오라버니는 하얀색 패를 뽑았어요."

그녀는 하얀색 패에 대한 설명은 듣지 못했기 때문에 그것이 무엇을 의미하는지 역시 모르고 있었다. 얼핏 그가 그 종이를 뽑았을 때 주위에서 부러움의 시선을 받았던 것으로 보아, 좋은 게 틀림없다.

"그 녀석이 더 대단하네. 이번에는 좋은 의미로."

"좋은 거예요?"

"그건 그냥 통과야. 운도 실력이라고 하잖아."

유아는 갑자기 배가 아파져 오는 거 같았다. 오라버니가 자신의 위에 서 있다는 것도 불만인데, 이런 운까지 따르다니!

"그래서, 과제 내용이 뭐야? 뭐기에 그렇게 겁을 먹은 거야?"

다시 원래의 문제로 관심을 돌린 그가 묻자 아무 생각 없는 유아가 밝은 목소리로 말했다.

"하휘도(島)와의 교역 문제 해결! 이거 뭐예요? 재미있을 거 같은데?"

순간, 시하루의 얼굴에 살짝 그림자가 드리워졌다.

"이번에 천유국에서 열리는 연회 때 하휘도에서 사신이 온다고 들었거든요. 그때가 바로 기회예요!"

"응, 들었어. 그나저나 하휘도라……."

하휘도.

그곳은 천유국에서 조금 떨어져 있는 섬나라. 면적은 천유국의 절반 정도로 작은 나라이다. 특이한 점이라면 오직 그 나라 안에서 모든 생산과 소비를 하는 자급자족의 나라라는 것. 하지만 이 섬의 독특한 기후에서만 재배되는 약초의 효능은 유명해, 다른 나라들은 그 약초를 매입하기 위해 어마어마한 대가를 치를 정도였다. 그것은 천유국 또한 마찬가지. 하지만 몇 년 동안 그들의 뜻을 꺾을 수가 없었다.

"하기도 전에 이런 말 해서 정말 미안한데…… 너 이거 못 해."

"해 보기도 전에 그러는 게 어디 있어요? '자신에게 한계를 정하지 마라!'라는 명언도 있잖아요."

무조건 할 수 있다고 말하는 유아를 바라보던 시하루의 머릿속에 어떤 인물이 스쳐 지나갔다. 기억하고 싶지 않다는 듯 인상을 찌푸린 그는 어떤 이름을 입 밖으로 내었다.

"서궁후."

"네?"

“하휘도의 왕, 서궁후. 그 녀석은 정상이 아니야.”

“걱정하지 마세요. 단련됐으니까.”

아무렴, 성질 나쁜 호랑이와 못된 남편을 견디어낸 세월이란 게 있는데 어떻게든 되지 않겠느냔 말이다. 하지만 정말 미안하게도, 시하루는 지금 너무도 낙천적인 반응을 보이는 그녀의 뜻을 꺾어야 했다.

“아니, 그 왕은 미친놈이야. 대화가 안 통하는 놈이라고.”

“차근차근 시도해 보면 대화 정도…….”

“아니 그게 아니라.”

도대체 뭘 믿고 이러는지는 몰라도, 뭐든 긍정적으로 생각하는 유아에게 보통의 문제가 아니라는 걸 제대로 알려주는 게 우선이다. 그러한 다음에도 그녀가 겁을 먹지 않는다면 그때는 남편으로서 어떻게든 도와줘야지, 뭐.

“난 지금까지 그 녀석 목소리를 들어 본 적조차 없어. 심지어는 얼굴도 제대로 본 적이 없어.”

만난 적은 많았지만, 그가 어떤 사람인지 누구인지조차 알 수가 없는 존재라는 걸 알려야 했다. 하지만 그럼에도 불구하고 그녀의 표정에는 ‘걱정’이란 단어 따위 보이지 않았다. 오히려 활짝 웃으며.

“괜찮아요. 꽃따리 오빠가 도와줄 거잖아요?”

그녀의 말에 또 한소리 하려던 시하루의 표정이 풀리더니 실실 웃기까지 하며 고개를 끄덕였다.

"아, 너 자신을 믿는 게 아니라 날 믿고 있는 거였구나. 그건 좋은 마음가짐이야."

―둘째 날

아침. 눈을 떠 보니 시하루가 자신의 옆에서 손을 잡은 채 잠들어 있는 게 유아의 눈에 가장 먼저 들어왔다. 여전히 잠들어 있을 그를 이해할 수 없다는 표정으로 바라보던 유아는 그가 깰까 봐 조심스럽게 손을 빼고 몸을 일으켰다. 오늘은 특별한 날이기 때문일까. 평소보다 일찍 일어난 그녀는 시간을 보내기 위해 자고 있는 시하루 관찰에 들어갔다.

솔직히 객관적으로 봐도 완벽한 남편감인 건 확실하다. 물론 보통 이상의 집착과도 비슷한 성격 때문에 배로 귀찮다는 게 흠이긴 하지만 말이다. 조건을 따지자는 건 아니지만, 직업도 왕이면 말이 필요 없고 마음씨도 나름대로 착하고 외모도! 괜히 처음 만났을 때 '꽃따리 오빠'라는 애칭을 붙여 줬겠는가.

"무슨 생각을 하는데, 날 그렇게 뚫―어져라 쳐다봐?"

깼으면 얼른 일어나지 괜히 자는 척을 해서 사람 헷갈리게 하고 있어.

"왜 희수궁에서 자요? 그리고 왔으면 깨우든가."

자는 사람을 뚫어져라 바라봤다는 사실을 들킨 것이 창피한지 유아는 살짝 당황했지만, 아무렇지 않은 듯 화제 전환을 시도했다. 분명 나쁜 생각이나 이상한 마음을 먹은 적은 없다만, 눈앞에 있는 상대는 뭐든 저 좋을 대로 받아들이는 남자 시하루였으니, 아침부터 놀림당할 순 없었다.

"네가 있는 방이 내 방이지."

목소리에서 여전히 졸린 것이 느껴졌다. 제정신이었으면 끝까지 추궁했을 그의 판단력과 집착이 아침이라는 장애물을 넘지 못했다. 반 정도 깨어 있는 상태로는 그녀의 마음을 읽기 힘든 모양이다.

"그럼 오늘 저녁은 야외 취침이나 해 볼까요? 대자연을 방으로 삼으면서."

"감기 걸려."

자신이 있는 곳이 제 방이라 말하고 있는 시하루에게 유아가 장난스러운 미소를 지어 보이며 말하자, 그가 바로 대답했다. 그건 조금 곤란하다는 그의 표정을 즐기고 있던 유아는 곧 시하루의 얼굴에 맴도는 악마 같은 미소에 멈칫했다.

"그런데 아까 나 보면서 무슨 생각 한 거야?"

아침이어서 판단력이 흐려졌다는 건 아무 문제없었나 보다.

"벼, 별 생각 안 했거든요……. 그냥 꽃따리 오빠는 시력이 나쁜 게 아닌가 하고 생각한 거뿐이에요."

일단 시선을 피해 보는 것으로 순간을 모면하려 했지만 그녀는 결국 대답했다.

"시력? 내 눈이 왜?"

“아무리 내가 귀엽다고는 해도. 2년이면 콩깍지가 벗겨질 때도 되었는데…….”

“듣기 싫어? 귀엽다는 말.”

평소에도 자신의 입으로 예쁘다느니 뭐라 하면서 그가 말하는 건 신경 쓰이는 모양이다.

“뭐, 그냥요. 솔직히 귀엽다는 말을 들을 나이는 지난 거 같은데요.”

“말보다도 누가 그렇게 말했느냐가 중요한 거지. 개인적으로 난 좋던데. 너랑 처음 만났을 때 네가 했던 말.”

“……제가 뭐라고 했었죠?”

당시의 유아는 오래간만에 처음 보는 낯선 이를 만났다는 기쁨에 들떠 있었기 때문에 자신이 무슨 말을 했는지 정확하게 기억해 내지 못했다. 사실은 일방적으로 한 말이 너무나 많은지라 그중에 딱 하나를 꼽을 수가 없었다.

“요즘은 예쁜 남자가 대세라고. 그래서 오빠는 꽃따리 오빠. 이 부분.”

꽃따리 오빠라는 애칭이 마음에 들었다는 말인데, 하긴 그렇지 않고서야 스스로 서화당에 보낼 편지에 가명으로 ‘적화유’라고 적어 보냈겠는가.

“물론 멋지다는 말이 더 좋긴 하지만, 누가 말해 준 건데.”

“꽃따리 오빠도 멋져요. 단지 예쁘다는 생각이 좀 더 클 뿐이지.”

이렇게 훈훈하게 끝나면 참 좋을 텐데. 유아가 창피함을 무릅쓰고 한 말을 그냥 넘길 수 없는 시하루는 스스로 매를 벌었다.

"뭐야? 오늘따라 왜 이리 순순히 인정해? 진짜 뭐야? 드디어 나 최대의 연적인 공부를 뛰어 넘은 거야? 아니면 외모에 신경 쓰는 사춘기에 접어든 거야?"

"그런 거 아니거든요!"

2년 차 부부의 가벼운 아침 다툼에 문밖에 서 있던 궁인들이 흐뭇하게 웃으며 중얼거렸다.

"오늘도 아침부터 소란스러운 걸 보니 평화로운 하루가 되겠군요."

*　　*　　*

"다 됐어?"

계속 문밖에서 기다리고 있었던 건지, 유아가 방을 나서기 무섭게 시하루가 다가왔다. 그의 시선이 아주 잠시 유아의 옷차림을 훑어보는가 싶더니 곧 한숨을 내쉬었다. 아무래도 마음에 안드는 모양이다. 그도 그럴 것이 현재 그녀가 입고 있는 옷은 기품이나 지위가 느껴지는 왕후로서의 복장과는 거리가 먼, 단정함을 최우선으로 둔 평범한 신입 관리의 복장이었기 때문이다.

"……안 묶는 게 더 예쁜데……."

마무리로 머리를 깔끔하게 질끈 묶는 그녀를 바라보던 그가 말했다. 그러자 유아가 피식 웃었다.

"과제 끝나면 계속 풀고 있어야겠네요."

"그렇다고 안 어울린다는 건 아니었어."

"알아요. 난 뭐든 잘 어울리거든요."

도대체 어디서 나오는 자신감인지, 그녀는 당당해도 너무 당당했다. 물론 그 역시 그녀의 말에 전적으로 동의했지만.

"자, 그럼 시작하기 전에 마지막으로 확인해 볼까요?"

나름대로 눈에 힘을 주고 있었지만, 그다지 위협적이지 않다. 하지만 그녀가 죽으라면 죽는시늉도 할 수 있는 시하루는 이번 역시 두렵다는 반응을 연기하며 고개를 끄덕였다.

"알아. 제대로 기억하고 있다고. 과제 기간에는 왕후가 아닌, 평범한 예비 관리로 대할 것."

"좋아요. 만에 하나라도 약속을 어기면! 영희궁에서 십 년 동안 지내다 올 거예요."

"대신 약속 지켜. 통금시간 잘 지키고, 일이 끝나면 신입 관리 기숙사가 아니라 희수궁에서 지낼 것."

"약속."

서로와의 약속을 다시 확인한 그들이 고개를 끄덕이며 밖으로 나갔다. 일단 약속을 하긴 했지만, 만족스럽지 않은 몇 가지 조항들이 여전히 거슬리는 듯 그는 인상을 찌푸리면서 끝까지 중얼거렸다.

"도와줘도 된다고 했으면서. 나 믿는다고 했잖아."

아무래도 유아가 그에게 했던 '믿는다.'라는 말에 적지 않은 감동을 느꼈나 보다. 그의 작은 투덜거림에 앞서 가던 유아는 잠시 걸음을 멈추었다.

"그러니까 대놓고 도와주지 말라는 의미였어요. 여기까지, 알아들었겠죠?"

"응. 잘 알아들었어."

뒤에서 몰래몰래 도와주는 건 괜찮다는 말이네. 좋았어.

"벌써 다 왔네."

왼쪽은 중앙궁의 조회실로 가는 길. 오른쪽은 신입 관리 교육관으로 가는 길. 갈림길에 도착한 시하루가 아쉽다는 듯 중얼거리며 잡고 있던 유아의 손을 놓지 않고 있었다. 잠시 그의 기분에 맞춰 주고 있던 유아가 피식 웃더니 가만히 있던 시하루의 볼에 쪽하고 입을 맞췄다.

"자, 집중! 서로 각자 일에 힘내자고요. 알았죠?"

"응."

이것이 바로 그녀가 이 나라. 천유국의 왕을 다루는 방법이다. 그런 그녀의 능력(?)을 볼 때마다 이신은 매번 감탄하고는 했다. 하지만 오늘은 그럴 시간이 없다.

"조심하세요. 하휘도의 왕 서궁후, 그분은 보통이 아닙니다."

하휘도에서 온 사신을 만나러 가는 길. 유아를 데려다 주기 위해 함께 나섰던 이신이 오히려 더 긴장하며 말했다.

"그동안 아무 반응도 없다가 이렇게 갑자기 사신을 보내는 게 조금 의심스럽기는 하지만……."

물론 잘된 일이기는 하지만 마냥 좋아할 수 없는 일이다. 그동안 교역을 위해 천유국에서 보낸 편지들이 얼마나 되는데. 지금까지 제대로 답한 적 없는 하휘도에서 유아의 편지 한 통에 이리 넘어온다는 건 정말 거짓말 같은 일이었다. 도대체 편지에 뭐라고 쓰셨기에?

답장을 보내 왔다는 것만으로도 놀라운데 여기서 끝이 아니었다. 교역을 원하는 건 천유국 측. 즉, 사신을 보내도 천유국에서 보내야 했다. 그런데 그쪽에서 직접 사신을 보낼 줄이야. 마침 천유국에서 열리는 연회에 하휘도의 사신을 보내겠다는 답장을 받았을 때조차도 이신은 믿지 못했다.

"사신이라고는 하지만 그 왕에 그 신하니 아마 만만치 않을 거예요. 조심하세요."

"네. 걱정하지 마세요."

시하루도 그렇고 이신도 그렇고, 아직 만나지도 않았는데 겁을 주다니. 귀빈이 머무는 방 앞에 도착한 유아가 마지막으로 깊이 숨을 내쉬며 눈을 반짝였다.

"좋았어."

＊　　＊　　＊

"하아……."

안 그래도 할 일이 많은데 하휘도의 사신 일로 신경이 예민해진 탓에 더욱더 피로감을 느낀 유아가 한숨을 내쉬며 정원을 걷고 있었다. 원래대로라면 지금 사신과 만나 교역에 관한 열띤 토론을 하고 있어야 했지만……. 터덜터덜 힘없이 걷던 유아가 잠시 걸음을 멈추고 하늘을 올려다보며 또 한 번의 한숨을 내쉬었다. 그러자 방금 전 그녀를 덮쳤던 소동이 어렴풋이 떠오르기 시작했다.

조금 전 이신과 헤어진 그녀는 당당하게 사신이 기다리고 있다는 방에 들어섰다. 그런데…….

"분명히 계셨는데! 잠시만요! 유아 님, 잠시만 기다려 주세요!"

방 안이 소란스럽다. 분명 방금 전만 해도 계셨다는 하휘도 사신의 모습은 온데간데없고 텅 빈 자리만이 그녀를 반기고 있었다.

"음……."

궁인들이 당황하며 일사불란하게 움직이기 시작했다. 다행인지 아닌지, 예상치도 못한 일에 유아는 약간 남아 있던 긴장이 풀려 버렸다. 행방불명된 사신을 방 안에서 얌전히 기다리기 지루했던 그녀는 잠시 밖에 나갔다가 오겠다는 말만을 남긴 채 자신을 막는 사람들을 뿌리치고 나와 정원을 걷고 있었다.

"졸려……."

수면부족인 건가. 아까 시하루의 앞에서는 괜찮으니 걱정하지 말라고 당당히 말했지만…….

'약한 모습 보이는 건 싫은걸.'

유아의 눈이 다시 반짝이기 시작했다. 조금 더 힘내 보자 속으로 다짐하며 한 발자국 내디디려는 순간.

"응?"

그녀의 발에 무언가가 걸렸다. 고개를 갸웃거리며 아래로 내려간 그녀의 시선에 사람의 발로 추정되는 것이 들어왔다. 사람이 분명하다. 옆에 있던 나무에 가려 보이지 않았지만, 하늘하늘하고 조금은 화려한 치마를 입은 상대는 눈이 부신 것인지 팔로 눈을 가린 채 누워 있었다.

"……저기요?"

그냥 지나칠 수도 있었지만 일단 정원 바닥에 누워 있는 사람이 죽었는지 살았는지 생사를 판단해야 했기에 유아는 조심스럽게 손을 뻗었다.

"……."

일단 가볍게 몇 번을 흔들어 깨워 보려 했지만 일어날 기미가 보이지 않았다.

'설마 죽은 건 아니겠지?'

대충 맥이라도 짚어보기 위해 손을 잡으려고 하는데, 그제야 유아의 기척을 느낀 건지 누워 있던 여인이 화들짝 놀라며 몸을 일으켰다.

"……."

이제 막 잠에서 깬 탓에 약간은 멍해 보이는 여인의 눈이 유아를 향했다. 유아 역시 궐 안에서 본 적 없는 여인에게 호기심이 생겼다. 같은 여자가 봐도 부러울 정도로 투명하고 새하얀 피부에 부드러운 갈색의 머리를 양 갈래로 묶은 그녀는 평범한 궁녀라고 생각하기에는 차림이 너무나 화려하고 기품이 느껴졌다. 알 수 없는 표정으로 유아를 뚫어져라 바라보던 그녀가 갑자기 생글생글 웃더니 대뜸 유아에게 말을 걸었다.

"귀엽게 생기신 분이네요."

"아…… 감사합니다……."

귀엽다고 칭찬을 받았지만 너무도 갑작스러웠기에 유아는 당황했고, 여인은 여전히 웃고 있었다.

"어머, 저 잠이 들어 버린 건가요? 이것 참, 타국에 와서 이런 추태를 보여 정말 죄송합니다."

"어…… 죄송해요. 뭔가 문제가 있는 건 아닌가 하고 깨웠는데……."

"아, 그냥 졸려서 잠깐 앉아 있으려고 한 게 그만 잠이 들어 버렸네요."

얼굴에서 미소가 지워지지 않은 여인이 자세를 바로잡아 다소곳이 앉으며 말했다. 유아는 자신을 뚫어져라 바라보는 그녀의 시선이 신경 쓰였지만 왠지 모르게 친하게 지낼 수 있을 것만 같은 기분이 들다 보니 어느새 처음 보는 그녀를 따라 웃고 있었다. 순식간에 친해진 둘은 어느새 마주 앉아 이야기꽃을 피워 나갔다. 유아는 이미 그녀가 처음 보는 사람이라는 사실과 자신이 지금 하휘도의 사신을 만나야 한다는 사실을 잊은 상태였다.

"아, 이거 드실래요?"

말 많은 여인 둘이 모이니 별 거 없는 대화라고는 해도 시간이 훌쩍 지나가 버렸다. 출출해진 유아가 품 안에서 과자가 들어 있는 주머니를 꺼내 들며 말했다.

"나이가 비슷한 분은 오랜만이다 보니 저도 모르게 흥분해 버렸네요. 다른 사람은 항상 저를 어린애 취급하거든요."

"아~ 그 기분 알아요. 어렸을 때부터 자라 온 모습을 본 사람이 더더욱 그렇죠. 정말 귀찮다니까요. 도망치고 싶은 기분이 들 정도로."

유아가 내민 과자를 집어 먹던 여인이 이해할 수 있다는 듯 고개를 끄덕이며 말했다.

"도망이라……. 하지만 전 그런 용기는 또 없어서……."

남편이라는 남자는 이 나라의 왕이요, 피가 섞이지는 않아도 일단 오라버니라는 남자는 호랑이였으니 그들의 시야에서 벗어난다는 건 거의 무리일지도.

"어머, 우리 그 점은 다르네요. 전 도망쳤거든요. 도망이라고는 해도 일 때문이지만. 원래 다른 사람이 하기로 한 일이었지만, 갑갑한 곳에서 벗어날 이 기회를 놓칠 수가 없었죠! 하하, 아마 지금쯤이면 난리가 났겠네요."

너무도 당당하게 도망쳤다고 말하는 여인을 존경스럽다는 눈빛으로 바라보던 유아가 '그러고 보니……'라는 말을 하며 화제 전환을 시도했다.

"그러고 보니 천유국에는 무슨 일로 오신 거예요?"

이제 와서 묻기도 뭐했지만 다시 생각해 보니 이상하긴 했다. 다른 곳도 아니고 경비가 삼엄한 타국의 궐에서 대낮에, 그것도 저렇게 화려한 차림을 한 여인이 아무렇지도 않게 낮잠이나 자고 있다는 게 이상하지 않은가? 분명 '일'이라고는 했던 거 같지만. 유아의 질문에 여자가 잠시 고민하더니 싱긋 웃으며 앉은 채로 예의를 갖춰 인사했다.

"아, 제 소개가 늦었군요. 안녕하세요. 저는 이번에 하휘도에서 온 사신, '사유'라고 합니다. 잘 부탁합니다."

"……."

쉴 틈 없이 말할 때는 언제고, 갑자기 말이 없어졌다. 자신을 '사유'라고 소개한 여인을 사고가 정지된 사람처럼 멍하니 바라보던 유아가 갑자기 벌떡 일어나더니 외쳤다.

"죄송합니다! 하휘도에서 오신 사신인 줄 모르고! 안녕하세요, 저는 이번 신입 관리로 뽑힌 소……이랑이라고 합니다."

그제야 자신의 의무를 떠올린 유아가 어쩔 줄 몰라 하며 당황하자, 사유란 여인이 피식 웃으며 고개를 저었다. 왜 본명이 아닌 서하연의 호를 그녀에게 말했는지는 그녀 역시 의문이었지만, 왠지 그래야 할 것만 같았달 까?

"어머, 괜찮아요. 저도 이렇게 귀여우신 분이 신입 관리일 줄은 생각도 못 했으니까요."

설마 나이가 비슷해 보이는 이런 화려한 여인이 사신으로 올 줄은 유아 역시 생각지도 못했다. 뭐지? 애초에 하휘도에서는 이 교역 문제에 관해 관심이 없는 건가? 그래서 그냥 관광 차원으로 사유를 보낸 건가? 아니, 겉모습만 보고 판단하지 말라는 말이 있듯 그녀 역시 특별한 존재인 걸까?

사유 역시 유아 못지않게 그녀에게 관심이 가는 모양이었다. 무언가를 알아내려는 듯 아무 말 없이 유아를 응시하던 사유가 기대감에 부푼 목소리로 물었다.

"그러면 하휘도에 그 편지를 보내신 분이……."

사유의 말에 유아가 움찔하며 잠시 시선을 피하는가 싶더니 곧 고개를 끄덕였다.

"……제가 보낸 거 맞아요. 혹시 화를 내셨다거나 그러진 않으셨나요?"

유아의 대답에 사유의 호기심 가득하던 눈이 이제는 부담스러울 정도로 반짝이며 걱정하지 말라는 듯 손을 저었다.

"아뇨아뇨, 그 녀석은 바보니까. 아니지, 오히려 그런 걸 더 좋아한달까요? 참고로 우리 왕은 취향이 독특해요."

"다행이네요. 사신으로 가기 전에 편지를 보내라는데 아무리 생각해도 뭐라고 써야 할지 모르겠더라고요."

찾아뵙기 전에 미리 방문 편지를 보내라는 이신의 말에 그녀는 습관처럼 연노랑 색종이를 앞에 놓고 붓을 들었다. 하지만 도통 뭐라고 써야 할지. 그동안 많은 사람이 하휘도의 왕에게 편지를 보냈지만 방문 허가는커녕 답장조차 오지 않았다고 했다. 과연 내가 보낸다고 그 왕이 읽을까? 문제는 '읽게 하는 것.' 일단은 겉봉을 뜯어 편지를 읽게 만들어야 했다.

'어떻게 하면 편지를 읽게 할 수 있을까?'라는 문제로 유아는 며칠 동안 고민에 빠졌다. 그리고 결국 그녀는 머리 아프게 고민하는 것을 때려치우고, 될 대로 되라는 생각으로 편지를 적어 보낸 것이다.

"우와, 그 편지를 쓰신 분을 한 번 만나 뵙고 싶었는데 이런 우연이! 제가 볼 때 이건 보통 연이 아닌 거 같아요. 우리 앞으로 친하게 지내요!"

"네! 아, 천유국에서 지내시는 동안 불편함 없도록 노력하겠습니다."

왠지 일이 잘 풀릴 것만 같은 느낌에 유아는 미소 지었다. 사신이라는 말에 잔뜩 긴장부터 했지만, 그녀는 특유의 친화력으로 마치 오래전부터 알고 지낸 친구 같은 느낌이었다. 어쩌면 앞으로도 좋은 관계를 유지할 수 있을지도 모른다는 생각이 들 정도로.

"자, 그러면 우선……."

드디어 일할 생각이 든 건가 싶은 유아가 눈을 반짝이며 방으로 안내하기 위해 앞서 가려는데 그녀의 손을 붙잡은 사유가 그대로 그녀를 반대쪽으로 끌고 가기 시작했다.

"어…… 저기……."

“이랑은 어떤 음식을 가장 좋아해요? 저는 단 거면 전부 좋은데.”

“네? 음, 저는…… 아니 그게 아니라! 지금 어디 가시는 거…… 회의실은 저쪽인데…….”

“무슨 소리예요! 타국에 왔으니 우선은 시장 조사가 먼저죠!”

시장 조사라는 말에 나름대로 바닥에 붙어 있기 위해 힘주어 버티던 유아의 발걸음이 떨어졌다. 천유국에 대한 정보 조사를 먼저 하겠다니, 역시! 의욕적이신 분이셨어! 새롭게 존경심이 들기 시작한 유아였지만, 그녀의 기대는 곧바로 무너져 내린다.

“우선은 천유국에서 유명한 맛집 탐방이 우선이겠죠?”

일하러 왔으면서 일보다 이상한 걸 우선시하는 여인에게 유아는 반항하지 못하고 그대로 중앙문을 향해 끌려가다시피 했다.

“저기요. 저기요!”

이러지도 저러지도 못하고 끌려가는 유아를 힐끔 바라보던 사유가 희미하게 웃으며 중얼거렸다.

“그나저나 정말 귀엽게 생기신 분이네요. 이거이거 큰일인데요…….”

작은 목소리였지만 그것을 용케 들은 유아가 끌려가는 도중임에도 불구하고 물었다.

“큰일이라니요?”

그녀의 질문에 앞서 가던 사유가 일이 재미있게 돌아간다는 듯 빙글 돌며 말했다.

"서궁후. 우리 왕은 귀여운 분에게 약하시거든요. 아아, 앞으로 어떻게 나올까나~."

앞으로 어떻게 나오다니? 뭐지? 유아는 계속해서 자신을 힐끔 거리며 의미심장한 미소를 짓고 있는 사유의 시선이 슬슬 신경 쓰이기 시작했다. 뭔가 찝찝했지만 그게 뭐 대수랴. 이 교역 문제 는 그녀에게 있어서 전쟁과도 같았다. 즉, 서궁후라는 왕은 적이 다. 적을 알고 나를 알면 백전백승이라고 사유를 통해 적에 대한 정보를 얻어야 했다.

*　　*　　*

─셋째 날

"우리의 약속은 어디로 갔을까요?"

"잠깐 보러오는 거 정도는 괜찮잖아."

얼굴에 그의 방문에 대한 환영이 드러나고 있음에도 불구하고 툴툴거리는 그녀였다. 그런 색다른 환영 인사를 받는 것이 이제 는 익숙해진 시하루가 그녀의 볼을 잡아당기며 말했다.

"괜찮아?"

사실 시하루는 어제 유아가 하루 종일 궐 밖을 끌려 다녔다는 말에 걱정되어 아침 일찍 찾아왔던 것이다.

"아무리 타국의 사신이라고는 해도, 너무 기분 맞춰 주려고 무리할 필요는 없어."

"아니요. 무리할 때는 해야죠."

딱 부러지게 말하는 그녀에게 더 말해 봤자 소용없다는 사실을 깨달은 시하루가 피식 웃으며 머리를 쓰다듬어 주었다.

"빨리 끝났으면 좋겠다. 그래도 너무 무리하지는 말고."

"걱정하지 말라니까요. 이래 봬도 한 체력 하니까요!"

*　　*　　*

"……."

분명 시하루 앞에서 큰소리친 그녀였다. 하지만 그 말과는 다르게, 아직 오전이었지만 유아는 이미 체력이 다한 상태이다. 도대체 뭐가 어떻게 되어 가고 있는지 모르겠다. 어제 막 하휘도에서 왔다는 사신, 사유와 친해졌다. 그리고 천유국에서 유명한 먹거리들을 먹어 보고 싶다는 이유로 그녀는 오후 내내 끌려 다녀야 했다. 정작 교역 문제에 대해서는 한 마디도 나누지 않은 채 쓸데없는 하루가 순식간에 지나갔고 내일은 제대로 일에 대한 이야기를 나눌 수 있겠지 싶었는데…….

"오늘도 이렇게 지나가는 건가……."

오늘 아침, 어떻게 안 건지 모르겠지만 궁녀가 기상을 알리러 오기도 전에 유아의 방을 찾은 사유 덕분에 평소보다 일찍 일어난 그녀였다. 아니, 그것까지는 좋다고 치고. 분명 어제로 끝이 났을 천유국 맛집 탐방을 다시 시작하자는 사유의 말에 유아는 저도 모르게 한숨을 내쉬고 말았다.

물론 그녀 역시 '먹을 것'을 좋아했고 그것에 대한 욕심도 엄청났지만, 늘 공부와 일이 먼저이다. 이렇게 해야 하는 것들을 다 제쳐 놓고 맛집 탐방이라니! 하지만 그녀는 아주 조금의 반항도 할 수 없었다. 괜히 사신의 마음을 상하게 했다가 교역 문제에까지 영향을 끼치면 큰일이니까.

'최대한 어울릴 수 있을 때까지 어울려 줘야지.'

한계가 올 때까지만 참자. 그러고 보면 나쁜 일만은 아니지 않은가? 이것은 그저 고문일 뿐이다. 맛있는 고문.

"우와. 이 가게 음식 정말 맛있네요!"

"아는 언니가 추천해 준 곳이에요. 저도 처음인데 정말 맛있네요."

입속으로 들어오는 맛깔 나는 반찬들을 즐기는 유아는 이미 일과 공부를 잊어버린 듯했다.

"밥을 먹었으니 다음은 간식!"

유아가 밥 반 공기를 먹고 있을 때 두 공기를 뚝딱 해치웠으면서 더 먹으러 가자니, 유아 역시 먹을 걸 좋아했지만 이 정도는 아니다. 그녀는 진정한 식신이었다!

"이렇게 맛있는 건 많은 사람이 먹어 봐야 할 텐데 말이에요. 이 가게는 손님이 적네요."

"……."

“왜 그럴 거라고 생각하세요?”

뜬금없이 문제를 내다니? 한번 맞춰 보라는 건가? 문제의 의도를 파악하기 위해 고개를 갸웃거리던 유아가 어렵지 않게 대답했다.

“좋은 재료를 쓰는 만큼 가격이 높아졌기 때문이죠. 하지만 그렇다고 매출이 적은 건 또 아니에요.”

“그럼 왜 다른 가게들은 좋은 재료를 손에 넣지 못했을까요?”

계속해서 질문하는 사유를 뚫어져라 바라보던 유아는 곧 그녀가 무슨 의도로 이런 질문을 하는 건지 눈치챘다. 유아는 내색하지 않고 그저 자신의 앞에 놓인 차를 마시며 여유 있게 대답을 했다.

“재료 구매 경쟁에서 밀렸기 때문이 아닐까요. 좋은 재료인 만큼 비쌀 테니까요.”

“그래요, 경쟁. 그게 문제예요. 경쟁이 있는 곳에 평등이란 존재할 수 없어요. 우리나라는 우리만의 문화와 방식이 있죠. 지금 다른 나라들이 탐내는 약초들. 우리나라에서 약초상은 다른 사람들과 별반 다를 게 없어요. 하지만 교역이 시작되면 약초상들은 엄청난 부를 축적할 수 있겠죠. 그리고 계절별로 채집되는 약초의 수는 한정되어 있어, 수출까지 하면 국내 약초 가격이 오를 거예요. 살 수 있는 사람과 그렇지 못한 사람들이 생기겠죠.”

자신이 말하고 싶은 게 바로 그것이라는 듯 사유는 눈을 반짝이며 빠르게 말했다. 하지만 유아 역시 만만치 않은 상대였다.

"그렇다면 그 나라 왕은 무능력한 왕이군요. 심지어 바보에 겁쟁이."

일개 대신 따위가 제 나라 왕을 모욕하고 있는데 사유는 침착해 보였다. 아니, 오히려 재미있는 소리를 들었다는 듯 즐거워 보이기까지 했다. 그러고 보면 그녀는 어제도 제 입으로…….

'아뇨아뇨, 그 녀석은 바보니까. 아니지, 오히려 그런 걸 더 좋아한달까요? 참고로 우리 왕은 취향이 독특해요.'

아무리 특이한 왕이라지만 그녀 역시 신하일 텐데…… 친구라든가, 왕과 특별한 관계일지도. 유아가 어느 정도 생각을 정리하고 있을 때 사유는 왜 그렇게 생각하는지 들려 달라는 듯 그녀를 바라보고 있었다.

"그렇게 되지 않기 위해 존재하는 게 왕 아닌가요? 아예 발전을 포기하기보다는 그로 인해 생기는 피해를 축소시키기 위해 노력해야 하는 거 아닌가요? 새로운 시도로 인해 생길 부작용이 두렵다고 피하는 거잖아요. 해 보지 않은 일에 대한 도전에는 늘 위험이 따르기 마련이에요."

"……."

"하휘도는 다른 무엇들보다 평등을 우선시하는 국가라고 듣기는 했어요. 하지만 그렇다고 새로운 도전을 피하고 모든 경쟁을 없앤다는 건 좀 그렇지 않나요?"

어제 하루 종일 떠들던 모습이 거짓인 것처럼, 조용히 앉아 유아의 말을 경청하던 사유는 다 마신 찻잔을 옆으로 밀어냈다.

“그럼 이랑은 노력만 있으면 사람들이 살아가는 곳에 완벽한 평등이 존재할 수 있을 거라고 생각해요?”

“아니요. 그건 불가능하죠.”

곧바로 ‘아니다.’라고 대답한 유아 때문에 사유는 멈칫했다. 한바탕 우겨보려는 태도로 말할 때는 언제고 자신 역시 그렇게 생각하지 않고 있다니, 이건 또 무슨 말인가. 잠시 얼이 빠져 표정 관리를 하지 못한 사유를 바라보던 유아는 씨익 웃었다.

“하지만 평등에 ‘가까운’ 사회는 있을 거라고 생각해요.”

이미 분위기는 유아 쪽으로 넘어간 상태.

“난 왕이란 백성들 모두가 자신의 나라를 좋아하게 만들어야 한다고 생각해요. 그러기 위해서는 모두가 똑같은 눈높이인 평등한 위치가 있어야 한다 생각하고.”

유아의 기에 눌린 탓인지 사유는 어쩐지 기가 죽은 듯했다. 하지만 유아는 더 이상 몰아붙이지 않고 오히려 곰곰이 생각하는가 싶더니 곧 고개를 끄덕였다.

“음, 그건 견해의 차이겠네요. 아, 아까 바보라고 한 거 취소할게요. 의외로 멋진 왕일지도 몰라요. 겁쟁이는 취소할 생각 없지만.”

“우리 왕이 멋지다고 생각해요?”

“백성들을 생각해 주잖아요. 자국의 고유문화에 신경도 쓰고 말이죠. 그런 의미에서는 백점짜리 왕이에요.”

“……”

어느 정도는 자신도 이해하고 인정한다고 솔직하게 말하는 유
아였다. 하지만 한 가지는 확실히 해 두겠다는 듯 그녀는 탁자를
손을 탕! 내려치며 마지막으로 주장했다.

"하지만 이건 확신할 수 있어요. 도전과 경쟁 없이는 발전할 수
없다는 거."

"……그럼 이랑은 그것을 위해 어떤 노력을 해야 한다고 생각
해요?"

"평등에도 여러 가지가 있겠지만, 제가 생각하는 평등은 출신
과 성별 등에 인생이 좌지우지되지 않는 거예요. 누구나 위로 올
라가는 사회가 아니라 누구나 위로 올라갈 수 있는 사회예요. 기
회가 중요하죠. 천유국의 상징이기도 한 서하연은 그것을 위한
작은 노력이에요."

이 나라 사람이 아니더라도 천유국의 서하연은 워낙 유명해 모
르는 이가 없었다. 그 교육 정신을 배우기 위해 직접 천유국으로
사신을 보내는 이들 역시 많았다. 아무리 하휘도가 작은 나라라
고는 해도, 사유 역시 서하연에 대해서는 익히 들어 알고 있었다.
서하연에 대해 생각하느라 잠시 말이 없는 사유를 아직 자신의
말을 이해하지 못했다고 생각한 유아는 최대한 그녀를 이해시킬
수 있을 예를 생각했다.

"아까 이런 음식을 못 먹는다고 했죠? 이렇게 생각해 보면 어
떠세요? 경쟁을 최대한으로 배제한 하휘도의 백성들은 이런 음식
은 아예 못 먹는 거고, 천유국 백성들은 모두가 이 음식을 먹어 볼

'기회'가 있는 거예요. 먹고 안 먹고는 개인별 노력에 달렸죠."

그 말을 마지막으로 유아는 다시 자리에 앉아 남은 다과를 집어 먹기 시작했다. 잠시 동안 둘의 탁자에는 그 어떤 대화도 오가지 않았고, 사유는 뚫어져라 말없이 유아를 바라보고만 있었다. 그렇게 얼마간의 시간이 지났을까. 갑자기 '큭'하고 웃는 소리가 들려 고개를 든 유아의 눈에는 웃고 있는 사유가 보였다.

"……그냥 꼬맹이라고 생각했는데…… 의외로 바른말을 해, 날 많이 놀라게 하네요."

'꼬맹이'라는 말이 심각하게 거슬렸지만, 최대한 거북한 티를 내지 않기 위해 유아는 일부러 찻잔을 높이 들어 차를 마셨다.

"이번 천유국에서 뽑은 대신은 영리하네요. 그리고 아주 특이해요. 겁도 없고 말이에요."

뜬금없는 칭찬에 유아는 당황스러웠다. '꼬맹이'라는 말에 상했던 기분이 짤막한 칭찬으로 인해 서서히 풀려, 그것은 곧 표정으로도 슬슬 드러났다.

"보통 '서궁후'라는 이름을 들으면 바로 인상부터 찌푸리던데."

"알아요. 꽃따…… 아니, 전하께서 엄청 특이하고 이상하신 분이라고 하셨거든요. 미리 마음의 준비를 하고 왔죠."

자신은 준비성이 좋다고 말하고 싶은 건지 괜히 우쭐해하는 유아였다. 사유는 그런 그녀를 바라보며 머릿속에서 어떤 것을 기억해 내기 위해 인상을 찌푸렸고, 곧 어렴풋이 어떤 이름을 떠올렸다.

“아…… 시하루.”

“어? 꽃따리 오빠를 알아요?”

너무도 순식간에 ‘꽃따리 오빠’라는 말이 지나갔지만 사유는 순간적으로 자신이 무슨 말을 들었는지 알아차리지 못했다.

“어? ……어, 아주 예전에 하휘도에 오신 적이 있었거든요. 유아와 같은 이유로. 교역 문제를 성사시키기 위해서.”

“전하께서는 그런 말 한 적 없었는데…….”

고개를 갸웃거리던 유아는 생각에 잠겼다. 사유를 만나러 가기 전, 분명 그가 말했다.

‘난 지금까지 그 녀석 목소리를 들어 본 적조차 없어. 심지어는 얼굴도 제대로 본 적이 없어.’

그런데 사유는 하휘도의 왕 서궁후와 시하루가 만난 적이 있다고 말하고 있다. 뭐지?

“아.”

다시 생각해 보니 이상했다. 그때 그와 그녀가 나눈 대화의 어떤 부분이 말이다. 정확하게는 시하루, 그가 하휘도의 왕과 제대로 만나 본 적이 없다고 말하기 전에 한 말이.

‘하휘도의 왕, 서궁후. 그 녀석은 정상이 아니야.’

‘걱정하지 마세요. 단련됐으니까.’

‘아니, 그 왕은 미친놈이야. 대화가 안 통하는 놈이라고.’

‘차근차근 시도해 보면 대화 정도…….’

‘아니, 그게 아니라. 난 지금까지 그 녀석 목소리를 들어 본 적

조차 없어. 심지어는 얼굴도 제대로 본 적이 없어.'

이상하다. 너무 이상해.

분명히 '대화가 안 통하는 놈'이라고 말했다. 그 말은 만나 대화를 시도한 적이 있다는 뜻이 아닌가? 그럼 둘은 정말 만나 이야기를 나눈 적이 있다는 건가? 아니, 만났건 안 만났건 중요한 건 그게 아니다. 왜 나한테 자세하게 이야기해 주지 않은 거지?

"전하는 어땠어요? 얌전히 하휘도만 둘러보고 돌아갈 성격은 아닐 텐데?"

"맞아요. 거의 하루 종일 서궁후와 싸우기만 했어요. 둘 사이에는 공통점이 없었고 의견 차이가 컸거든요."

재미있는 일이 생각났다는 듯 사유가 피식피식 웃으며 말하자, 유아는 좀 더 자세히 들려달라는 눈으로 바라봤다.

"하휘도에 머무는 내내 거의 밖에 나가 돌아다니기 바빴죠."

정작 일을 하러 가서는 관광을 하느라 정신없었다는 말에 슬슬 유아의 화가 끌어 오르기 시작했다. 과연, 왜 그녀에게 자신이 하휘도에 직접 갔었다는 말을 하지 않은 건지 이제야 알 수 있었다.

"그런데 재미있는 건 그가 떠나는 날, 뭐라고 하셨는지 아세요?"

"마지막까지 한바탕 했나 보죠?"

한번 자신이 마음에 들지 않아 하는 사람이면 끝까지 싫어하는 성격인 시하루를 떠올리며, 유아가 말했다. 그러나 의미심장한 미소를 짓고 있던 사유는 천천히 고개를 저었다.

“이 나라 꽤 괜찮네.”

응?

“배웅을 위해 나섰던 궁후는 비꼬는 거냐고 화를 냈죠. 그런 그
에게 천유국의 왕이 말하더군요. ‘나 역시 무슨 신도 아니고, 앞으
로 일어날 폐해에 대해 잘 대처할 수 있을 거라는 자신감도 없어.
그런 의미에서 이 나라, 나름대로 괜찮네.’ ……라고.”

교역 성사시키러 간 인간이 오히려 그 나라에 칭찬을 늘어놓고
왔다는 말이 된다. 유아는 이 일이 끝나고 다시 여유로운 생활이
돌아온다면 언젠가 하루 날을 잡아 시하루에게 교역 성사를 위한
마음가짐과 방법에 대해 강의를 하겠다고 다짐했다. 아니, 그것
보다도 우선은!

‘잘 들어. 부부 사이에는 거짓말하는 것은 물론 해야 하는 말을
숨기는 것도 안 되는 거야. 알겠어?’

본인이 그렇게 말해 놓고 이렇게 뒤통수를 치다니! 이거 억울
해서 그냥은 못 넘어갈 일이다. 앞에다 앉혀 놓고 그때 그가 한 말
을 똑같이 해 주리라! 혼자 분노하느라 바쁜 유아의 변화무쌍한
표정을 바라보며 즐거워하던 사유가 큰 소리로 웃었다.

“그 왕에 그 신하라고 생각했는데, 당신은 그 왕과는 정반대네
요. 아주 재미있어요.”

그제야 사유의 존재를 깨달은 유아가 재빨리 제정신으로 돌아
와 어색하게 웃어넘기려고 했다.

“그나저나 천유국의 왕이랑 친한가 봐요? 말하니까 얼굴이 활

짝 피네. 보통의 군신 관계가 아닌 거 같아요."

"음…… 보통의 군신 관계는 아니에요. 아마도."

군신 관계가 틀린 말은 아니지만 그것보다는 아무래도 부부 사이라고 말하는 편이……. 하지만 당분간은 제 일에만 집중하기로 했으니 군신 관계로 해 두자. 하지만 평범하지 않은, 조금 많이 특별한 군신 관계로.

"역시, 꽤나 총애를 받고 있는 모양이네요. 영리해서 그런가? 왕이랑 따로 알고 지내는 사이인가요? 친해요?"

"네? 아, 엄청 친해요."

부부 사이니까요. 유아가 활짝 웃으며 말하자 사유의 표정이 미묘하게 일그러지는 게 보였다.

"흐음…… 그 말을 들으니 이상하게 기분이 별로네요……."

사유의 말에 유아는 당황스러워했다. 도대체 어느 부분에서 기분이 상한 거지? 순간 자신이 말실수를 한 건 아닌가 하고 고개를 갸웃거리며 자신이 한 말을 돌이켜봤지만, 그렇게까지 무례한 부분은 없었다. 기분이 별로라 말하고 있는 사신에게 어떻게 반응하면 좋을지 몰라 고민하던 유아는 결국 자리에서 일어나더니 그녀의 어깨를 툭툭 쳐주는 것을 선택했다.

"어……음. 기운 내세요."

유아에게 격려의 말을 들은 사유는 어이가 없었던 건지 피식 웃어 버렸다.

"어제오늘 계속 밖으로 끌고 다녀서 미안했어요."

“아, 설마 일부러 그런 거였어요?”

유아의 얼굴이 ‘네가 감히 내 시간을 낭비하게 하다니!’라고 말하고 있었지만, 사유는 여유로워 보이는 미소를 지어 보이며 무시했다.

“귀로 듣는 것보다는 직접 보는 게 더 나을 거라고 생각했거든요. 사실은 혼자 돌아다닐 생각이었는데 정말 다행이네요. 당신을 만나서.”

“……사유, 어딘가 이상해요.”

제멋대로 행동하다가 갑자기 사과해 온 탓일까? 유아는 어제의 그녀에게서 느끼지 못한 어느 분위기를 느꼈지만, 그냥 기분 탓이겠구나 하고 넘어갔다.

“이랑이 말한 서하연에 대해 흥미가 생겼는데 내일은 그곳에 대한 이야기를 들려줄래요?”

“서하연이요? 물론 좋지요. 백문이 불여일견! 그럼 내일 직접 가 볼래요?”

서하연이라는 말에 유아의 눈이 부담스러울 정도로 빛나기 시작했다.

“어? 함부로 들어갈 수 없는 곳 아니었나요? 난 그렇게 들었는데…….”

“아, 저는 서하연의 꽃이어서 권한이 있거든요. 그리고 잠깐 정도는 들어갈 수 있을 거예요.”

어딘가 답답해 보이는 표정의 사유가 궐의 입구에서 유아와 헤어져 자신의 방을 향해 걸어가고 있었다.

"……."

"아, 이제 왔어? 빨리 왔네. 그런데 왜 하필 자네야."

사유가 자신을 기다리고 있던 게 분명해 보이는, 방문 앞에 서 있는 어떤 남자를 향해 말했다. 화가 나 보이는 남자가 사유를 뚫어져라 바라보더니 더더욱 인상을 찌푸리며 꼬고 있던 팔을 풀었다.

"먼저 가 버리시면 어떻게 하십니까? 그것도 혼자."

그의 말에 사유는 또 잔소리를 들어야 하느냐는 둥 중얼거리며 방문을 열고 안으로 들어섰다. 하지만 아직 자신이 할 말은 다 끝나지 않았다는 듯 남자는 자연스럽게 그 뒤를 따라 들어오며 계속 말했다.

"어디 가실 거면 훌쩍 떠나지 마시고 말씀 좀 하고 가시라고 몇 번을 말씀드려야……."

"편지 남겼잖아."

"하아…… 뭐, 됐습니다."

잔소리에도 꿈쩍 않는 사유의 태도에 남자가 한숨을 내쉬며 방 안에 있는 의자에 털썩 앉았다. 뭐, 이미 일이 이렇게 된 마당에 짚고 넘어가면 뭐하나……라고 생각한 그는 곧 사유를 꾸짖는 걸 포기했다. 하지만 한 가지는 포기 못 하겠다는 표정이다.

"……그나저나 또 그런 차림으로…….."

"남들 눈에 띄지 않고 좋잖아."

또다시 시작되려는 잔소리의 기운을 감지한 사유가 먼저 선수를 치는 것으로 남자의 입을 막았다.

"안 그래도 갈아입으려고 했어. 쉴 때까지 이 차림으로 있는 건 나 역시 불편하니까 말이야."

하고 싶은 말이 아주 많아 보이는 남자를 강하게 한 번 흘겨본 사유는 겉옷을 훌러덩 벗어 바닥에 던졌다. 그리고 작은 칸으로 나뉘어 있는 공간으로 걸어 들어갔고, 곧 부스럭거리는 소리가 들려왔다.

"계속 그런 차림을 돌아다니시다가 들키기라도 하시면 나라 망신이라는 걸 잊지 말아 주세요…….."

"알아, 알아. 조심할게."

"또한, 원래 오기로 한 사신 대신 이렇게 직접 사신 행세를 하시는 것 역시 들켜서는 안 됩니다…….."

"그래그래."

"좀 진지하게 들어 주세요…… 서궁후 님."

그의 말을 끝으로, 옷을 다 갈아입은 건지 시야에서 사라졌던 이가 다시 모습을 드러냈다. 긴 머리를 묶은 그는 확실히 예쁜 얼굴을 갖고 있었지만, 분명 여자가 아닌 남자였다.

"나 진지한데? 아, 맞다. 그러고 보니 할 말이 있는데."

"안 좋은 이야기가 아니었으면 좋겠습니다."

밖으로 나온 그에게 곱게 접힌 다른 웃옷을 건네던 남자가 걱정된다며 말했다. 하지만 사유란 이름을 썼던, 본명은 서궁후에 사실은 남자였던 그의 입에서 나온 건 아주 의외의 말이었다.

"나도 왕후 하나 두는 게 어떨까?"

"……예? 갑자기 그게 무슨 말씀이세요?"

돌아온 건 뜬금없이 그게 무슨 소리냐는 반응이다. 놀란 듯 여전히 멍하니 서 있는 남자의 반응이 별로 마음에 들지 않는 그였지만, 무언가 재미있는 것을 떠올린 듯 곧 표정이 살살 풀렸다.

"아주 재밌는 애를 발견했거든."

―넷째 날

가뜩이나 교역 일로 밖에 끌려 다니는 일이 잦은 요즘. 그 시간에 해야 하는 일들은 많은데 정작 할 수가 없었으니 할 수 없이 오전 오후의 일정들은 자연스럽게 저녁으로 미뤄지게 되었다. 덕분에 유아는 요즘 들어 충분한 숙면을 취하고 있지 못했다. 시하루는 밤늦게까지 신입 관리 교육실에 남아 일을 하고도 약속대로 잠은 꼭 희수궁에 와서 자는 그녀를 대견하게 생각해야 했다.

"또 책상에 엎드려서 잔다. 도대체 궁녀들은 뭐 하는 건지."

늘 와 보면 그녀가 불편한 자세로 자고 있는 것을 궁녀 탓으로 돌려 봤지만, 사실 그녀가 집중하기 어렵다는 이유로 일을 할 때는 다른 사람들을 밖으로 내보낸다는 걸 그는 아직 알지 못했다. 깨우고 싶은 마음이 굴뚝같았지만, 잠들어 있는 그녀의 손에 여전히 붓이 들려 있는 것으로 보아 분명 일하는 도중에 잠이 든 것이라.

"여기서 깨우면 나쁜 놈이겠지……."

그녀를 깨울까 말까 고민하는 그의 손이 몇 번을 움찔거렸지만, 결국 그는 그녀를 깨우지 않는 쪽을 선택했다.

"……왔으면 깨워요. 꽃따리 오빠."

하지만 그의 배려는 쓸모없는 것이었다. 이미 그가 문을 열고 들어와 방 안을 둘러볼 때, 잠귀가 밝은 유아는 그 소란스러움을 견디지 못하고 잠에서 깬 것이다.

"괜찮아? 나보다 더 바쁜 거 같아."

"바빠요. 요즘 들어 갑자기 빨리 편안한 노후를 보내고 싶어졌어요."

"얘는. 몇 살인데 벌써 노후야?"

진심으로 웃긴 건지 아니면 어이가 없어서 그런지는 모르겠지만 그는 웃으며 유아의 이마를 꾹꾹 눌렀다.

"시간이 한 십 년 정도만 빨리 가 버렸으면 좋겠어요."

"십 년 후라고 해도 노후는 멀었을걸."

지금으로부터 십 년 후라고 해도 30대 초중반일 텐데 '노후'라는 단어는 여전히 어울리지 않겠지.

"네가 생각하는 우리들의 십 년 후는 어떤 모습인데?"

어쩌다가 나온 대화 주제였지만, 시하루는 흥미롭다는 듯 눈을 반짝이며 물어왔다.

"십 년 후면…… 일단은 나랑 꽃따리 오빠 사이에 자식이 있겠죠. 아들 하나에 딸 하나일 거예요."

"그렇게까지 구체적일 줄이야."

그녀가 이상적으로 생각하는 미래에 대해 들려 달라 해 놓고, 막상 말하니 시하루가 놀랍다는 듯 웃으며 중간에 끼어들었다.

"좋아. 아들 하나 딸 하나. 그다음에는?"

"아들은 제가 직접 교육시킬 거고 딸은 서하연에 보낼 거예요."

"우리 아이들은 교육열 높은 어머니 때문에 어렸을 때부터 힘들게 공부만 하겠구나."

그는 생각했다. 아직 없는 아들딸이지만, 어렸을 때라도 자신이 최대한 놀아 줘야겠다고. 그나저나 아직 없는 자식들의 공부를 너무 신경 쓰고 있는 건 아닌가 걱정될 정도이다. 물론 불쌍한 미래의 자식들이 아니라 가뜩이나 많은 일을 하고 있어 늘 바쁜 자신의 부인과 십 년 후에도 아이들에게 부인을 빼앗겨 쓸쓸해 할 거 같은 자신이.

"네가 그럴 시간이 있을까? 지금도 많이 바쁘잖아."

"십 년 후면 희안궁 일밖에 안 할 텐데요, 뭐."

"응? 궐내의 일은?"

십 년 후에는 희안궁의 교사 일만 하고 있을 거라는 유아의 말에 시하루는 고개를 갸웃거리며 물어왔다. 일하기 좋아하기로 유명한 유아가 하나를 포기할 리는 없는데?

"십 년 후면 꽃따리 오빠가 좀 더 믿음직스러운 왕이 되어 있을 거라 믿어요."

"그렇게나 오래 걸려?"

나라 걱정에 밤잠 못 이룰 정도인 유아에게 인정받기 위해서는 아무래도 긴 시간이 필요한 모양이다.

"그래도 언젠가는 된다는 말이네."

환하게 웃으며 말하는 그를 빤히 바라보던 유아는 저도 모르게 따라 웃기 시작했다. 확실히 결혼한 뒤부터 그는 무언가를 받아 들일 때 긍정적인 자세로 바뀐 거 같았다. 뭐, 좋은 게 좋은 거지.

"십 년 후면 너도 더 이상 애가 아니겠지."

그럼 그렇지. 훈훈한 마무리 따위 그들에게는 없었다.

"뭐라고요? 지금 애라고 했어요? 그것도 십 년 후에나? 나 같은 어른스러운 숙녀가 어디 있다고."

"책 읽다가 엎드린 채로 잠드는 게 어른스러워 보이지는 않는데 말이야……."

저도 모르게 이 상태로 잠이 들었으니 그의 말에 반박할 게 없었다. 변명거리가 없는 입은 굳게 닫혀 있었고, 짜증을 담은 눈만이 번뜩이며 그를 바라보고 있다.

"……왜 아침부터 찾아와서는……."

아직도 피곤한지 책상에 엎드린 채로 그와 대화를 하고 있던 유아가 툴툴거렸다. 그녀의 투덜거림을 가만히 들어 주고 있던 시하루는 오히려 기분이 좋다는 듯 엎드려 있는 그녀의 옆에 머리를 대고 그녀를 빤히 바라봤다.

"난 너 없으면 못 자겠는걸. 너도 그래야 할 텐데."

"……그건 일종의 저주인가요?"

힘겨운 하루를 끝낸 뒤에 취하는 꿀맛 같은 휴식이건만. 예쁜 부인이 하루를 기분 좋게 시작하는 꼴을 못 보겠다는 건가 싶어 유아가 그의 손등을 쿡쿡 찔렀다. 뭔가 불만이 있거나 그가 자신을 놀릴 때마다 나오는 그녀만의 버릇과도 같은 작은 형벌이었다. 하지만 아프기는커녕 가렵다는 듯 시하루는 웃을 뿐이다. 아니, 이번에는 오히려 그녀의 볼을 꼬집는 것으로 반격까지 했다.

"네가 나쁜 거야. 네가."

심지어 내 잘못이란다. 아니 이런 어이없는 경우가 다 있나. 벗어나려 나름대로 저항해 보지만, 이미 그동안 '유아 괴롭히기'의 시행 착오로 인해 내공이 많이 쌓인 그였다.

"미안."

결국 항복을 선언하고 마는 유아와 엄살인지는 모르겠지만, 그녀의 눈가에 매달린 눈물에 바로 기겁을 하며 사과하고 마는 시하루이다.

"그래서, 하휘도에서 오신 사신은 어때?"

"먹는 걸 엄청 좋아하시는 분이에요."

"너랑 잘 맞겠네."

"아니요. 저보다 더 심해요. 저는 아무것도 아니었어요."

도대체 뭐가 불만인 것인지 모르겠지만, 다시 울먹이는 그녀
다. 자랑스럽지는 않았을 텐데, 식신(食神)이라는 이름에 나름대
로 애착이 있었나 보다.

"……."

"……참고로 여자예요. 그것도 엄청나게 예쁜 여자분이세요."

묻고 싶은 건 이거였으면서. 기본 하루의 4할 정도를 함께했으
니 남자인지 여자인지 신경이 안 쓰일 리가 없었다. 사실은 어떤
사람인지 전에 단도직입적으로 바로 묻고 싶었지만 아무래도 그
건 속이 좁아 보일지도 몰랐으니……. 묻고 싶어서 계속 우물쭈
물하는 그를 보다 못한 유아가 먼저 답변을 내놓았다. 그러자 다
행이라는 듯 피식 웃는 그를 보며 유아는 몸을 일으켰다.

"자. 일하러 가야죠, 일."

사신이라는 말에, 다시 오늘 해야 하는 일들을 떠올린 그녀가
재촉했다. 조금 더 있겠다는 말은 못 하겠고……. 할 수 없이 괜
히 일찍 일어난 대가로 아침 조회 전에 책이라도 읽든가 해야겠
다고 생각하는 그이다.

"네 덕분에 나는 더 똑똑해지겠어."

*　　*　　*

"오늘은 밖을 돌아다니지 않는 건가요?"

유아가 의아하다는 듯 고개를 갸웃거리며 물었다. 그러자 앞서

정자에 오르던 사유가 싱긋 웃으며 그녀에게 말했다.

"지금 밖이잖아요."

"아니, 전 그걸 물어본 게 아니라……."

분명 어제, 오늘은 서하연에 가기로 약속을 하긴 했었다. 하지만 유아는 궐의 문을 지나 곧장 서하연을 향하는 발걸음이 야속하게만 느껴져 왔다. 주변에 있는 먹을거리들의 유혹을 견딜 수가 없는 유아는 그 짧은 거리 동안 몇 번을 두리번거렸는지 셀 수 없을 정도였다. 오늘도 엄청 돌아다니며 먹을 거 같아, 미리 마음의 준비와 충분한 휴식을 취하고 맛있는 음식을 최대한 많이 먹을 수 있게 시하루에게 반항까지 하며 아침도 걸렀는데…….

"낭패다."

낭패도 이런 낭패가 없었다. 이래서 사람들이 아침밥은 거르지 말라고 하는가 보다. 최대한 걸음을 느리게 해 봤지만, 서하연은 궐 가까이 있어서 소용이 없었다. 결국, 순식간에 서하연의 정문에 도착한 유아는 배고픔을 참으며 안으로 들어서야 했다.

"삼화님! 오랜만에 뵙습니다."

정확히는 명예삼화. 그동안 희안궁 일 때문에 서하연을 찾는 걸음이 적었던 탓인지 서하연의 꽃들은 그녀를 반갑게 반기었다.

"어…… 이쪽 분은……?"

유아의 등장에 환하게 웃으며 다가오던 서하연의 꽃들이 그녀의 뒤를 따라 들어오는 낯선 이를 보고 의문을 표했다.

"아. 제 손님이세요."

그녀의 말에 서하연의 꽃들은 그제야 경계심을 풀고 그들에게 다가왔지만, 꽃들의 관심사는 새로운 손님이 아닌 오랜만에 방문한 유아였다. 그렇기 때문에 사유는 어느새 찬밥 신세가 되어 버렸다.

"이랑 님!"

이미 결혼을 해 '소유아'라는 이름으로 살아가고 있었지만, 역시 서하연이어서 그런지 그녀를 '이랑'이라고 부르는 소리가 들려왔다. 오랜만에 들어 보는 자신의 또 다른 이름에 유아가 눈을 반짝이며 자신을 부른 이를 향해 고개를 돌렸다.

"아, 수아야!"

다른 이들과 마찬가지로, 현재 이 나라의 왕후이신 삼화를 반갑게 맞이하려고 작은 여자아이가 달려오는 게 보였다. 원래 서하연에서는 뛰어다니면 안 됐지만 얼마나 기뻤으면 저럴까. 지적을 하기보다 모두들 흐뭇한 시선으로 그녀를 바라보고 있었다.

"맞다, 이제 '아랑'이지."

유아가 깜빡했다는 듯 멋쩍게 웃으며 정정했다. 몇 번 불러 봐도 익숙하지 않은 이름이었다.

"아니요. 괜찮아요. 저도 아직은 수아라는 이름이 익숙하니까요."

유아가 정식으로 왕후가 되어 명예 삼화직을 받았을 때쯤. 수아는 당당하게 서하연 입학시험에 통과해 지금은 서하연의 꽃이 되었다. '아랑'이 바로 그녀의 서하연의 호. 되도록 유아의 호와 가장 비슷한 이름을 받고 싶다는 그녀의 부탁에 려화가 지어 준 이름이었다.

"그러고 보니 소식 들었어. 입학한 지 몇 개월 만에 바로 승격 했다면서?"

"네!"

수아가 서하연에 막 입학한 꽃이 갖고 있어야 할 하얀 노리개 가 아닌, 붉은색의 노리개를 자랑스럽게 들어 보였다.

"대단한데?"

"제 꿈은 려화니까요. 이건 꿈을 향한 작은 한 걸음일 뿐이에 요."

안에서는 이랑이. 밖에서는 아랑이.

"그것참 믿음직스럽네. 밖은 너에게 맡길게."

"걱정하지 마세요!"

수아가 걱정하지 말라며 활짝 웃었다.

"아, 저기……."

"이런."

누군가의 작은 목소리에 유아의 정신이 번쩍 들었다. 잊고 있 던 사유의 존재를 깨달은 유아가 그제야 그녀에게 다가갔다.

"아, 죄송해요. 오랜만에 와서 제가 너무 흥분했네요……."

괜찮다고 말하며 사유가 웃어 보였다.

"이곳에서 꽤 유명한가 봐요?"

평범한 대신일 텐데 아무리 이곳의 졸업생이라고는 해도 환영

이 너무나 거창했다.

"아, 전 이곳의 삼화였거든요."

유아의 대답에 사유가 살짝 놀란 듯 걸음을 멈추고 그녀를 바라봤다. 삼화라니. 아무리 외부인이라고는 해도 서하연에 대해 모를 리가 없었고, 당연히 '려화'와 '삼화'의 존재에 대해서도 알고 있었다. 이 큰 서하연의 많은 꽃 중에서도 단 세 명만이 오를 수 있다는 삼화. 설마 옆에 있는 이 여인이 그 세 명에 들 정도의 실력자였다니!

"어…… 왜 그런 눈으로 보는 거죠?"

"존경의 눈빛이었어요."

부담스럽다는 듯 유아가 고개를 돌렸다. 어쩐지 너무 간단하게 서하연에 외부인을 출입시킨다 했어.

"죄송해요. 지금 려화님은 만나실 수 없다고 하네요."

"아, 괜찮아요. 그냥 한번 둘러보고 싶었어요."

워낙에 바쁜 려화였기 때문에 언제나 만날 수 있는 건 아니었다. 미리 알아보지 못하고 찾아와 미안하다 사과하는 그녀에게 사유는 웃어 보이며 고개를 저었다.

"대신 제가 직접 안내해 드릴게요! 서하연에 대해서는 아주 잘 알고 있거든요."

유아가 앞장서며 서하연의 내부를 소개하기 시작했다. 남자는 서하연의 출입이 불가능하다. 그것 역시 잘 알고 있는 사유, 아니 서궁후이다. 그런 그에게는 이렇게 서하연에 들어왔다는 것만 해도 엄청난 일이었다.

"이곳을 떠나 궐 안에서 일하는 건 힘들지 않아요?"

굳이 이렇게 좋은 서하연을 떠날 이유가 있었나 하는 질문이었다. 그가 둘러본 서하연은 아주 좋은 곳이었다. 며칠 간 만나 본 그녀는 무언가를 배우는 것을 좋아하는 성격. 그런 그녀가 서하연을 떠나 조용할 날이 없는 궐 안으로 들어오는 것을 선택하다니, 사유는 이해가 되지 않았다.

"궐에 들어가야만 하는 아주 큰 이유가 있었거든요."

물론 처음에는 마음에 안 들다 못해 싫어했지만 결국, 누군가에게 마음을 주는 바람에 다른 선택을 하게 되었다는 거까지는 말하지 않기로.

"그 이유가 무엇인지는 잘 모르겠지만…… 천유국의 왕은 좋겠네요."

"그런가요? 오늘은 아침부터 시비를 걸더라고요."

"……네?"

시하루의 이야기가 나오기 무섭게 아침부터 자신에게 장난을 걸어온 그를 떠올린 유아가 툴툴거리듯 말했다. 유아는 별생각 없이 말했지만, 그녀의 말에 궁후는 혼란스러워졌다. 한 나라의 왕이 대신에게, 그것도 신입 대신을 아침부터 직접 괴롭히다니. 이거 사이가 나쁘다고 해야 하는 건지 친하다고 해야 하는 건지…….

도대체 이 여인은 왕과 어떤 관계란 말인가.

"제가 생각하는 것 이상으로 친하신가 봐요……. 두 분의 관계는……."

"저번에도 말했지만, 아주 많이 친해요."

구체적으로 말할 수는 없으니 '부부 사이' 대신에 그녀가 쓸 수 있는 표현이 '아주 많이'였다.

"천유국의 왕은 어떤 사람인가요?"

"꽃…… 전하요?"

"네. 특징적인 거 몇 개만 가르쳐 주세요."

순간 또 자연스럽게 '꽃따리 오빠'라고 말할 뻔한 그녀이다. 다행히 이번에는 말하기 전에 알아차리고 '전하'라고 수정했지만 이번 역시, 서궁후는 눈치채지 못하고 넘어갔다. 서궁후, 그가 어렸을 때 만난 시하루는 제멋대로에 고집불통인 사람. 하지만 그건 어렸을 때이기도 했으니 지금은 완전 다른 인간이 되었을지도.

갑작스러운 그의 질문에 유아는 고민에 빠졌다. 다른 나라의 사신이 왕이 어떤 사람인지 알려 달라고 하고 있다. 설마 여기다가 안 좋은 말을 할 수는 없고 그럼 좋은 것만 이야기해야 한다는 건데……. 남편, 꽃따리 오빠의 칭찬을 늘어놓아야 한다는 말인가……. 남편 자랑을?

"음……."

생각하는 시간이 매우 길다.

"전하는…… 노래를 아주 잘 불러 주세요."

"……네?"

결국 생각한다는 게 이것이다.

"아, 그런데 그렇게 잘 부르지는 않아요. 하지만 이건 비밀이에요."

무슨 생각인 것인지 유아는 생글생글 웃고 있었고. 사유의 모습인 서궁후는 정신이 와르르 무너져 내리는 거 같았다. 뭐? 왕이 노래? 대신에게?

"음. 그리고 또…… 아, 착하세요. 아! 이걸 빼먹었네. 엄청 잘생기셨어요."

"……."

"툭하면 애 취급을 하고 자기주장이 별로 강하지 않아 조금은 우습게 보일 수도 있겠지만, 아마 십 년 후면 달라져 있을 거라고 전 믿어요."

이미 칭찬에서 벗어났다. 더 이상 칭찬할 게 없었던 건지 아니면 남편 자랑을 늘어놓는 아내의 모습이 떠올라 창피한 건지 모르겠지만.

"이랑은 전하를 많이 좋아하는가 봐요……."

그렇게 말하는 서궁후의 목소리가 살짝 떨리는 거 같았지만 그것은 본인은 물론이요, 듣고 있던 유아 역시 느끼지 못한 거 같았다.

"네. 아주 많이 좋아해요."

어쩌면 이미 이 대답을 들었을 때 활짝 웃고 있는 유아를 잠시 아무 말 없이 바라보고 서 있던 서궁후, 그는 어렴풋이 눈치를 챘을지도 몰랐다. 눈앞에 있는 여인과 이 나라의 왕은 단순한 왕과 신하의 관계가 아닌 더욱더 특별한 관계일 거라는 것을.

"……여전히 친하게 지낼 수는 없을 거 같네요."

"네?"

그가 뭐라고 중얼거린 거 같지만, 유아는 시하루의 장점을 생각하느라 듣지 못했다. 무슨 말을 한 건지 되묻는 유아에게 그는 대충 '아니에요.'라는 말로 넘어가 버렸다. 서궁후는 살짝 눈살을 찌푸리며 말했다.

"자, 우리 이제 그만 궐로 돌아가죠."

"네. 그게 좋겠네요."

아무래도 유아라는 존재는 이 천유국에 없어서는 안 되는 아주 중요한 사람인 게 분명했다.

"유아."

"네?"

돌아가는 길, 가만히 뒤를 따르고 있던 궁후가 차분한 목소리로 그녀를 불렀다. 그러고 보니 자신이 아침부터 지금까지 아무것도 먹지 못했다는 걸 깨달은 유아가 약간은 슬프게 느껴지는 목소리로 대답하며 돌아섰다.

"하휘도로 오지 않을래요?"

"……네?"

＊　　＊　　＊

“……라고 하더라고요. 나 섭외 받았어요. 대단하지요?”

“……지금이라도 당장 담당 바꾸는 게 어떨까?”

실력을 인정받았다는 사실에 기분이 좋아진 유아는 들떠 있었다. 하지만 그녀를 안고 있는 남자의 표정은 그리 좋아 보이지 않았다. 턱으로 유아의 머리를 쿡쿡 찍으며 투덜거렸다.

“흥. 보는 눈은 있어서. 그래서 뭐라고 대답했는데?”

물론 그녀가 했을 답은 딱 하나로 정해져 있었지만 안 물어보고 넘어갈 수가 없지 않은가.

“거절했지요. 낭군님이 여기 계시는데 어디를 가요?”

웬일로 먼저 그의 품 안에 안기며 그녀가 말했다. 갑작스러운 포옹에 당황한 건지 그의 표정에서 보이던 자신의 부인을 섭외한 하휘도의 사신에 대한 분노가 눈 녹듯 사라졌다. 최근 희안궁에서 히연과 보내는 시간이 많아져서 그런지 어느새 히연이 쓰던 ‘낭군’이라는 말이 그녀에게도 옮은 거 같았다. 물론 꽃따리 오빠라는 말도 좋아했지만, ‘낭군’이라는 말 역시 마음에 들었기 때문일까. 그는 그 새로운 호칭에 대해 어떠한 말도 하지 않았다. 아니, 오히려 어렵게만 생각하던 히연에 대한 인식이 바뀐 건지 유아가 그녀의 영향을 받는 것에 대해서도 긍정적으로 바뀌었다.

“흥. 이번에 만나면 확실히 말해 둬야겠어.”

거절하는 게 당연한 거 아니냐는 그녀의 말에 기분이 좋았지만 티를 내지 않으려 노력하며 다짐했다. 제대로 된 교역 문제를 논

의하기 위해 이번에는 그도 동참하기로 했다. 약속 장소에 너무 일찍 나온 탓인지 둘은 차를 마시며 사유를 기다리고 있었다.

“……그나저나 언제 오는 거야.”

“곧 오겠지요. 아, 이번에는 꽃따리 오빠도 함께한다는 거 미리 말 안 했으니까요. 갑자기 왕과 만나면 놀랄지도 모르니…… 아! 저기 오네요.”

시하루가 갑자기 함께 가겠다고 말한 탓에 아직 사유에게 그의 동행을 말하지 않은 상황. 그녀가 놀랄까 봐 걱정이 된 유아가 주의를 주다 말고 벌떡 일어났다. 저 멀리서 사유가 걸어오는 게 보였기 때문이다.

환하게 웃으며 손을 흔드는 유아를 따라, 시하루는 그녀의 시선 끝에 걸린 어느 여인을 바라보았다. 거리가 가까워지면 가까워질수록 앉아 있던 그는 서서히 자리에서 일어나고 있었고, 얼굴 역시 서서히 찌푸려졌다. 교역 관계를 맺을지도 모를 나라의 사신을 맞이하는 표정이 이 모양이라니. 옆에 서 있던 유아가 그를 살짝 치며 주의를 주었지만 도대체 무슨 일인지 그는 얼굴에 들어간 힘을 풀지 않았다.

“……유아, 하휘도에서 왔다는 예쁜 여자 사신이 저 녀석이야?”

“네. 이름은 사유.”

유아가 고개를 끄덕이며 그녀에게 대한 설명을 늘어놓기 시작했다. 하지만 그의 귀에는 들리지 않는 듯 보였다.

“이랑!”

정자의 기둥에 가려진 탓인지 사유는 아직 시하루를 못 본 거 같았다. 아니면 그가 편한 차림을 하고 있어 그냥 호위 정도로만 생각했든가. 밝고 가벼운 목소리로 유아의 이름을 부르며 다가오는 사유. 자연스럽게 그 인사를 받으며 다가가려던 유아의 앞을 막아선 시하루가 사유를 노려보기 시작했다.

"떨어져."

갑자기 등장한 시하루에 많이 놀란 건지 사유의 눈이 커졌다. 그리고 두 손을 흔들며 활기차게 인사를 하던 그는 어느새 시하루와 마찬가지로 인상이 찌푸려졌다.

"……이랑, 오늘은 이 녀석과 함께할 거라는 말 없었잖아."

"아, 죄송해요. 오늘 아침에 갑자기……."

미리 말하지 않아 죄송하다 사과하던 유아가 말을 멈추었다. '이 녀석'이라니? 다시 생각해 보니 분명 시하루 역시 아까 사유를 향해 '저 녀석'이라고 했었다. 둘은 서로 아는 사이인가? 아니, 그건 둘째 치고. 사신이 한 나라의 왕에게 '이 녀석'이라고 하다니 이거 뭔가 이상하지 않은가?

혼자 머리를 굴리며 고민하느라 정신없던 유아가 주변이 고요해지자 고개를 들었다. 그리고 시하루와 사유를 번갈아가며 바라보기 시작했다. 둘 사이에는 아무런 대화도 없었지만, 서로를 바라보는 눈빛이 마치 눈으로 대화를 나누고 있는 듯 보였다. 물론 그것은 '반갑습니다.'가 아닌 '노려보다'에 가까운 눈빛이라는 게 문제였지만.

"유아!"

"네, 네?"

갑자기 시하루가 자신을 부르자 놀란 건지 유아가 깜짝 놀라며 큰 소리로 대답했다. 도대체 이 분위기는 뭐냐고 따져 묻고 싶었지만……. 마치 자신이 무슨 잘못이라도 한 것처럼 그가 이렇게 나오니 괜히 기가 죽어 버렸다.

"여자라며?"

"네. 여자요."

"남자잖아!"

"네?"

순간 자신이 이상한 말을 들었다는 반응을 보이던 유아의 시선이 정자 아래에서 시하루를 노려보고 있는 사유에게로 향했다.

"……에이……."

그럴 리가 없다는 결론을 내린 건지, 아래에 있는 사유를 뚫어져라 바라보던 유아가 나지막하게 말했다.

"내 말 못 믿어?"

유아의 작은 부정을 어떻게 또 들은 건지 시하루가 물어왔다. 잠시 동안 거짓 따위 보이지 않는 그의 눈을 바라보던 유아는 여전히 그의 말을 인정할 수 없다는 듯 고개를 절레절레 젓다 푹 숙여 버렸다. 그리고 아주아주 작은 목소리로 중얼거리기 시작했다.

"……만일 꽃따리 오빠의 말이 사실이라면 난 울지도 몰라요."

　제발 농담이었다는 말을 들려달라는 듯 유아가 시하루를 바라봤지만, 오히려 그는 빨리 알아차리라는 표정으로 그녀를 바라보고 있었다. 결국 믿을 수 없지만, 그의 말이 사실이라는 걸 알아버린 유아는 눈물을 글썽이며 고개를 푹 숙였다.

“……어떻게 저게(?) 남자야…….”

이봐, 아무리 충격에 빠졌다고는 해도 저거라니.

　─다섯째 날

“말도 안 돼…….”

이는 불만 가득한 표정으로 앉아 있는 유아가 아까부터 중얼거리고 있는 말이다.

　눈앞에 먹을 것이 있음에도 불구하고 그녀 몫의 양이 전혀 줄지 않은 것으로 보아, 그만큼 충격이 컸다는 의미와도 같았다.

“…….”

　시하루의 옆에 딱 달라붙어 떨어질 생각을 하지 않는 유아가 앞자리에 앉은 예쁘장한 여…… 아니, 남자를 무서운 기세로 노려보고 있었다. 그 어떠한 일에도 동요하지 않던, 게다가 남자임에도 불구하고 그 예쁘장한 미모를 살려 ‘사유’라는 이름으로 돌아다니던 두꺼운 낯짝은 어디 가고…….

“이제 좀 그만하지? 나도 사정이란 게 있으니까 말이야.”

　나름의 ‘무기’로 여기고 있던 그 가면은 그녀의 앞에서 이미 무장 해제 상태이다. 평소라면 박장대소를 했을 일일지도 모르지만, 배신감(?)보다도 다른 의미의 씁쓸함에 유아는 웃지 못했다. 심지어는 슬프기까지 했다.

예쁘장한 남자들이 등장하면 등장할수록 여인들의 눈물은 마를 날이 없고, 그들의 화장은 두꺼워져만 간다. 하지만 화장을 하지 않는 유아에게 그들의 등장은 더더욱 민감했다. 꽃따리 오빠도 그렇고 어제까지만 해도 여자인 줄 알았던 눈앞의 사신도 그렇고, 인정하고 싶지는 않지만 그동안의 정을 보아 유시후까지 넣으면……. 어째서인지 그녀 주변의 남자들은 모두 '아름답다.'는 생각이 들 정도이다. 물론 그중의 한 명이 제 남자라는 사실이 조금 자랑스럽기는 하지만.

"궐 밖을 자유롭게 돌아다니는 데에는 이 차림이 훨씬 편하거든."

잠시 아무 말 없이 인상을 찌푸리고 있던 서궁후가 곧 피식 웃더니 턱을 괴고 유아를 응시했다.

"어차피 다 들통 난 마당에, 하대(下待)해도 괜찮겠지?"

"……왜요?"

왠지 모르게 자신을 내려다보는 그 시선이 조금 불쾌했는지 가만히 이야기를 듣고 있던 유아가 고개를 들며 물었다.

"난 서궁후. 하휘도의 왕이니까."

뜬금없이 자기 자랑이다.

"그리고 너는 나한테 잘 보여야 할 테니까."

아직 교역 문제가 끝나지 않았음을 의미했다.

"게다가 나는 왕, 너는 저 녀석의 신하."

순간 그의 입에서 들린, 시하루를 지칭하는 '저 녀석'이라는 말이 유아의 귀에는 아주 거슬렸지만 맞는 말이기도 했으니…… 그저 답답함에 시하루의 옷깃만을 붙잡고 있을 뿐이다. 그런 그녀를 바라보던 서궁후는 아무렇지 않게 차를 마시는 시하루를 힐끗 바라보며 말했다.

"특이한 신하를 두었군."

"넘보지 마라."

지금까지 무표정한 표정으로 관람 중이던 시하루가 바로 태도가 돌변하여 사납게 말했다. 둘을 가만히 바라보던 서궁후가 뭔가 재미있는 일을 떠올린 건지 피식 웃었다.

"그럼 이렇게 하자."

그 웃음에 유아는 불안해졌다.

"교역을 받아들일게. 단, 교역 물품은 약초로 제한하겠지만."

"정말요?"

절대 안 된다고 거절하던 문제가 너무 간단히 해결되는 거 같아 찝찝했지만, 결과만 놓고 봤을 때 유아에게는 나쁜 게 하나도 없었다. 물론 저쪽에서도 무언가를 제안하겠지만, 과제만 해결하면 되는 그녀로서는 그렇게 신경 쓰지 않아도 될 일이라 여기고 있었다. 아무리 유아라고는 해도, 이제 막 들어온 신입 관리인 그녀에게 합의까지 맡길 리가 없다. 하휘도의 왕의 마음을 바꾸어

놓았으니, 적당한 합의는 실력 있고 경력 있는 대신들이 마무리를 짓겠지. 자신과는 관련 없는 일이다. 그녀는 그렇게 생각을 했다.

"그 대신 너는 내 신하가 되어라."

물론 이 말을 듣지 전까지는. 분명 저번에 한 번 거절했던 거 같은데, 말귀가 어두운 건지 아니면 고집이 센 건지 모르겠다. 유아는 어이없다는 듯 그를 바라보고 있고, 시하루는 예상대로 옆에서 날뛰고 있었다. 이 자리에서 유일하게 웃고 있는 사람은 서궁후, 그뿐이다.

"왜? 하휘도에 서하연의 교육 제도를 도입해 보겠다는 건데."

하지만 그를 제외한 누구도 그렇게 생각하고 있지 않았다.

'지금 저 녀석이 우리 유아를……!'

누군가를 엄청나게 화를 내고 있었고.

'……예쁜 건 알아 가지고.'

누군가는 엄청나게 착각을 하고 있었다.

"어때? 이 정도면 좋은……."

"죄송합니다. 싫습니다."

질문에 대한 대답을 하지 않는 유아가 망설이고 있다고 생각한 건지, 서궁후는 설득을 하기 시작했다. 문제라면 시작과 동시에 유아가 단칼에 거절했다는 거지만. 괜히 나섰다가 유아에게 한소리 들을까 봐 걱정이 된 시하루는 아무 말도 않고 있었지만, 기분 나쁘다는 표정으로 서궁후를 노려보고 있었다. 하지만 상황을 보아하니, 그의 인내심은 거의 바닥을 드러낸 듯했다.

언제 폭발할지 모르는 그의 기분을 풀어 주는 것도 중요했지
만, 지금은 더욱 중요한 문제가 있었으니 일단은 보류이다. 그나
저나 너무 단칼에 거절했나……. 심히 당황스러워 보이는 서궁후
를 보며 유아는 문득 생각했다. 괜히 기분 상해서 교역 문제를 없
던 일로 돌리기라도 하면 낭패이다. 하지만 그렇다고 해서 그를
따라 하휘도로 갈 수도 없었다.

'이거 큰일인데…….'

"제안은 정말 감사드리지만, 전 제가 태어나고 자란 이 천유국
이 좋습니다."

최대한 상대의 기분이 상하지 않도록 신경 썼지만, 별로 효과
는 없어 보였다. 그녀의 거절에 그나마 다시 표정이 풀린 시하루
와는 다르게, 서궁후는 자신의 의도대로 흘러가지 않는 상황이 불
만스러운 듯 얼굴을 찌푸리고 있었으니까.

"좋아. 한 달에 한 번 정도는 천유국으로의 방문을 허락하도록
하지."

많이 봐줬다는 듯 조건을 다는 그이다. 이유도 없이 딱 잘라 '싫
다.'라고 말하는 것을 피하고자 순간적으로 변명을 한 유아였지만
이렇게 되니 오히려 제 무덤을 파는 것과 다름없었다.

"설마 우리나라가 싫다는 건 아닐 테고?"

"그럴 리가요."

"그럼 뭐가 문제지?"

그녀가 하휘도를 싫어하지 않는다는 건 진심이다. 실제로 본

적은 한 번도 없지만 이야기를 들어본 결과 아주 멋진 나라 같았기 때문이다. 서궁후는 그럼 이제 문제없지 않느냐 묻고 있지만…… 사실은 아주 결정적인 이유가 남아 있었다. 될 수 있으면 과제 기간 중에는 잊으려고 했는데…… 아무래도 상황이 상황이다 보니 그것은 불가능한가 보다.

할 수 없다는 듯 유아는 한숨을 내쉬었다. 곧 고개를 든 그녀는 흔들림 없는 시선으로 똑바로 서궁후를 응시하며 말했다.

"원래 직책 같은 거 내세우는 거 별로 안 좋아하지만…… 저도 입장이란 게 있으니."

뜬금없는 그녀의 말에 서궁후는 고개를 갸웃거렸다.

"이제부터 당신을 하휘도의 왕으로서 대할 테니……."

뭔가 중요한 이야기가 나올 거 같은 분위기에 서궁후가 인상을 찌푸리며 그녀의 말에 귀를 기울였다. 그리고 유아 역시 진지한 표정으로 중요한 말을 하려고 했지만, 아까부터 대놓고 불쾌감을 드러내고 있던 옆자리의 누군가가 선수를 치며 끼어들었다.

"이 녀석, 내 아내야."

더는 못 참겠다는 듯 시하루가 자리를 박차고 일어나 큰소리로 외쳤다. 그 목소리가 오죽 컸으면 분주히 주위를 맴돌던 궁인들까지도 걸음을 멈추고 그들이 있는 정자를 바라볼 정도였다. 유아는 그가 자신의 말을 가로채 갔다는 것에 불만인 듯했지만, 시하루는 혼자 만족스러워 보였다. '드디어'라는 생각을 한 건지, 그의 입가에 미소가 지어지고 있었다.

“왜? 너 내 아내 맞잖아. 아니야?”

유아가 아무 말도 않고 있자 불안해진 건지 시하루가 고개를 돌려 확인을 요구하는 눈빛으로 그녀를 바라봤다. 서궁후 역시 방금 자신이 들은 말이 사실이 맞느냐는 눈빛으로 유아를 바라보기 시작했다. 이쯤 되니 가장 당황스러운 사람은 유아였다. 각자의 의미가 다른 두 남자의 시선을 견디다 못한 유아는 결국 한숨을 내쉬며 대답했다.

“네, 맞아요.”

옆자리의 시하루는 뭐가 그렇게 즐거운 건지 입가를 가리며 웃기 시작했고, 앞자리에 있던 서궁후는 턱을 괴고 있던 손을 삐끗할 정도로 놀란 거 같았다. 순식간에 태도가 바뀌었다.

“무…… 뭐?”

여전히 입을 다물지 못하고 있던 서궁후는 조금 더 확실한 답변을 들어야겠다는 듯 유아에게서 시선을 떼고 시하루를 바라보기 시작했다. 설마, 그럴 리가 없어. 물론 보통의 군신 관계로는 보이지 않았지만 그렇다고 해서 부부로도 보이지는 않았다. 도대체 이들의 관계는 무엇인가! 서궁후의 복잡 미묘한 표정에 시하루는 그저 피식 웃을 뿐이다.

‘분명 지금쯤 네 머릿속은 난리가 났겠지.’

*　　*　　*

"이 차림 오랜만이네요."

어느새 옷을 갈아입고 나온 유아는 어딘가 불편해 보였다. 당분간은 일에 집중하고 싶었던 그녀는 화려함보다는 편안한 차림을 추구했기 때문에 왕후로서의 품위가 느껴지는 옷이 어색했다. 당장에라도 벗어 던지고 싶었지만, 여전히 시하루와 유아 사이의 관계를 인정 못 하는 서궁후 때문에 어쩔 수 없었다. 이렇게라도 차려입어 줘야 믿지.

벌써 열 번도 넘게 부부 사이라고 설명했지만 절대 믿으려고 하질 않는 바람에……. 가만히 앉아 있지 못하고 몸을 이리저리 뒤척이는 유아가 신경 쓰인 시하루가 그녀의 소매를 걷어 주었다. 그제야 조금 나은 건지 살짝 찌푸리고 있던 인상이 조금 풀렸다.

"말도 안 돼."

사유, 그가 서궁후였다는 걸 알았을 때 유아가 보인 반응과 비슷하다. 아니, 조금 더 심한 반응이다.

"배신자."

뜬금없이 배신자? 유아는 모르겠지만 서궁후는 아까워 죽을 지경이었다. 안 그래도 엄청나 보였는데 임자가 있다는 사실 하나만으로 더 엄청나 보이는 현실. 게다가 꼭 데려가고 싶은 아이였는데 하필이면 저 꼴도 보기 싫은 놈의 것이라니!

더더욱 안타까운 상황이다.

"그래, 생각해 보니 마침 잘됐네. 네가 이렇게 천유국에 올 일이 몇 번이나 더 있겠냐? 이럴 때 인사해야지.”

“……그건…… 그렇지.”

섬나라에서 이곳까지 오려면 배도 타야 하는데 자주 오는 게 더 이상하지.

“잠깐.”

생각해 보니 이건 아니라는 듯 어떤 사실 하나를 떠올린 서궁후가 비장해 보이는 표정으로 시하루의 말을 막아섰다.

“분명 네 부인 이름은 ‘유아’ 아니었나? 그새 후궁을 들였어?”

그의 말에 시하루의 표정이 한눈에 불쾌하다는 기색을 읽을 수 있을 정도로 굳어져 갔다.

“내가 유아 아닌 여자랑 혼인할 리가 없잖아!”

결국에는 화를 내기 시작했다.

“그럼 네 옆에 앉아 있는 그녀는 뭔데?”

버젓이 증거가 옆에 앉아 있는데 무슨 변명을 하고 있냐고 따져 묻기까지 했다. 반면, 시하루는 지금 이게 무슨 상황이냐는 듯 유아를 바라봤고, 유아는 ‘그러고 보니…….’라는 말을 중얼거리기 시작했다. 서궁후, 그가 오해하는 것도 어느 정도 이해가 갔다. 유아가 처음에 자신의 이름을 ‘소이랑’이라고 말했기 때문에 생긴 오해였다.

“죄송합니다.”

자기 잘못은 바로 인정하는 게 그녀이다. 갑자기 자신에게 미안하다 사과하는 유아의 태도에 놀란 건 그 사과를 받는 서궁후뿐만이 아니었다.

"첫 만남 때 제가 알려 드린 이름은 '서하연의 호'라고 하는 다른 이름입니다. 어쩌다 보니 그만……."

자신이 왜 그때 본명이 아닌 서하연의 호를 알려 줬는지 의문이었는데. 이제 알 거 같았다. 당시의 '그녀'였던 그에게서 느껴져오는 위화감 때문이 분명했다. '본능적인 자기 보호'라고 해 두자.

"그게 뭐야."

자신을 경계하고 있었다는 말이 아닌가. 이제는 섭섭해지기까지 했다.

"꽃따리 오빠와 몇몇을 빼고는 아무도 믿지 말라고 배웠거든요."

"누가 그래?"

"꽃따리 오빠가요."

서궁후는 그들의 대화에 종종 등장하는 '꽃따리 오빠'라는 단어가 이제야 신경 쓰이기 시작했다.

"꽃따리 오빠가 누구야?"

친오빠라도 되는 건가하고 물었지만, 싱긋 웃는 유아가 가리킨건 다름 아닌 옆자리, 천유국의 왕이다. 그리고 시하루 역시 그것은 자신이라는 듯 살짝 손을 들고 있었다.

"하……하하."

어이가 없다. 무슨 이런 웃긴 부부가 다 있나. 심지어 일국의왕과 왕후이다.

"하, 어쩐지 말하는 게 보통 사이는 아니라는 생각을 들었지.
그래도 숨겨 둔 애인이나 그런 건 줄 알았는데……."

"뭐?"

"왕후께서 서하연의 꽃이라는 건 들었거든. 서하연의 꽃이 왕
후가 되면 후궁은 들일 수 없다고 들었으니……."

'숨겨둔 애인'이라는 말에 시하루가 자리를 박차고 일어나려 했
지만, 다행히 유아가 말린 덕분에 싸움은 일어나지 않았다.

"유아는 제 본명이에요."

"흥. 차라리 후궁이었다면 어떻게든 해 봤을 텐데 말이지. 그
유명한 왕후라니."

"어? 저 하휘도에서도 유명해요?"

유아는 눈치채지 못했겠지만, 그녀가 무심코 넣은 '도'는 이미
그녀가 천유국에서 유명인사라는 걸 말하는 것과 같았다.

"천유국의 왕이 꼼짝도 못 하는 여인으로 유명하지."

"잘됐네요. 그렇죠, 전하?"

뭐가 잘된 거라고 말하는 건지 모르겠지만, 유아가 웃으니 마
냥 좋다고 따라 웃는 시하루이다. 그런 그를 바라보던 서궁후는
자신의 눈앞에 앉아 있는 저 남자가 과거 그 남자와 동일인물이
맞는지 의심이 들기 시작했다.

"바보네. 바보야."

"그냥 부러우면 부럽다고 말해도 괜찮아. 네 마음 이해가 되니
까."

그냥 다 좋단다.

"아, 하지만 달라고는 하지 마. 너 말고도 노리는 사람이 꽤 되니까."

툭하면 호랑이가 제 동생 울리지 마라, 괴롭히지 마라 잔소리를 해 대지를 않나, 유아가 새언니라고 부르는 기 센 여인은 또 쓸데없는 말을 하질 않나, 민폐 부부가 따로 없었다. 거기에 다시 복직한 이신은 시도 때도 없이 자신과 유아를 고문하듯 일을 시켰다. 이게 끝이 아니다. 희안궁에서 공부하는 아이들은 유아에게 찰싹 달라붙어 있었고, 대비마마까지 자기가 심심하니 말동무가 되어달라는 이유로 그녀를 부르고는 했다.

"적이 너무 많아. 잠시라도 독차지를 할 수가 없어. 넌 절대 이런 멋진 여자랑 혼인하지 마라."

지금 저게 부러우라고 하는 소리인지, 아니면 정말 진심이 담긴 충고인지 분간이 가지 않는다.

"나도 임자 있는 여자는 안 건드려. 왕후님은 더더욱. 전쟁 일어날 일이 있나. 무서워서 못 건드린다."

"좋은 마음가짐이야. 나도 너랑은 싸우고 싶지 않거든. 골치 아파져."

"하지만 왕과 신하의 관계라면 괜찮겠지?"

"……그 정도라면…… 뭐."

어째 목소리가 시원치 않은 게, 그것마저도 허락하기 싫었지만 유아가 싫어할까 봐 마지못해 내린 결정 같았다.

"잠깐만요, 잠깐. 지금 우리에게 중요한 건 이게 아니라고요. 그래서요? 제 과제는 어떻게 되는 거죠?"

자신을 빼고 벌어진 두 남자의 수다에 직업 정신이 투철한 유아가 다급히 교역에 관련된 문서들을 그에게 내밀며 다시 한 번 설득하려고 했다.

"천유국 특유, 서하연의 교육 방식에 관심이 있으신 거지요?"

그는 왠지 약점 잡힌 기분이 들었다. 그녀의 말이 사실이기는 했지만…….

"서하연의 교육 방식을 그쪽에 도입할 수 있게 할 테니 하휘도의 약초 교역을 승인해 주세요."

당돌해 보이는 유아의 말에 서궁후는 아무 말도 하지 않았다. 그저 그녀가 내민 문서를 바라보고 있을 뿐이다. 유아는 이러다가 과제인 교역 문제를 해결하지 못해 대신 자격이 물 건너가 버리는 건 아닌가 걱정되기 시작했다. 하지만 다행히 고개를 든 서궁후 표정은 그리 나빠 보이지 않았다. 짧은 시간 동안 알게 된 많은 사실 때문에 머리가 복잡해 보이기는 했지만 말이다.

"많이는 안 돼. 하지만 적당한 선 정도는 승인해 줘도 괜찮겠지. 우리 쪽도 얻는 게 있으니까."

"정말요?"

"그래."

사실 그가 마음을 바꾼 지는 꽤 되었다. 전에 그녀와 함께 시장을 돌아다녔을 때.

‘평등에도 여러 가지가 있겠지만, 제가 생각하는 평등은 출신과 성별 등에 인생이 좌지우지되지 않는 거예요. 누구나 위로 올라가는 사회가 아니라 누구나 위로 올라갈 수 있는 사회예요. 기회가 중요하죠. 천유국의 상징이기도 한 서하연은 그것을 위한 작은 노력이에요.’

다른 나라에서 아무리 좋은 물건을 내세워도 변하지 않던 마음이 그녀의 말에 흔들리고 말았다. 자신을 꽤나 놀라게 한 이 여인에 대해 관심이 생겨, 좀 더 두고 보고 싶었는데…….

“참 다행이야.”

“네?”

“만난 지 얼마 안 됐다는 게 말이야.”

만난 지 얼마 되지 않았기 때문에 다행이라는 게 무슨 말인지 모르겠지만. ‘다행’이라는 단어는 긍정적인 의미를 지니고 있으니 좋은 거 아니겠는가.

“앞으로 친하게 지내요.”

대충 보니 시하루와도 친한 거 같은데, 이렇게 되었으니 앞으로 자신과도 잘 지내 달라는 유아의 인사였다.

“타국의 왕과 왕비가 친하게 지내면 주위에서 뭐라 할 텐데?”

“왜요?”

“……”

유아 특유의 궁금하다는 표정에 서궁후는 입을 다물어 버렸다. 고개를 갸웃거리는 유아 대신에 지금 그가 무슨 생각을 하고 있는지 눈치를 챈 시하루가 나서서 말했다.

"미안하지만, 이 녀석에게 그런 눈치는 없어."

"네가 고생하겠구나."

"그것도 심하게."

지금 자신을 놓고 둘이 무슨 이야기를 하냐는 듯 그녀의 눈은 매의 눈이 되어 두 남자 사이를 오가고 있었다. 하지만 그것에 대한 답변은 들을 수 없었고 둘은 그저 웃고 있을 뿐이다.

＊　　＊　　＊

과제였던 하휘도 교역 문제도 잘 해결됐고, 엄청난 친구도 한 명 사귀었으니 만족스러운 이야기의 끝이었다. 자, 그럼 문제도 해결하고 남은 건…… 잘못을 한 남편을 혼내는 일이다.

"자. 이제 말씀해 보시지요."

"응? 뭐를?"

저, 저, 보라. 무슨 말인지 전혀 모르겠다는 '척'하는 눈빛을. 자신은 전혀 잘못한 게 없다 말하고 있는 시하루의 눈빛과 절대 물러서지 않고 '너의 죄를 끝까지 밝히겠노라.'라 말하고 있는 유아의 눈빛이 맞서고 있다. 하지만 늘 먼저 꼬리를 내리는 건 이 나라의 왕이다. 하늘 아래 살면서 하늘을 두려워하지 않는 여인이 몇이나 더 있을까.

"저한테 거짓말했어요."

“……..”

“부부 사이에는 거짓말하면 안 된다고 했잖아요.”

언젠가 그가 했던 말을 이용해 따지고 있는 그녀이다. 그 역시 자신의 죄를 아는 건지 아무 말도 못하고 있었다.

“미안.”

결국 그가 선택한 건 솔직한 사과였다.

“저한테는 만나 본 적도 없다고 했잖아요. 심지어 하휘도에 간 적이 있다는 말도 안 했어요.”

생각을 하는 건지 아니면 대답을 피하려는 건지 또다시 침묵이 이어졌다.

“이러다가 나중에 다른 여자 만나고 안 만났다고 거짓말하는 날이 올까 두려워지네요.”

“아니, 그럴 일은 절대 없으니까.”

“미리 말하는데, 나 서하연의 꽃이에요. 제대로 안 지키면 다른 사람한테 빼앗길지도 몰라요.”

어느새 유아의 얼굴에는 시하루를 괴롭히는 것으로 생긴 즐거움이 한가득 번지고 있었다. 하지만 고개를 푹 숙이고 있는 그는 그것을 알 리가 없었고, 장난인지 모르는 그의 기분은 더더욱 바닥을 향해 추락했다.

“그러고 보니 서궁후 님 내일 돌아가신다는데, 확 따라가 버릴까 보다.”

한바탕 난리를 칠 줄 알았는데, 의외로 반응이 조용하다. 아무래도 약을 올린다는 것이 정도가 지나쳤나 보다.

"……혹시 하휘도를 그냥 그대로 내버려 뒀으면 했어요?"

유아가 다시 본론으로 돌아와 그와 눈을 맞추며 물었다. 그녀의 말이 정곡을 찌른 건지 그의 어깨가 들썩였다. 이제 장난은 그만해야지. 그럴 일 없겠지만, 이러다가 울릴지도 모른다는 생각이 들 정도로 너무나 풀이 죽어 버린 그였다.

"……사실 아버지께서 그 문제를 추진하실 때 나는 반대 입장이었어."

"그러면 처음부터 그렇게 말을 하지."

"너랑 일 문제로 대립하기 싫어."

"사람이 어떻게 의견 차이가 없을 수 있어요? 원래 충돌이 생기고 대립하고 그러는 거예요."

유아의 일방적인 훈계가 어느 정도 끝이 날 무렵. 여전히 기가 죽어 있는 시하루를 바라보던 그녀가 뜬금없이 물었다.

"나 사랑하죠?"

"당연하지."

대답이 빠르다.

"그러면 그러지 마요. 어떻게 보이고 어떻게 생각하는지 전부 말해 줘요. 의견 차이로 실컷 싸우는 일이 있다고 해도 저는 공과 사는 확실하게 구분하니까요. 우리 조회실 안에서는 실컷 싸워요. 단, 궁에 돌아오면 조회실 안에서 있던 일은 잊는 거예요."

그럴 줄 알았다는 듯 유아가 씨익 웃으며 제안했다.

“그래. 알았어.”

그제야 안도의 한숨을 내쉬며 그녀를 따라 웃는 시하루. 과연, 백성들이 천유국의 실세라 부르는 그녀이다. 한껏 무게 잡고 몰아세울 때는 언제고 이제는 안아 달라는 듯 두 팔을 벌리고 있다. 2년이라는 시간이 흐르며 배운 것이 있다고 하면, 그녀의 능청스러움도 그중 하나이다. 시하루의 마음을 쥐락펴락하는 그녀를 보며 이신은 항상 말했다.

‘유아 님, 제발 시하루 님을 버리지 마세요. 유아 님이 안 계시면 전하 하나가 아니라 이 나라가 무너질지도 모릅니다.’

*　　*　　*

“아직 그 차림은 익숙하지가 않네요. 돌아가시는 길도 여장하시는 게 어떠세요? 제 옷 빌려 드릴까요?”

지금이라도 당장 자신의 옷장에서 예쁜 옷 한 벌 꺼내올 테니 언제든 말하라는 태도였다.

“나도 네 그 차림은 여전히 익숙하지 않아. 솔직히 말해 안 어울려.”

마주 보고 선 유아와 서궁후가 서로의 옷차림을 지적하고 있다. 배웅 준비를 끝낸 시하루가 나왔기에 망정이지 조금만 더 늦었으면 서로 감정이 상할 정도까지 갔을지도.

“언제 한번 하휘도에 놀러 와.”

"네. 같이 갈게요."

유아가 시하루에게 잡힌 손을 빼기는커녕 더욱 꽉 붙잡으며 활짝 웃었다.

"아니, 너 혼자 와. 저 녀석은 데리고 올 필요 없어."

"그럼 아마 평생 못 가겠네요."

서궁후는 찰싹 붙어 알콩달콩하는 그들 때문에 심기가 불편했다. 물론 전날도 사이가 나빠 보이지는 않았지만, 오늘은 애정 행각(?)이 더 심했다. 하휘도에 돌아가는 대로 예쁜 색시 하나 찾아봐야겠다는 생각까지 들 정도로.

"……너희 둘 짜증 나."

하고 싶은 말은 많았지만 결국 그가 선택한 말은 이 짧은 한마디이다.

"나중에 또 놀러 와라."

형식적인 인사라는 게 목소리에서 느껴졌다. 하지만 서궁후가 그런 걸 신경 쓰겠는가.

"그래, 그때는 나를 배웅할 인원이 지금보다 더 늘어나 있겠지?"

"아들 하나에 딸 하나래."

"그건 또 뭐야?"

즐거워 보이기까지 하는 시하루에 못마땅한 서궁후이다.

"유아의 미래 계획."

"……뭔지는 모르겠지만. 힘내라."

"그래. 힘낼게."

＊　　＊　　＊

─1년 후

천유국 시율왕 16년.

"허허. 오셨습니까."

"안녕하십니까."

나이가 지긋하신 영감들이 뒷짐을 지고 여유롭게 어느 큰 궁 안으로 들어서며 말했다. 그들뿐만이 아니다. 최근 천유국에는 웃음소리가 끊이질 않고 있었다. 과거 성격 나쁜 시하루가 기분이 나쁠 때면 모두가 긴장해야 했던 아슬아슬한 나날과는 차원이 달랐다. 대화를 나누며 걷다 보니 조회실 문 앞에 도착하는 건 순식간이었다. 오늘도 조회에 참석하기 위해 궐을 찾은 그들이 문을 열고 방 안으로 막 들어설 때였다.

"지금 장난하는 겁니까?"

"전하야말로, 그렇게 나오시면 곤란하지요!"

"제정신으로 하는 소리입니까? 이러다가 죽습니다. 모든 걸 잃는 수가 있습니다!"

"그렇다고 확신도 없는 길을 선택할 수는 없습니다! 너무 위험해요!"

문이 열리기 무섭게 상냥한 아침 인사가 아닌, 날카로운 두 목소리가 쩌렁쩌렁 울려 퍼졌다. 하지만 놀라기는커녕 익숙하다는 듯 둘은 당사자들에게 들리지 않을 아침 인사를 한 뒤 제자리에 착석했다. 그러거나 말거나 높을 대로 높아진 목소리의 주인공들은 누가 오건 말건 관심 없었다.

"아, 오셨습니까."

끼고 싶지 않아 무관심한 시선으로 둘의 다툼을 관람하고 있던 유시후가 나이가 지긋한 영감님들을 발견하고는 자리에서 일어나 공손하게 인사를 올렸다.

"그래서 오늘은 또 무슨 일······."

"무엇을 정하는데 저리 난리이신 겁니까?"

주제가 매번 바뀌었기 때문에 전반전을 보지 못한 그들은 처음부터 끝까지 지켜봤을 유시후에게 물었다. 그 질문에 신경 쓰고 싶지 않다는 듯 다시 자리에 앉아 책장을 넘기던 그가 한숨과 함께 대답하기를.

"아······ 장기 훈수요."

사건의 전말은 이러했다. 아침 조회 시간보다 일찍 모인 이신과 유시후, 그리고 시하루 부부. 남는 시간 동안 이신은 유시후에게 장기 시합을 제안했고, 시하루와 유아가 이를 구경하던 중에 이리 싸움이 나 버렸다. 정작 장기를 두던 두 사람은 흥이 깨져 제자리로 돌아가 버렸는데도 불구하고 그들의 말싸움은 끝나지 않더라는 것이다.

"······그것참, 또 쓸데없는 걸로 저러시는군요."

“사이가 좋으신 건지 나쁘신 건지.”

“그만 말려야 하지 않나요?”

이쯤 되니 슬슬 그들이 걱정되기 시작하는 사람들이다. 둘 사이가 나빠지면 궐 안의 분위기 역시 어두워진다.

“아니요. 그냥 내버려 두세요. 이제 곧 끝날 테니까요.”

유시후가 말려야 하나 마나 고민하는 그들에게 전혀 걱정할 필요 없다고 침착한 목소리로 말했다. 과연, 그의 예상대로 어느새 조용해진 그들이다. 잠시 시선을 떼고 있는 사이에 그 의미 없는 다툼의 결말을 보지 못한 이들의 시선이 다시 그들에게로 향했다.

“좋아요. 이제 화해해요.”

“그래.”

실컷 싸워 놓고 어느새 서로 손을 잡고 방실방실 웃고 있다. 잠시나마 걱정했던 이들에게는 이보다 어이없는 일이 없었다. 조회실 안에서는 주제에 상관없이 의견 차이가 생기면 거의 무조건 싸운다. 그리고 많이 싸우는 만큼 많이 화해한다. 절대 조회실 밖에서는 싸우지 않는다. 다툼이 끝나지 않더라도 조회실을 벗어나면 그 일은 잊는다. 이것이 그들의 규칙. 덕분에 조회실 안은 늘 시끄러웠지만, 전체적으로 봤을 때 궐 안은 아주 조용했다.

“아니, 잠깐만요. 그게 아니지요!”

화해의 악수를 한 지 얼마나 지났다고, 또다시 조회실 안이 소란스러워졌다.

"너야말로. 이번에는 네가 틀렸어!"

"자꾸 그럴 거예요? 그럼 이 문제는 이신 공께 여쭤 보는 건 어때요? 누구 말이 맞나!"

얌전히 앉아 차를 마시던 이신이 화들짝 놀랐다. 이러다가 괜히 자신에게까지 불똥이 튀는 건 아닌가 싶어 불안하다는 눈치이다.

"그러든가! 미안하지만, 이신은 내 편이거든."

무슨 자신감으로 하는 소리인지는 모르겠지만 아마 그것은 시하루, 그 혼자만의 생각이 분명했다. 하지만 이를 모르는 유아는 그가 지금 편 가르기를 하고 있다는 생각을 한 건지 잔뜩 약이 올랐다가 문득 생각난 듯 응수했다.

"이신 공은 몰라도 우리 아들은 분명 엄마 편일 거예요."

그녀의 말에 시하루가 잠시 주춤했다.

"……왜 또 그게 그렇게 돼……."

바로 기어 들어가는 목소리에 유아의 입가에는 벌써부터 승리의 미소가 살포시 걸렸다. 하지만 이대로 물러설 수 없다는 듯 시하루는 그나마 자신을 이해해 줄 누군가를 향해 다가갔다.

"유시후, 넌 이게 말이 된다고 생각해? 넌 그래도 남자잖아. 적어도 나랑은 같은 입장이잖아. 어떻게 생각해?"

이번에는 조용히 책을 읽고 있던 그에게 불똥이 튀어버렸다. 자신의 말에 집중하라는 의미에서 책까지 가져가 버린 시하루 때문에 그는 화가 나 보였다.

“……아직 아들인지 딸인지도 모르는데, 도대체 두 분은 뭐 하시는 겁니까?”

“첫째는 무조건 아들이라니까요?”

그녀 역시 어디서 오는 확신인지 모르겠지만, 하도 들어서 그런지 이제는 시하루의 머릿속에서도 ‘첫째는 아들.’이라는 것이 거의 기정사실이 되어 버렸다.

“어떻게 하면 좋아?”

“……뭘 어떻게 해요? 나중에 태어나면 본인에게 직접 물어보시든가요.”

귀찮아 죽겠다는 듯 유시후가 대답을 하며 시하루의 손에 들린 책을 되찾아 갔다. 대충 던진 말이었는데 의외의 해결책을 찾았다는 듯 표정이 한결 밝아진다.

“좋아. 그럼 나중에 물어보자.”

“두고 보세요. 제 편이 분명하니까.”

아직 태어나지도 않은 그들의 아이는 이러한 부모 때문에 태어나기 전부터 미래에 해결해야 할 일들이 너무나 많았다. 슬슬 마무리되는가 싶던 그들의 쓸데없는 다툼이 또다시 시끄러워지기 시작했다. 자리에 앉아 있던 이들의 얼굴에는 ‘또 시작이다.’라는 글자가 적혀 있었고, 이제는 관심 없다는 듯 웃으며 각자 제 할 일을 하고 있다.

“오늘도 두 분의 다툼은 끊이질 않네요.”

“허허. 그렇다면 오늘도 참 평화로운 하루가 되겠군요.”

　이들이 시끄러우면 시끄러울수록 그것은 곧 천유국의 평화를 의미했다. 과거 조용하고 차가웠던 궐은 이제 그들의 기억 속에서 지워진 지 오래이다.

　왕의 옆에 그녀라는 꽃이 있는 한 그 행복은 영원할 것이다.

　옛날 옛날에 궁 안에 잠들어 있는 꽃이 있었다.

　기나긴 잠에서 깨어난 꽃은 세상에 나와 더더욱 활짝 피었고, 어느새 궐 안은 그 향기로 가득 찼다고 한다.

〈소이랑 이야기 끝〉

四話 * 라히연 이야기

　내 남편은 아주 잘생겼다. 심지어 성격까지 좋다. 가끔씩 유아를 괴롭히기는 하지만, 그것은 어디까지나 애정표현. 절대 이유 없이 짜증 내는 일 없다. 이렇게나 완벽한데 어째서인지 유아는 그것을 인정하지 않으려 한다.

＊　　＊　　＊

　내가 그를 만난 건 십 년도 더 전의 이야기다. 예전의 나는 지금과 달라, 매우 소극적인 아이였다. 믿기 힘들겠지만 말수도 적었고 사람들 틈에 끼지 못하고 주위를 맴도는 아이였다. 아마 어렸을 때부터 바쁘신 어머니와 아버지 때문에 거의 혼자 지내왔기 때문이 아닐까 싶다. 그리고 부모님 역시 그것이 걱정된 건지, 그날은 나를 집에 혼자 두고 가는 대신 잘 알고 지내는 사이라는 지인 분의 집에 맡기셨다.

"시후야, 네가 가장 큰 오빠니까 잘 지켜줘야 한다?"

그 집에서 만난 남자아이는 나랑 동갑이라고 했다. 그런데 뭐가 그렇게 불만인지 나를 바라보는 시선이 영 곱지만은 않았다. 게다가 그 아이의 뒤에는 나보다 훨씬 어린 작은 아이가 매달려 있었는데, 꽤나 익숙한 듯 그 애를 돌보고 있었다. 나중에 들으니 여동생인 줄 알았던 그 아이 역시 나와 마찬가지로 사정이 있어서 맡은 아이라고 했다. 아니, 이 집은 무슨 보육시설인가?

그 작은 아이는 귀찮아 죽겠다는 시선을 의식하지 못한 건지 끈질기게 남자애에게 매달렸다. 그 아이를 떼어 내기 위해 온갖 방법을 사용했지만, 결국 그는 늘 져 주었다. 작은 여자아이의 이름은 소유아라고 했다. 그리고 나와 동갑인 남자애의 이름은 유시후.

혼자 지내는 게 익숙한 나는 그 집에서도 되도록이면 혼자 있기 위해 노력했다. 유아는 나를 아주 자연스럽게 '히연 언니'라고 불렀다. 반면 그 녀석은 '야'라고 아주 짧게 불렀다. 종종 '밥 먹으러 오래.'라든가 '빨리 와.' 등의 퉁명스러운 말을 할 뿐, 제대로 대화를 나눠 본 적은 없었다.

언젠가 날이 좋아 정원에 누워 햇빛을 만끽하다 깜빡 잠이 든 적이 있었다. 언제까지고 좋을 줄 알았던 날씨는 내가 잠든 사이에 바뀌어 버렸다. 파란 하늘은 검은 구름으로 가려졌고 굵은 빗

방울까지 쏟아졌다. 얼굴에 떨어지는 차가움에 눈을 뜬 나는 그 비를 피할 새도 없이 쫄딱 젖었고, 그것은 나를 찾기 위해 돌아다니던 유시후도 마찬가지였다. 나는 무심한 듯 툭 던지는 투로 데리러 왔다는 말과 함께 내민 그의 손을 잡았다.

집으로 돌아와서 그는 아주머니께 엄청나게 혼이 났다. 하지만 나는 혼나지 않았다. 차라리 같이 혼났다면 이렇게 미안하지 않았을 텐데. 입 안에서는 '미안'이라는 말이 수십 번도 더 맴돌았지만, 정작 입 밖으로 나가질 않았다. 그런 내가 너무나 답답했다.

그 뒤로 나는 그를 피해 다녔다. 솔직히 말하면 그가 나를 피한 건지도 모르겠다. 어쨌든 우리는 서로를 거의 없는 사람 취급하며 지냈다.

그러던 어느 날, 내 인식에 큰 변화를 주는 사건이 발생한다. 늘 그랬듯 여유롭게 혼자만의 시간을 즐기며 정원을 산책 중인 나의 눈에 연못에 있는 작은 다리 위에서 발을 동동 구르는 아이가 들어왔다. 누군지도 궁금했지만, 그것보다도 대충 이야기를 들어 보니 아래 연못에 소중한 비녀를 빠뜨려 버렸다고 한다.

"음······."

대충 보니 수심이 허리 정도까지 오는 호수. 이 아이에게는 무리겠지만, 나라면 충분히 들어갈 수 있어 보였다. 나는 망설임 없이 연못 안에 들어갔다. 중간으로 가면 갈수록 수심이 깊어지기는 했지만, 그때 내 머릿속에는 빨리 비녀를 찾고 나가야겠다는 생각밖에 없었다. 대충 연못 바닥을 바라보며 휘적휘적 걷고 있는데 짜증이 가득 담긴 익숙한 목소리가 들려왔다.

"여기서 뭐하냐?"

이런, 하필 저 녀석에게 들키다니. 하지만 이미 중간 지점까지 들어온 이상 아무리 녀석이라고 해도 어찌하지는 못할 것이다. 그의 말을 무시하며 비녀 찾기에 몰두하려는데 갑자기 뒤에서 '첨벙' 하는 소리가 들려왔다. 놀란 내가 고개를 들고 뒤를 돌아보자, 아까까지만 해도 분명 화가 나 보이던 녀석이 나와 마찬가지로 연못에 들어와 있었다. 내가 멍하니 자신을 바라보자 또 쏘아붙인다.

"뭐해? 뭔지는 모르겠지만, 같이 찾아 줄 테니 유아가 오기 전에 빨리 찾자. 우리가 이러고 있으면 노는 건 줄 알고 뛰어들게 분명하니까."

확실히 유아라면 그럴 만도 하지. 한 몇십 분을 돌아다녔을까, 슬슬 지쳐 그만 포기할까 하는 생각이 들 때쯤.

"야, 여기에 뭐가 있는 거 같은데?"

녀석에 말에 나는 냅다 그의 앞으로 달려갔다. 과연, 그의 말대로 연못 바닥에 장신구 하나가 떨어져 있었다. 좋았어! 나는 망설이지 않고 그것을 집어 올렸다. 물론 수심이 수심이다 보니 머리끝까지 잠겨, 홀딱 젖었지만. 도와줬으니 감사의 인사를 하기 위해 그를 바라봤는데, 그는 어째서인지 놀란 듯 굳어 있었다.

"도와줘서 고마워."

나는 여전히 다리 위에서 우리를 불안하게 바라보고 있던 그 작은 아이에게 비녀를 돌려주었다. 고맙다는 말을 내가 들은 건 조금 찝찝했지만. 연못에서 나오기 무섭게, 저 멀리서 시종들이 다급히 달려오는 게 보였다.

"아…… 또 혼나겠다."

말을 그렇게 하고 있었지만, 왠지 모르게 녀석은 웃고 있었다. 그리고 그 웃음을 보니 나도 모르게 웃음이 나왔다. 결국 우리 둘은 또 물을 뒤집어쓴 꼴로 아주머니 앞에 섰고, 벌을 각오했지만 그날은 혼나지 않고 넘어갔다. 그 이유는 모르겠지만 아주머니는 우리를 보고 뭐가 웃긴 건지 그저 웃으시기만 했다.

그 날을 계기로 이상하게 녀석은 내 뒤를 따라다니기 시작했다. 말로는 내가 또 사고를 칠까 두려워서라는데 과연 사실일지……. 그렇게 따라다니고, 따라다니고, 이따금씩 뒤돌아 그를 바라봤다. 자꾸만 나에게 다가오는 그에게 서서히 마음이 열렸고 곧 닫혔던 입도 금방 열렸다.

그렇게 어느샌가, 내가 그를 따라가는 건지 그가 나를 따라오는 건지 알 수 없게 되어 버렸다. 우리들 사이의 거리는 점차 줄어들었고 곧 우리는 나란히 걷게 되었다. 그렇게 계속해서 함께하는 시간이 흐르고 흘러 '오늘'이라는 날이 되었다.

＊　　＊　　＊

"설마 오라버니가 공처가가 될 줄은 상상도 못 했지."

희안궁의 작은 정자에 앉아. 차 한잔을 하고 있던 유아가 말했다. 그녀의 말에 앞에 앉아 있던 히연이 싱긋 웃었다.

"음…… 그런가? 난 모르겠는데?"

유아의 두 눈이 '그거야 예전부터 그랬으니까 못 느끼는 게 당연하겠지.'라 말하고 있었지만, 히연은 자신의 품에 안겨 있는 작은 여자아이를 재우느라 정신이 없었다. 그 모습을 바라보던 유아가 단호히 말했다.

"오죽하면 딸한테까지 언니 이름을 붙여 줬겠어."

라히연. 유히연.

딸이 태어났을 때, 이름을 '히연'으로 짓겠다는 오라버니의 통보에 얼마나 놀랐던가. 아저씨와 아주머니도 그 고집을 꺾기 위해 노력해 봤지만 소용없는 일이었다. 결국 그들 사이에서 태어난 그 아이는 엄마와 같은 '히연'이라는 이름을 갖게 되었다.

"히연! 이제 그만 집에 가자."

때마침 일이 다 끝난 건지 유시후의 목소리가 희안궁에 울려 퍼졌다. 이신 밑에서 일하게 된 유시후와 희안궁의 교사로 일하게 된 히연. 둘은 늘 아침 일찍 함께 궐로 출근하고, 일이 더 빨리 끝나는 히연이 희안궁에서 그를 기다리며 퇴근도 함께 했다.

"이름 부를 때마다 애정이 넘쳐나, 아주."

"하하, 그런 게 아니야. 나랑 똑같은 이름으로 지은 이유는……."

그러니까 좋아해서.

"귀찮아서 그러는 거야."

유아는 갑자기 오라버니가 불쌍해졌다. 제 딴에는 히연을 생각한다고 그렇게 한 거 같지만, 정작 받아들이는 입장에서는 부인을 사랑하는 그 마음을 '귀찮음'으로 정의하다니.

이만 가 봐야겠다며 자리에서 일어난 히연은 유아와 그녀의 옆에 항상 붙어 있는 시하루를 향해 인사를 하고는 희안궁을 나섰다. 굳이 희안궁에 나와 일을 하겠다고 고집을 부린 시하루가 '이제 우리도 그만 가야지.'라 말하며 자리에서 일어나자 고개를 끄덕이던 유아가 말했다.

"……히연 언니도 은근히 둔한 구석이 있다니까. 안 그래요?"

남이 둔한 것을 걱정할 때가 아닐 텐데. 오히려 그런 그녀가 더욱 답답한 시하루는 어이없다는 눈으로 유아를 바라보았다.

"너만 할까."

〈라히연 이야기 끝〉

五話 * 소유아 이야기

나는 다정하고 따뜻한 우리 어머니, 아버지가 정말 좋았다.

"아버지? 어디 가세요?"

예전에는 나랑 잘 놀아 주셨지만 요즘 들어 아버지는 매우 바쁘셨다. 매일 아침, 내가 일어나기도 전에 나갈 채비를 끝내시고 막 일어난 나에게 환한 미소와 함께 잘 잤느냐는 말을 하신 뒤 항상 어디를 가셨다. 그리고 늦게 들어오셨다. 아버지를 자주 못 뵙는다는 것에 서운해진 나에게 어머니는 말씀하셨다.

궐 안에 아버지의 소중한 친구가 있는데, 그 친구가 지금 많이 아프다고. 그래서 아버지께서 곁에서 도와 드리지 않으면 안 된다고. 아무리 그래도, 나는 그게 누군지 알 수 없었지만 아버지를 빼앗겼다는 사실 하나만으로 그 누군가를 싫어했다. 그만큼 철없는 어린 날의 일이다. 어느 날은 일찍 돌아오신 아버지를 붙잡고 떼를 썼다.

"앞으로 일찍 일어 날 테니까 저도 데리고 가 주세요."

내 말도 안 되는 고집에 어머니께서는 나를 말리셨지만, 아버지께서는 잠시 생각한 뒤 고개를 끄덕이며 내일부터는 함께 가자고 하셨다.

이튿날, 정말로 아버지는 궐에 나를 데리고 가 주셨다. 태어나서 처음……은 아니라고 하셨지만 너무 어릴 적의 일이라 자세히 기억이 나지 않는 미지의 장소였다.

"알았지, 유아야? 아빠는 지금부터 일을 하러 가야 하니까 여기에 얌전히 있어야 한다?"

"네."

역시 아버지의 일하는 모습을 보는 것까지는 무리였나 보다. 하지만 같은 공간에 있을 수 있다는 것만으로도 어디인가. 떼를 썼으니 얌전히 기다리는 착한 아이가 되어야지. 궐은 아주 넓기 때문에 함부로 돌아다니면 길을 잃을 수 있으니 가마 밖으로 나오지 말라는 주의도 확실하게 들었다. 절대, 한 발자국도 나가지 않으리라. 나는 착한 아이니까.

챙겨 온 책을 읽으며 얌전히 가마 안에서 기다리고 있으면 아버지가 나를 데리러 오신다. 그리고 우리는 같이 집으로 향한다. 집에 가면 우리를 기다리고 있던 어머니가 나를 안아 주신다. 그리고 나는 다시 내일을 기다린다.

그렇게 아버지와 함께 하는 출근이 계속되었고, 며칠 째인지 모를 어느 날 나는 누군가를 만났다. 그 날도 나는 가마 안에서 얌전히 책을 읽고 있었다. 그때 가마에 뭔가가 부딪치는 둔탁한 소리가 나더니, 사람의 비명 소리 같은 게 들려왔다.

"뭐야! 왜 이런 데에 가마가 놓여 있는 거지!"

불만 가득한 상대의 목소리에 나는 살짝 움츠러들었다.

"괜찮으세요?"

나는 조심스럽게 상대에게 물었다. 부딪힐 때 소리가 장난이 아니던데 어디 크게 다치진 않았을까 걱정되었기 때문이다. 그런데 아무 말도 들려오지 않았다. 상태가 심각해 말을 못 하고 있는 건 아닌가 싶어 가마 옆에 있는 작은 창을 열려고 할 때.

"누…… 누구냐! 궐 안에는 무슨 일로 들어온 거지?"

나와 마찬가지로 당황한 상대의 목소리가 들려왔다. 그제야 아무 문제가 없다는 걸 깨달은 나는 안도의 한숨을 내쉬었다.

"아…… 아버지를 따라 들어왔어요."

솔직하게 대답을 해 주었는데, 또다시 아무런 대답이 들리지 않는다. 아무래도 상대와 얼굴을 마주 보지 않고 하는 대화는 불편해 가마 밖으로 나가려고 했지만, 아버지와의 약속이 떠올라 꾹 참아 보기로 했다.

"심심한데 마침 잘됐네."

"네?"

"내 말동무라도 해 줘."

뜬금없이 말동무를 해 달라는 그에게 나는 아무런 대답을 하지 않았다. 그러나 매일같이 찾아오는 것으로 보아, 그는 내 침묵을 멋대로 승낙으로 받아들인 모양이었다. 나는 움직일 수가 없으니 매번 같은 자리에 있고 그는 항상 나를 찾아온다. 그리고 끊임없이 자신의 이야기를 풀어 놓는다. 간간히 이야기를 듣고 있다는 걸 알리려고 반응을 해 주기는 했지만, 사실 그가 하는 말의 반 이상은 무슨 말인지 이해가 되지 않았다. 그나마 나머지 반도 책을 읽느라 기억에 남지 않았다.

하긴 그건 중요한 게 아니지. 나는 그의 이야기보다 그가 늘 들고 오는 다과들에 빠져 있었다. 어디서 이런 걸 다 얻었는지는 모르겠지만 그는 항상 맛있는 걸 많이 갖고 와 주었다. 그러던 어느 날, 그가 나를 찾은 뒤로 보름이 지날 무렵 그가 물었다.

"……너 진짜 밖으로 안 나올 거야? 항상 안에 있잖아."

그쯤 되니 그가 좋아하는 것, 싫어하는 것 기타 등등 많은 것을 알 수 있게 되었다. 그의 이름과 얼굴을 제외하고는. 확실히 보름 정도 지나니 그 역시 나의 정체가 궁금한 모양이었다.

"아버지께서 밖에 돌아다니지 말고 얌전히 기다리라고 하셨어요."

나는 스스로 착한 아이가 될 거라고 굳게 다짐했다.

"그럼 이 문이라도 좀 열어 봐. 안 답답해?"

'호기심'이라는 악마의 속삭임이 들려오는 거 같았지만 아버지와의 약속을 지키려는 내 의지는 대단했다. 끝까지 버티자 결국 지치는 건 그쪽이었다.

"좋아. 그러면 이름이라도 알려 주든가."

"어머니가 모르는 사람한테 이것저것 알려 주지 말라고 하셨는데……."

궐에 들어가면서 어머니께서 당부하셨던 몇 가지 중에 그것 역시 포함되어 있다는 걸 떠올린 나는 나름대로 정중히 거절했다. 그러자 상대는 잔뜩 골이 났다는 듯 투덜거렸다. 직접 보지 않아도 나는 알 수 있었다.

"이름과 얼굴을 모를 뿐이지, 아예 모르는 사람이라는 생각은 안 드는데?"

그의 말에는 일리가 있었다. 모르는 사람이라고 하기에 나는 그에 대해 너무 많은 걸 알고 있다. 그 잠시를 못 기다리고 다시 재촉을 하는 그에게 나는 대답해 주었다.

"……소유아요."

"소유아?"

알려 달라 해서 기껏 알려 줬는데 내 이름을 부르는 그의 목소리가 아무래도 이상했다. 그리고 곧 그의 입에서 소월가의 이름이 나왔다. 아무래도 나에 대해 알고 있나 보다. 아니면 아버지에 대해서 알고 있든가. 그리고 며칠 뒤, 그는 종종 평소보다 늦게 오고는 했다. 대충 들어 보니 어디를 들렀다 오는 거라는데 어딘지는 몰라도 그렇게 유쾌한 곳이 아닌 건 확실했다. 그러던 어느 날, 어째서인지 잔뜩 긴장한 아버지께서 내 손을 꼭 잡으며 물으셨다.

"유아야, 아버지랑 한 약속 잘 지키고 있지? 아버지 일 하는 동안 밖에 나오거나 하지는 않지?"

그 질문에 나는 꽤 긴 시간 동안 약속을 지켰다는 것에 스스로를 자랑스러워하며, 고개를 크게 끄덕였다.

"네, 물론이죠. 지금까지 단 한 번도 밖에 나간 적 없어요."

약속을 잘 지키고 있다며 칭찬을 해 주시던 아버지에게 무슨 곤란한 일이라도 생긴 모양이었다.

"하긴, 우리 예쁜 유아가 아버지랑 한 약속을 안 지킬 리는 없겠지. 그럼 도대체 언제 만난 거지?"

그리고 이튿날.

"오늘은 어머니도 함께 가시는 거예요?"

"음…… 네 아버지께서 하도 같이 가자고 하셔서……."

가족 다 함께 외출이라니, 이보다 더 기분 좋은 일은 없다. 궐에 도착해 늘 같은 장소에서 아버지는 일을 하러 가셨고 어머니는 밖에 남아 계셨다. 곁에 어머니가 계신다는 사실에 안심이 된 덕분일까. 평소보다 더 빨리 찾아온 낮잠의 유혹에 나는 넘어가고 말았다. 어렴풋이 가마 밖에서 어머니가 누군가를 향해 밝게 인사하는 소리가 들렸지만 그것이 누구인지도 확인하기 전에, 나는 잠에 빠져들었다.

*　　*　　*

　시간은 흐르고 흘러 어느새 밖에는 봄기운이 가득했다. 꽃들이 활짝 피면 필수록 밖으로 나가고 싶다는 생각은 더욱더 강해졌다. 하지만 유혹에 굴복할 내가 아니다. 그동안 견디어 낸 시간을 봐서라도.

　"내일도 올 거지?"

　여전히 얼굴을 모르는 그와 함께 있으면 신기하게도 시간이 참 빠르게 지나갔다. 내일도 올 거냐는 질문에 나는 내일 지방에 일이 있어 어머니, 아버지와 함께 가야 한다는 사실을 떠올리고 대답했다.

　"음…… 죄송해요. 어머니랑 아버지랑 다 함께 다른 지방에 가기로 했거든요. 당분간은 이곳에 없을 거예요."

　"그럼 할 수 없지. 돌아와서 보자."

　목소리에서 서운함이 느껴졌다. 그리고 그것은 나 역시도 그러했다. 내일도 그를 만나고 싶은 마음은 굴뚝같았지만 얼마만의 가족 여행인가. 물론 일 때문에 내려가는 거지만.

　"돌아오면 같이 꽃구경이라도 해요."

　아마 여행이 끝나고 돌아올 쯤에는 지금보다 더 많은 꽃들이 필 거 같아 내가 먼저 제안했다. 그러자 곧바로 비웃는 듯한 말이 들려왔다.

　"가마에 탄 채로? 그건 불가능할 텐데?"

　흥. 사람을 뭘로 보고.

　"다음에 올 때는 두 발로 걸어올 거니까 걱정하지 마세요."

안 그래도 조만간 아버지께 허락을 구할 생각이었다. 계속 가마 안에 있는 건 나도 좀 답답했으니까.

"어, 진짜?"

그의 놀란 목소리에 나는 조용히 웃었다. 그리고 인사했다. 또 보자고.

……그 뒤로는 기억이 나지 않는다.

머리가 어지럽고 열이 났다. 어머니와 아버지가 걱정스럽다는 눈으로 나를 내려다보고 계셨다. 푹 자면 괜찮아질 거라는 어머니의 말을 들으며 나는 다시 잠이 들었다. 그 말대로 잠에서 깨어나 눈을 떴을 때는 몸이 가벼워진 느낌이었다. 하지만 나를 바라보던 어머니와 아버지는 곁에 없었다. 내가 일어날 때 걱정스럽다는 눈으로 나를 바라보고 있던 건, 왜 이곳에 있는 건지 모를 오라버니와 히연 언니. 정신을 잃기 전에는 분명 가마 안이었지만 일어나고 보니 나는 유월가에 있었다.

그 뒤부터는 순식간이었다.

나는 부모님을 잃었고 내가 돌아갈 곳을 잃었다.

그리고 나는 누군가와의 소중한 약속을 잊어버렸다.

*　　*　　*

눈을 뜨니 높은 천장이 보였다.

"……."

어떤 슬픈 꿈을 꾼 거 같은데…… 이상하게도 아무것도 기억이 나질 않는다. 오라버니가 알면 분명 머리 나쁘다고 또 놀리겠지. 뭔가 소중한 걸 잃은 듯한 공허함이 나를 감쌌다. 괜히 쓸쓸해져 몸을 뒤척여 보니, 옆에 잠들어 있는 꽃따리 오빠의 모습이 눈에 들어왔다. 그러자 정말 신기하게도 마음속에서 스멀스멀 피어오르던 불안감이 순식간에 사라졌다. 잠들면 괜히 또 슬픈 꿈을 꿀 거 같아 무서워졌지만 지금 일어나기에는 뭔가 아깝기도 하고…….

"유아?"

생각보다 깊게 잠들지 않았나 보다. 최대한 조심스럽게 품 안으로 파고들었는데, 그걸 알아차리고 깨 버리니. 아침잠을 방해했다는 것이 살짝 미안해졌지만 그래도 예쁜 부인이 잠 못 자는 것보다는 낫겠지.

"……왜 울어?"

"나도 몰라요."

잠에서 막 깬 사람의 관찰력이 아니다. 아직 밖은 어둑어둑한데 그걸 또 어찌 알고. 그는 내 고개를 들려고 했지만 난 그렇게 만만한 상대가 아니다. 절대 그 힘에 굴복하지 않겠노라 마음속으로 선언하고 고집을 부리니 역시 그가 먼저 포기했다. 그 대신에 나를 더 꽉 끌어안아 주었다.

"아직도 애네. 아이고, 이걸 언제 다 키워."

아침에 조금 울었다고 다 큰 여인을 애 취급하다니. 그것도 이제는 슬하에 아들 하나와 딸 하나(예정)를 두고 있는 여인을. 꽤씸해서 품을 벗어나기 위해 버둥거렸지만 소용없었다. 정말 방금 잠에서 깬 거 맞아? 아니면 내가 요즘에 너무 책만 읽다 보니 체력이 달리게 된 거야?

"이 세상에 나처럼 육아까지 맡고 있는 왕 있으면 나와 보라고 해."

자신의 불쌍한 처지를 알아 달라는 듯 거짓 눈물을 찔끔거렸지만 그것은 나에게 먹히지 않았다.

"어디 아픈 건 아니지?"

"팔팔해요."

"그럼 됐어. 울어울어."

이상하게도 멈추지 않는 눈물 때문에 고생하고 있는데 슬슬 걱정이 된 건지 그가 물어왔다. 내가 어딘가 아파서 우는 거라고 생각한 모양이다. 방금 전까지만 해도 애라며 놀릴 때는 언제고, 이제는 걱정돼 죽겠다는 표정을 하고 있으니, 내 남편이지만…… 너무 예뻐 보인다. 지금 와서 생각해 보면, 내가 이 남자의 청혼을 덥석 받아들이지 않은 건 무슨 배짱이었나 싶다. 물론 어디까지나 이건 비밀. 내가 이런 생각을 했다는 걸 알게 되면 기고만장해질 테니. 튕기고 튕기다 '할 수 없이' 혼인해 준 여인으로 남겠노라. 그래야 평생 대접받지.

"아, 하지만 밖에서는 울지 마. 율이 녀석이 알면 내가 울린 줄 알고 화낼 테니까."

나를 달래 준다고 내 등을 토닥이고 있던 그가 말했다.

"아들한테 꼼짝도 못 해."

지고는 못 사는 그의 성격에, 백 번 싸우면 백 번 지는 상대가 있었다. 물론 나한테는 아예 덤빌 생각조차 못 하고.

"누가 너랑 똑같이 생긴 녀석으로 낳으래."

"그게 꼭 내 탓인가."

어느 정도 눈물이 멎으니 그제야 턱으로 내 머리를 찍으며 나를 괴롭히기 시작한다. 율이 이런 점은 닮지 말아야 할 텐데…… 벌써부터 걱정이다. 그는 율을 볼 때마다 나를 닮았다고 하지만, 나를 포함한 주위의 다른 이들은 그의 의견에 동의하지 않았다. 누가 봐도 그의 판박이인데. 오죽하면 이신 공께서 꽃따리 오빠같이 말 안 듣는 제자가 되지 않도록 벌써부터 붙잡고 교육을 시키겠는가.

"그래도, 딸도 너 닮았으면 좋겠다."

그래, 딸은 날 닮아야지. 이 고운 외모 물려받지 못하면 꽤나 서운해할 테니 말이야. 나야 좋지만 그렇게 되면 또 꼼짝도 못 하는 존재가 생기는 건데 그리도 좋을까. 아직 태어나지도 않은 딸의 외모에 대해 상상의 날개를 펼치느라 바쁘신 그는 내버려 두고, 어느새 눈물이 진정된 나는 서서히 졸리기 시작했다. 내가 다시 잠에 빠져든다는 걸 알아차린 건지 그의 목소리가 더욱 작아졌다. 그러나 나를 안고 있는 팔은 힘을 풀지 않았다. 오히려 더욱 끌어안던 그가 가만히 내 귓가에 속삭였다.

"사랑해."

눈꺼풀이 무거워지고 점점 머릿속이 몽롱해졌다. 따듯한 온기와 여전히 중얼거리는 그의 목소리를 들으며 나는 다시 잠에 빠져들었다. 신기하게도 방금 전의 불안함은 날아간 지 오래.

괜찮아. 확실히, 그동안의 난 많은 것을 잃었지만.

"……나도요."

잃은 것보다도 더 소중한 것들을 많이 찾았으니까.

〈소유아 이야기 끝〉

六話 * 시윤 이야기

　오늘도 어머니와 아버지가 다투신 게 분명하다. 그리고 보지 않아도 아버지가 잘못한 거겠지. 두 분이 다투는 모습은 이미 많이 봐 와서 잘 알고 있다. 열에 아홉은 늘 아버지가 먼저 사과를 하신다. 그러니 이번에도 아버지 잘못이 분명하다.

　생각하면 생각할수록, 어머니께서는 왜 아버지랑 혼인을 하신 건지 이해가 되지 않았다. 하여 오랫동안 생각해 본 결과, 아버지가 왕이라는 권력을 이용해 싫다는 어머니와 억지로 결혼했을 거라는 그럴싸한 결론을 낼 수 있었다. 아니면 납치를 했든가. 어쨌거나 범죄인 건 마찬가지다.

　내 이름 시윤. 올해로 6살. 이제 슬슬 세상 물정을 알아 갈 나이. 최근 나는 어떠한 사실을 깨달아 버렸다. 그래서 나 시윤은 아버지의 죄를 파헤치기 위해 '감시'하기로 했다.

묘시. 아직 이른 아침이지만 보모상궁의 말에 따르면 아버지께서는 보통 이 시간에 일어나 일을 하신다 하니 힘들게 눈을 떴다. 과연, 이렇게 이른 아침부터 방 안에 앉아 일을 하는 아버지의 모습이 보인다. 어차피 저것도 다 연기겠지만. 흥, 오래 버티지는 못할 것이다.

……

눈 한 번 깜빡한 거 같은데…… 눈을 떠 보니 높은 천장이 보인다. 이런, 깜빡 잠이 들었나 보다. 아무리 그래도 이렇게 일찍 일어나는 건 무리였나. 밖에서 잠이 들면 감기에 걸릴 수 있으니 정원에서 자지 말라고 어머니께 그렇게 한 소리를 들었는데. 이상하게도 아직 날씨가 으슬으슬할 텐데 어째서인지 내 몸은 따듯했다. 그리고 포근했다. 나는 지금, 누군가의 품 안에 안겨 있었다.

"어, 일어났어?"

조심스럽게 몸을 움직이니 나를 안고 있던 아버지께서 내 기상을 알아차리고 밝게 웃으며 인사했다.

"윤아, 밖에서 잠들면 감기 걸려."

몰래 감시하러 왔다가 들키는 것도 모자라 밖에서 잠까지 들어버리니 이제 남은 건 끊임없는 잔소리 폭탄뿐이겠지. 각오를 하고 눈을 질끈 감았는데 어째서인지 잔소리나 꾸중은 들려오지 않았다. 눈을 뜨고 살짝 고개를 들어 올리자 재미있다는 표정으로 나를 내려다보고 계시는 아버지가 눈에 들어왔다. 화가 난 사람의 표정은 아닌데……. 나는 어리둥절해졌다.

"우리 윤이, 일찍 일어났네. 엄마 닮아서 그런지 아주 부지런해."

잔소리를 각오하고 있는데 오히려 칭찬을 들으니 더더욱 혼란스러웠다. 고개를 갸웃거리며 자신을 올려다보는 내가 이상했던 건지 아버지는 멋쩍게 웃으시더니 나를 더욱더 꼭 안아 주셨다.

"그러고 보니 윤이 안아 본 지 꽤 됐네……. 애기였을 때는 항상 안고 다녔는데 말이지. 아, 물론 지금도 애지만."

"제가 지금보다 더 어렸을 때요?"

"응. 그러다가 네 엄마가 질투가 났는지 막 뭐라 하기도 했었어."

상상이 가질 않는다. 그 어머니가, 이 아버지에게 질투를 했다니. 놀라울 따름이다. 믿지 못하겠다는 내 표정에 아버지께서 눈을 찡긋거리며 웃으시더니 자신이 한 말이 진심임을 증명하겠다는 말을 시작으로 과거 이야기 몇 개를 들려 주셨다. 덕분에 아버지 품 안에 안겨 있는 동안 시간이 눈 깜짝 할 사이에 흘러가 버렸고.

아버지는 제 시간까지 일을 끝내기 힘들어 보였다. 얼마간 묵묵히 아버지의 옆에 앉아 일하는 모습을 관찰했으나, 너무 이른 기상의 영향에서 아직 완벽하게 벗어나지 못한 나는 어느새 앉아 계시는 아버지의 무릎을 베고 다시 누워 버렸다. 아버지는 일을 하시면서도 간간히 내 머리를 쓰다듬어 주셨다. 잠시 뒤, 밖이 소란스러워졌다. 곧 우리가 있던 방의 문이 열리더니 누군가의 발걸음 소리가 들려왔다.

"시하루!"

이크. 화가 난 듯한 어머니의 목소리이다. 익숙한 분위기에 나도 모르게 반사적으로 몸이 움츠러들었다.

"혹시 윤이 못 봤어요?"

그제야 나는 어제 어머니가 내주신 과제를 다 끝내지 못했다는 것을 기억해 낼 수 있었다. 어쩌지. 어쩌지. 다행히 누워 있는 내가 앉은뱅이 탁자에 가려서 보이지 않는 건지, 어머니께서는 방 안에 내가 있다는 것을 눈치채지 못하셨다. 어떻게 하면 좋을지 몰라, 당황하고 있는 내 이마에 아버지 손이 턱 하고 올라왔다.

"어…… 못 봤는데. 왜?"

"과제 내준 걸 다 하지도 않고 사라졌어요."

"하하. 만나면 내가 혼낼게."

아버지의 말에 어머니의 목소리가 잠시 들려오지 않는다. 그새 나가신 건가 싶어 고개를 살짝 들려고 했지만 아버지의 손에 힘이 들어간다.

"……혼내지도 못하면서."

그 말을 끝으로 정말 나가신 건지 문이 닫히는 소리가 들려왔다. 뭐지, 아버지께서 직접 나를 혼내시려는 건가. 방금 전 '만나면 내가 혼낼게.'라던 아버지의 말이 떠올라 나는 계속 누워 있어도 되는 건지 고민에 빠졌다. 아무래도 안 되겠다는 생각이 들어 몸을 일으키려는데, 아버지께서 내가 발로 차 버린 담요를 다시 덮어 주셨다.

"오늘만이다? 엄마한테는 비밀이야."

수업을 땡땡이 친 나를 혼내지 않고 봐주신다고 한다. 아버지께서는 장난스럽게 웃으며 오늘만 봐주겠다고 하시더니 이번에는 살짝 울상을 지으시며 말했다.

"몇 번이고 너를 감싸 줬다간 내가 네 엄마한테 미움 받고 말 거야."

"어머니한테요?"

"그래. 이 아버지는 네 엄마 없이는 못 살거든."

왠지 이해가 간다.

어머니는 정말 멋지신 분이시니까. 내가 긍정의 의미로 고개를 끄덕이니 아버지께서 피식 웃으시며 말하셨다.

"내가 장담하는데, 네 어머니는 아마 천유국에서 가장 강한 여인일 거야."

그 말 역시 동의한다. 지금도 궐 안에 돌아다니시는 나이 많은 할아버지들이 어머니 이름 하나에 높였던 목소리를 낮추고 순식간에 안색이 창백해지니.

"그리고 가장 사랑스러운 여인이고."

그렇게 말하며 웃는 아버지 모습이 왠지 낯설다. 언젠가 한 번, 오라버니를 따라 들어간 회의실에서 본 아버지의 모습과는 너무나 달랐다. 오라버니의 스승님이신 이신 공께서 예전에는 틈만

나면 놀 생각만 하는 아버지 때문에 고생 좀 하셨다고 했다. 그 말이 믿기지 않을 정도로 아버지는 흐트러짐이 없었다. 늘 당당하셨고 위엄 있어 보였다.

"유아는 네가 나를 닮았다고 하던데, 내 생각에는 역시 유아를 쏙 빼닮은 거 같아. 그래서 정말 다행이야."

하지만 지금의 아버지는 밝게 웃고 계셨다. 그것도 천진난만한 미소를 지으며.

"그런 우리의 딸이니까, 분명 자라면 엄마 같은 여자가 될 거야."

나를 안고 있던 아버지가 살짝 멈칫하는 게 느껴졌다.

왜 그런가 싶어 고개를 들어 보니.

"……언젠간 생판 모르는 녀석 하나 끌고 와서 시집가겠다고 하겠지?"

음, 분명 언젠가 그런 일이 일어나기는 하겠지만 나에게는 너무나 먼 미래의 이야기다. 나로서는 이해할 수 없는 것들이 너무나 많다. 이건 아마 내가 아직 어려서 그렇지 않나 싶다.

"윤아, 공부 열심히 해서 서하연의 삼화나 려화가 되려무나."

어머니 입에서도 자주 등장하는 단어들이다. 정확히 그것이 무엇을 의미하는 건지 나는 알 수 없었지만, 고개를 끄덕였다. 그러자 아버지께서는 활짝 웃으셨다.

"아버지는 왜 매일 어머니한테 지세요?"

하도 답답해서 결국 단도직입적으로 묻고 말았다. 어린 나에게 그런 소리를 들어 자존심이 상한 건 아닐까 걱정이 되긴 했지만, 다행히도 아버지는 그러한 질문을 한 내가 오히려 재미있다는 반응이었다.

"네 엄마는 뭘 해도 다 예쁘거든."

싱글벙글 웃으며 대답하고는 다시 붓을 들고 일에 몰두하시는 아버지를 뚫어져라 바라봤다. 두 분이 다투는 모습은 이미 많이 봐 와서 잘 알고 있다. 열에 아홉은 늘 아버지가 먼저 사과를 하신다. 그러니 이번에도 아버지 잘못이 분명할 거라 생각했다.

하지만 그것이 아니었다. 아버지가 못된 게 아니다. 단순히 바보이신 거다. 아무리 내가 어리다지만, '바보'라는 말이 좋은 의미인지 나쁜 의미인지 정도는 알고 있었다. 분명 부정적인 말이기는 했지만……. 어쩐지 아버지와 어울리는 단어였고, 왠지 모르게 행복해지는 느낌이 들었다.

나는 아직 너무 어리다. 정확히 어떤 어른이 되어야겠다든가 하는 문제는 나에게는 너무나 어려운 문제다. 하지만 한 가지는 확실했다.

나도 어머니처럼 한 사람에게 전부가 될 수 있는 그런 여자가 되고 싶다.

〈시윤 이야기 끝〉

七話 * 시율 이야기

　스승님께서는 항상 말씀하셨다. 제발 아버지 같은 사람만은 되지 말아 달라고. 이 나라에서 가장 높은 자리에 앉아 있는 사람. 그 사람이 바로 나의 아버지이시다. 세상에서 두 번째로 아름다운 사람이라 생각하는 어머니께서는 틈만 나면 아버지가 과거에 얼마나 한심한 사람이었는지 이야기를 해 주셨다.

　나의 스승님이시자 과거에는 아버지의 스승님이셨던 이신 공 역시 틈만 나면 놀 생각만 하는 아버지 때문에 고생 좀 하셨다는 이야기를 들려주시고는 했다. 하지만 실제로 내 눈에 비치는 아버지의 모습은 그런 말과는 많이 달랐다. 그 말이 믿기지 않을 정도로 아버지는 흐트러짐이 없었다. 늘 당당하셨고 위엄 있어 보였다.

　나도 언젠가는 아버지 같은 훌륭한 왕이 되겠다고 다짐했다. 다만 한 가지. 어머니에게 늘 지는 아버지의 모습은 조금 실망스러웠다. 회의실 안에서의 위엄 있는 모습은 어디 가고, 어머니와 함께 있으면 풀어지는 모습이 같은 남자로서는 보기 싫었다.

어린 날의 나는 절대 아버지 같은 남자는 되지 않겠다고 다짐했다. 그런 내가 지금 이렇게 쩔쩔매고 있다니 자존심이 상한다.

"안녕, 율아? 오랜만이네."

물론 앞으로도 쑥쑥 자라겠지만, 그녀와 만날 때마다 점점 줄어드는 나와 그녀의 신장 차이에 남몰래 위기의식을 느끼고 있다는 건 비밀. 그녀에게만은 절대 어린아이 취급당하고 싶지 않았다.

어머니께는 비밀이지만, 지금 눈앞에 있는 그녀가 바로 내가 생각하는 이 세상에서 가장 아름다운 사람이다.

"그만하시죠. 제가 애도 아니고."

나도 모르게 퉁명스러운 목소리가 나간다. 자꾸 나를 어린애 취급하려는 그녀 때문에 슬슬 짜증이 폭발할 때도 되었다. 아무렇지 않게 내 머리에 손을 얹는 행동이 마음에 들지 않는다. 덧붙여 난 아무렇지 않을 수가 없는데, 저는 그저 즐거워 보인다는 게 더더욱 마음에 들지 않는다. 내 퉁명스러운 태도가 마음에 들지 않는 건지 상대가 나를 뚫어져라 바라본다. 눈을 마주치기 어려운 나로서는 그 시선을 피하기 바쁠 뿐이다.

"율, 네가 아무리 세자의 신분이라지만 난 너보다 한 살이나 많아."

안 그래도 그 애매한 나이 차 때문에 생각이 많은데 뭐가 좋다고 그런 걸 상기시켜 주는지 모르겠다. 나보다 나이 많다는 게 뭐 그리 기쁜 일이라고.

"그러니까 말이야, 내가 너보다 연장자니……."

또 시작이다. 고작 한 살 많은 거 가지고 시작되는 연장자에 대한 예의니 뭐니. 자신이 짜증나건 말건, 눈앞의 그녀는 그저 해맑게 웃고 있다. 유일하게 천하의 율을 당황하게 만들 수 있는 그 대담한 여인은 바로.

"유히연, 저도 알고 있습니다."

그렇다. 유시후와 라히연 사이에서 태어난 딸. 올해 나이 18살로 막 서하연의 졸업시험을 통과해 희안궁의 예비 교육자로 들어온 여인.

듣기 싫으니 그만하라고 말했더니, 갑자기 내 머리카락을 잡아당기기 시작한다. 이거 세자 체면이 말이 아니다. 그럼에도 불구하고 난 그 손을 뿌리칠 수가 없다. 계속해서 그녀를 피하던 내 시선이 히연의 손에 고정되어 버렸다. 아무리 어렸을 때부터 알고 지낸 사이라고 해도 그렇지, 감히 세자의 머리에 함부로 손을 올리는 여인이라니. 원래라면 당장 벌이라도 내렸겠지만 그럴 수도 없다. 그저 얌전히 당하고 있는 수밖에. 할 수 없이 눈을 맞추자 어딘가 화가 나 보인달까, 가끔씩 어머니께서 혼을 낼 때나 지어 보이시는 표정이 그녀의 표정 위에 겹쳐졌다.

"히연이 뭐야, 히연이. '누님'이라고 불러야지."

누님이라니 절대 있을 수 없는 이야기이다. 내가 아무리 그녀

앞에서는 제정신을 유지하기 힘들다고는 하나 좋아하는 여자에게 누나라고 부를 수 있을 리가 없다. 나도 남자인데 자존심이란 게 있지.

"죽어도 싫습니다."

도대체 삼촌은 무슨 생각이신 건지, 딸 이름을 외숙모 이름 그대로 붙이지를 않나.

"누님 해 봐."

"……누님."

"좋았어."

결국 나는 오늘도 반항을 꿈꿔 봤지만 이렇게 한 마디에 무너져 버린다. 이게 다 아버지 때문이야. 어렸을 때부터 어머니한테 잡혀 사는 아버지를 보고 자란 탓이라고.

"그나저나 갑자기 왜 오신 겁니까?"

"아."

그제야 잊고 있던 걸 떠올렸다는 듯 히연의 두 눈이 반짝이기 시작했다.

"전하께서 말씀하시길 부인과 일에서 벗어나 사랑의 도피(?)를 즐기고 오겠으니 잠시 동안 널 부탁한다고 하셨거든."

어쩐지 안 보인다 했더니, 이 인간들은 또 언제 나간거야! 결혼한 지도 몇 년이나 지났는데 두 분은 여전히 신혼이셨다. 덕분에 힘든 건 나를 포함한 궐 안에 남아있는 이들이다. 물론 어머니와 아버지가 두 손 다 놓고 놀기만 하는 건 아니었다. 어느 정도 할 일은 끝낸 뒤에 자유 시간을 갖는 분들이신 게 그나마 다행.

"뭐해, 율? 안 들어와? 할 일 많다고 하지 않았어?"

생각하면 생각할수록 어머니는 정말 대단한 분이시다. 하긴, 그 아버지를 마음대로 할 수 있는 분이신데. 하지만…… 일이 이렇게 되어 버릴 줄이야.

"아, 맞다. 그러고 보니 율아, 너 서체 좀 교정해야겠더라. 글씨가 너무 지저분해. 오늘 해야 하는 일 끝낸 뒤에 내가 따로 봐 줄 테니까, 알았지?"

"……예."

"말 잘 들어서 예쁘네. 우리 율이."

그녀가 웃는다. 분명 나 역시 지금 실실 웃고 있겠지. 그리고 군말 없이 일을 할 것이고 일이 끝난 뒤에 그녀에게 잔소리를 들어가며 수업을 듣겠지. 그럼에도 불구하고 나는 그저 좋다고 웃을 게 뻔하다.

집안 내력이란 게, 참 무시할 수 없는 건가 보다.

"하아……."

꼼짝도 않는 나를 데리고 들어가기 위해 히연이 팔에 매달려 잡아끌기 시작한다. 물론 키 차이가 얼마 나지 않는다고는 하지만 그래도 난 남자인데, 당연히 그녀보다 힘이 더 세기는 했지만 못 이기는 척 적당히 끌려가 준다. 지금 내 기분이 딱 아버지가 어머니를 만났을 때의 그 기분이 아닐까 하는 생각이 드니 나오는 건 한숨뿐.

도대체 어쩌다 이런 여자를 좋아하게 되어 버렸을까. 이제야 아버지를 이해할 수 있을 거 같았다. 아버지 같은 왕은 되어도 아버지 같은 남자는 되지 않기로 다짐했지만.

나도 아버지처럼 온 마음을 다해 한 여인을 사랑할 수 있는 그런 남자가 되고 싶다.

〈시율 이야기 끝〉